忠孝为经　奇事为纬

与世道人心总有裨益

徐哲身武侠小说

昆仑剑侠

徐哲身 著

中国文史出版社

目　录

1

3

自　序

　　先严杏林公，自束发后，即随安徽刘仲良制府于洪、杨一役，转战江淮，克复名城之勋，由佐杂闲职，擢至特用道，加布政使衔。嗣以文职任武差，历任江西、浙江、四川等省全省营务处，兼代四川提督。在任时喜谈剑侠，虚怀接物，一时豪侠之士，莫不闻风而至。其间仅负一技、毫无他长、徒炫虚声而无实艺者，虽或有之，而一鸣惊众、具无上剑术者，亦不乏人，以此之故，物以类聚，久而久之，门庭之中，三千珠履，皆属剑侠之流。

　　时不佞尚未成童，眼见诸侠飞檐走壁，人影剑光，每以为乐；及长，先严已归隐，课余之暇，辄述所见所闻之剑术，命不佞笔之于书。积少成多，竟达十巨册之夥，偶一翻阅，俨与诸侠一堂聚首，殊非坊间剑侠小说，面壁虚构者可同日而语。

　　先严谢世，不佞亦埋头于章句之学，无暇再翻旧箧矣。某岁，寒舍忽兆焚如，所有书籍，悉毁于火，即费数年心血所笔记之剑侠簿册，亦同归于尽，洵可惜也。

　　不佞在壮年时，曾梓《养花轩诗集》四卷，文学界半多赞许，以故薄负能吟之虚誉。偶作小说，亦偏重于文字一方，虽仅十数种，然几经斟酌，尚无鲁鱼亥豕之误。

　　近年来弃官家居，每有书贾，辗转相托，丐不佞编撰小说，借

1

此消遣，遂亦偶尔应之，故出版诸作，仍以香艳题材居多。即如《香国春秋》一书，因其销路颇佳，各书贾争以类此者相请，间有向隅者，且邀老友辈，踵门坐索，殊难应付，始定润例，聊作取舍之具。有时砚田虽润，而心血已枯，得不偿失，仍复谢绝。

今岁春，有素识之何赓声其人，虽亦书贾之流亚，喜其尚识之无，亦无市侩习气，逐日走谈，渐成莫逆。

某日，何与张君寰宇，欲撰《昆仑剑侠》一书，丐不佞担任，且须赶编，使阅者先睹为快。不佞适闭门养疾，无所事事，允之，遂作冯妇矣。

需时两月，成三十二回。其中事实，半属当年笔记之作，稍稍加以点缀，使成近代剑侠之书。文笔虽属草率，立意似尚纯正，不似坊间所售剑侠各书，佳者固多，而竟以剑仙为贼盗、侠士为登徒，在在皆是，如此落笔，未免厚诬"剑侠"二字矣。不佞此书，以剑侠为主，以善士恶徒为宾，次第叙去，尚觉醒目。若仅谈剑侠之技，数千字可耳，余则蛇足也，以致作者费尽心力，阅者亦厌老生常谈。不佞拙作，乃八股中所窃来者，在文章中，是为照下之法；在经解中，是为译释之文，置之小说中，是为步步引人入胜之笔，即俗云戏法人人会变，各有巧妙不同之意也。

唯时间匆迫，未及修改，间有错误之处，尚希阅者宥之。

付梓在即，因记数语于此，即以为序。

剡溪养花轩主徐哲身序于申寓养花轩中
中华民国十八年一月一日

第一回

姻缘美满夫妇下昆仑
行旅艰难弟兄谈剑侠

英雄肝胆佛心肠，

剑术须人自主张。

除暴安良本难得，

书中一字不荒唐。

武侠小说的事实，乃是以除暴安良为主体，一则使那班凶徒知有惧惮，改做良民；一则使人们提倡尚武精神，免为列国笑我们都是病夫。实为有益于世道人心之作，非比其他小说，仅供酒后茶余消遣而已。现在国民政府，考取武技，就是这个意义。

剑学源流，凡是武侠书籍，早已考据精详，在下故不絮述。

单讲光绪初年，距离洪、杨时代已远，国家粉饰太平，渐复恣逸，人民亦忘杂乱之苦，又入饱暖思淫、饥寒为盗的状况。

那时便出了一位昆仑老人，带了两个徒弟，来至尘寰，做了不少赏善罚恶、稀奇古怪的事情，一时凶恶暴戾之气，为之稍戢。让在下一件件地记了出来，阅者诸君，或要拍案惊奇，胸襟为之一爽呢！

西藏地方有一座昆仑山，这山之高，还在泰山之上。那个所在，除了那些仙禽异兽，在那儿过它的自在生涯之外，真是一个人迹罕

1

到之处。山顶之上，有一个昆仑洞，洞中却住了一位道号昆仑老人的剑仙。这位老人，在这洞内守道修真，连他自己也不知道过了多少岁月，度了几许春秋。有一年之中，忽然静极思动起来，他一个人便下了昆仑，随意闲游，信步所至。

一天路经四川绵阳所属魏城地方，他就在这个乱山之中，一所荒林之前立了下来。正在那儿赏玩风景的时候，陡然之间，闻着一阵腥风过去，跟着风头，就有一只斑斓猛虎跳到他的面前，把一双像灯笼般的眼珠只朝这所林内望着。

老人便向那虎头上，用手拍了一掌，大声喝道："你这孽畜，还不走开，此地并无你可吃的东西。"

那虎听了，似乎能通灵性的样子，果然拖着尾巴，慢腾腾地踱回岩洞里去了。

等得那虎走后，又见这所林内，忽然跑出一个垂髫女子，满面惊慌之色，想是已经看见那虎，在那里害怕的样子。

老人忙走近一步，一把将那女子拉住道："你这个小姑娘，怎么一个人在此乱山之中，难道不怕方才那只老虎吃你的吗？"

那个女子却盯住看了老人几眼，方始答道："你这位老伯伯，你自己也不是只有一个人在此地的吗？"

老人听了，不觉失笑起来，一时不及留口，便对那个女子说道："老道自有剑术护身，哪怕这个孽畜……"

话犹未完，只见那个女子扑地朝他跪下，高举双手，连拜连说道："小女子本到荒山之中来寻剑仙的，师父既是剑仙，也是徒弟有缘，得遇师父，务求师父大发慈悲，收小女子做个小徒。"

老人听了，不禁诧异起来，问她道："你这个小姑娘，小小年纪，怎会知道剑术的好处，情愿做我的徒弟呢？你只要说出道理，我便收你为徒，也无不可。"

原来老人，他本是一位游戏三昧的剑仙，无论对于何事，都抱着一个"乐"字，又从"乐"字之中，生出一个"奇"字，所以他做出来的事情，没有一样不乐，也没有一件不奇。这是老人的宗旨，也是这部书的宗旨。

当下那个女子听了老人之言，顿时大喜道："徒弟姓赵，名叫箭儿，就是这里绵阳城内人氏，父母生前都以保镖为业。上个月出门替人保镖，不料竟在山东地方，被一个名叫双鞭圣母的女强盗，将我的父母双双杀死，可怜我们赵氏门中，现在仅剩我这一个十二岁的女子了，我所以寻到这座荒山里来，必定要寻着一位剑仙师父，以便将来报仇雪恨。"说完之后，拼命抱住老人双足不放。

老人听她所说，已经嘉她是个孝女，又见她万分志诚，已有收她为徒之意，便吩咐她道："你且起来，我还有话要问你。"

箭儿听了，哪肯就站起来？她反去问老人道："师父，你老人家这样算不算是已经收小女子做徒弟了呢？我要求师父答应了，方始敢起来。"

老人听毕，便哈哈大笑道："你这顽徒，难道要逼着为师写张笔据给你不成？"

箭儿听了，忙道："这是徒弟不敢。"说着，一面站了起来，一面对老人道，"师父有话请问。"

老人道："为师被你这样一逼，倒有多少说话都可以不必问的了，只是学习剑术，不及你们那些描鸾绣凤好玩，你要拼得吃苦，方始有成。"

箭儿又忙答道："师父放心，徒弟若是不肯吃苦，用心学习，非但对不起过世的双亲，而且对不起师父。徒弟将来果有不好之处，请师父就以飞剑斩徒弟就是。"

老人听了，又笑道："为师之剑，哪有这种空闲功夫，你这顽徒，果然学得半途而废，那时为师就叫老虎吃你便了。"

箭儿忙答道："准照师父之言，徒弟决无后悔。"

说着，当下就见老人口中念念有词，顷刻之间，忽见起先的那只老虎又跑来站在他们师徒二人的面前。那虎还把它那个可怕的鼻子时时来嗅箭儿，箭儿吓得连连在叫师父救命。

老人笑了一笑，道："你既要跟我回山，此去至少有几千里路，你如何会走得动？故而为师把此虎召来，给你做个代步，不必害怕。"说完，便将箭儿抱着骑上虎背。老人跟在后面，便向昆仑山而去。

没有几时，已到了洞里。老人把虎打发走后，便将箭儿改名孤女，以志孝思。又去唤出一个和她年龄相仿的道童，与她相见道："这是你的师弟秦佳果，虽然还比你小两岁，可是自幼就上山来，气质方面，似乎已经高你一等。你从此须要好好学习，遇有不解之处，问他亦可。"

孤女听了，更是满意。有一天，她于学习功夫之暇，便同佳果两个来至洞外，在一株古树底下，席地而坐，问起佳果的来历。

佳果告诉她道："不瞒师姊说，我的家世，我在去年以前，还是一无所知，直到今年，师姊未来以前，方才听见师父说起。我父名叫秦还，我本来名字叫作秦跑，我父曾任京营游击，因为忤了科尔科亲王，被他公报私仇，将我父亲问斩，我母当场殉节而亡。我母在临终之际，写了一张冤状，把我寄托哈达门外白云庵里的一位老尼。可巧就是这年，师父霎时到京，寓在白云庵内。师父因见尼姑，怎么会有小孩儿，却觉奇怪。及至向那老尼问过我的历史，便把我收作徒弟。后来将我带回洞来，就取了这个佳果的名字，那时我只五岁。师父本是一位得天乐道的剑中之仙，何等自在？自从将我带回山来之后，直到如今，真也费了一番手脚。从前师姊还没有来，我一个人真觉有点儿寂寞。现在是好了，我又知道师姊也有仇人，最好是我们二人学成之后，一同下山报仇，岂不热闹？"

孤女听到此地，便扑哧地笑了起来。佳果忙问她何事好笑。

孤女边笑着边答道："你的年纪到底还小，说说就有孩子话出来了。你要知道，报仇是一件什么事情？怎的就到热闹上面去了呢？"

佳果听了，也自己好笑起来。

4

孤女又问道："师弟，你来了这几年，可曾看见师父用过剑术吗？"

佳果道："怎么没看见过？有一天，我一个人爬上这株树顶，正在好玩儿的当儿，忽见一道白光向我头上飞过，就在半空之中，不知怎的一来，顿时把一个老猴精杀了掉在地上，真把我吓得要死。当时我就求着师父，要学这个剑术。师父听了，对我笑道：'你现在年纪还小，哪能就学剑术？非到十岁以上，不能传授与你。'"佳果说至此地，又笑着道，"师姊，你一上来就学剑术，真是便宜。"

孤女听了，也笑道："现在你不是也在学了吗？你要谢谢我呢！"

佳果听了，真就合掌朝她拜了几拜。孤女见佳果一种天真烂漫的样子，真个令人可爱，从此便把他当作亲兄弟一般。佳果也从此同了孤女学习剑术，凡有所知，无不详告。老人也见他们两个十分用心，便把应该做的功夫尽力传授。山中本无甲子，只知道春去秋来，转瞬之间，已是整整的十个寒暑。

有一天，他们姊弟二人被老人叫至面前，吩咐他们道："你们二人总算还不枉为师传授一场，你们所有的功夫，恐怕寻常的剑侠未必能及你们，再过几天，打发你们下山前去报仇便了。"说着，又仰天大笑起来道，"为师不但传授你们剑术，还要成全你们的终身大事。"这话说完，便将左手拉住佳果，右手拉住孤女道，"来来来，今天为师做主，你们二人就当了为师之面，配为夫妇，快快朝天一拜，成就百年之好。"

佳果、孤女二人见了师父此举，一个是感激得涕泪交流，一个是羞涩得面红似火。一时拜过天地，他们二人又朝师父大拜八拜。

老人便一面将他们夫妻二人送入洞房，一面又连笑连说道："为师本号昆仑老人，如今为了你们两个顽徒，只好改称月下老人得了。"

佳果因听师父说得好笑，自然也笑了起来。孤女那时虽是新娘，也会将她一张樱桃小口笑得合不拢来。

5

合卺之事，毋庸细谈。单讲三天之后，老人便去拿了两柄宝刀，交给他们夫妇二人道："这两柄宝刀，却是人间的宝物，虽然不及你们二人腹中之剑，可是带在身边，也有用处。你们二人，今天就此下山去吧！"

佳果、孤女两个，一面收了宝刀，一面垂泪拜谢师父。

老人道："你们二人前去报仇雪恨，也算一件喜事，何用伤心？为师倘若遇着高兴时候，说不定也要下山走走，那时师徒几个，自会会面。"说罢，就将手一挥道，"快快去吧！"

佳果、孤女二人虽有恋恋不舍师父之意，因是报仇事大，不敢有误，只得拜别师父下山。

这天来到成都东门外面，搭了一只开往宜昌的货船。上船之后，因见几个房舱已被先在的占满了，只得摊下地铺。

刚刚收拾停当，便有紧靠他们地铺，形似镖师模样的两个少年，来和他们攀谈道："二位贤伉俪，高姓大名，现在何处公干？"

佳果忙答道："小子名叫秦佳果。"说着，又指着孤女道，"这是拙荆赵孤女，同往山东去探亲去的。未知二位师傅贵姓？"

当下先由一个年纪稍长的答道："鄙人汤俊，同了舍弟汤杰，也往山东地方，前去保镖去的。"

孤女一听他们也往山东，忙岔口问道："二位汤师傅，既往山东保镖，可知那个所在有一个名叫双鞭圣母的女盗，现在可还出来扰害行人吗？"

汤俊听了，先答道："秦家嫂子，快莫提起这个女盗，一提起这个女盗，真要把我们气死。我们这个保镖的生意全靠保护得客商平平安安地到了他们目的之地，既有谢仪，又有面子。谁知这个女盗，专与我们镖客作对，常常地出来抢劫客商，弄得山东大道之上，车马稀少，行旅绝迹。女盗的本领，真又来得非常厉害，我们只会打镖，不会剑术，所以镖客一遇剑侠，便没法子。我们还算略有小技，未曾被这女盗所伤。我们同行里头，送在她手上的性命真是不少的

6

了。从前有一位姓赵的前辈，听说他们夫妻两位就是被这个女盗所害的。"

孤女一听汤俊提到她的父母，顿时暗暗地伤心起来，便又问道："汤师傅既讲这个女盗是个剑侠，这么可知她究竟有什么程度呢？"

汤俊听了道："秦家嫂子，你既问到剑术，莫非也知这门功夫吗？"

孤女道："我正因为不懂，所以来问师傅的。"

汤俊听了，方才说道："大概剑术的名称，可分三种。第一种叫作剑仙，乃是以神运剑的功夫，这种功夫，它是出神入化，飞行宇宙，虽是人剑合而为一，其实已至不知人之为人、剑之为剑的玄功，只是充其至大至刚的浩然之气，弥漫鼓荡于天地之间，奇诡变幻，不能揣测，真与神仙无异；第二种叫作剑侠，乃是以气运剑的功夫，这种功夫，它是人剑合而为一，剑光所指，人已瞥然而来，人影所临，剑亦倏然而至，无论深宫密室之区，高山大川之间，嘘气即来，瞬目即逝，疾雷骇电，不可捉摸，却与地仙相等；第三种叫作剑术，乃是以力运剑的功夫，这种功夫，它是聚精蕴力，求得剑术奥妙，剑之所至，人即随之，挥霍纵横于上下四极，疾若飘风，逝同飞鸟，骇人耳目，不可一世，虽然不能称仙，已是武技界中的魁首。至于那个女盗，有人说她是剑仙，照我等看来，剑侠的程度，一定是有的了。秦家嫂子和我们秦兄，若到山东，真要小心，能够不去，便觉稳当。"

汤杰也在旁来插嘴道："我曾听人说，这个女盗，还是精怪修炼成形的，未知是真是假。总之山东地方，应遭大劫，方才出了这个祸害。"

孤女道："我们二人，因有要事，非去不可。不知这个女盗现住何处，我们只好避道而行。"

汤杰又答道："她的巢穴，是在平度县境的卧虎山中，不过她时出时没，神来鬼往，叫人防无可防。好在二位贤伉俪只有一件行李、两个包裹，孤身客人，尚无大碍。"

汤俊听了，便朝汤杰道："他们二位，文质彬彬的样儿，不要说遇见这个女盗，当然性命难保，就是碰着她手下的小喽啰，也是，也是不妙的。况且秦家嫂子长得如此年轻美貌，孤身行路……"汤俊说到此地，忙把他的头摇了几摇道，"我说总是危险的。"

孤女还想答话，船家已经开出饭来。大家吃毕，孤女忽然觉得肚痛起来。

佳果道："船上的汤水，大概没有煮滚，你快躺着。"

孤女便去蒙头睡下。过了一阵，天已昏暗，船也停泊，大家各自安睡。

孤女睡到半夜，骤觉肚子里头叽里咕噜了一阵，似乎要屙肚子的样子。赶忙披衣起来，因见满地都是地铺，若至船的后艄，须从众人身上跨过，很是不便。她便将船篷轻轻地推开半扇，朝外一看，这只船身，离开岸上不到三丈，她便扑的一声，蹿到岸上去屙。刚刚屙毕，忽听远远的似乎有一个妇人的哭声，那种声气，来得十分凄惨。正是：

英雄肝胆何尝易，儿女心肠本是难。

未知此声究从何来。

欲知后事如何，且看下回分解。

第二回

斗姥阁独斗山魈
雷公滩双擒水怪

却说当时孤女一听见远远地有一个妇人啼哭之声，慌忙系好小衣，就跟着那个哭声一路寻去。谁知寻了半天，寻不着哭声所在。再细细地一听，始知却在对河，便把她的眼睛向河岸左右一望，两头并无桥梁。好在她有轻身之术，只见她双足一顿，早已飞过河去。回头再看她所坐之船，依然静悄悄地泊在那儿。她那时还想去叫佳果，后又一想："救人宜速，不可耽搁工夫。"想罢，忙向哭声所在奔去。

及至走近，见是三间茅屋，那个哭声是从右边的那一间里面出来的。急用手把门一推，那门却未上闩，她便跨进门去。屋内虽无灯火，幸有月光照着。她一跨进右房之门，就见一张破旧不堪的木床上，躺着一个赤身露体的妇人。不禁又羞又气地，红了脸走过去喝问道："你这妇人，为何这般丑状？哭的又为何事？"

当时只见那个妇人见有人来，一面止了哭声，一面忙去拉了一床破絮，掩着下身，坐了起来，向她望着，又似乎现出很吃惊的样儿道："你这位嫂子，很是面生，大概不是我们这村庄里的人，或者不知道我们这里闹着妖怪的事情。我劝你还是赶快离开这里的好。"

孤女一听见那个妇人说出"妖怪"二字，急问道："此话真的吗？"

那个妇人听了，顿时便露出不悦之色地说道："我们村里有了妖怪，哪个不是在求死不得的当口？你这位嫂子，怎么还问出真的假的话来呀？"

孤女听了，又急问道："这个妖怪在什么地方？你快快告诉我，我有本事除这妖怪。"

那个妇人听了，忙答道："你这位嫂子，真能除了妖怪，便是这一村庄里的救命王菩萨。"

孤女不待她说完，又急拦着她的话头道："这些闲话，不要多说，你只快讲这些妖怪如何情形，究在哪里。"

那个妇人听了，忙又现出恐怖之色道："这些妖怪，在我们这村庄里闹了有一二十天了。我们这个村庄，一共不到十户人家，男子都出门去背牵，一年半载，方始回家一趟。我们这班妇女，都以纺花度日。不料有一天晚上，忽然出了几个妖怪，四处地奸污妇女，每晚上总是互相调换而来，还要逼着大家预先脱净衣服，等候它们。若是不依，便要吃人，这几天之中，已经有两个青年的妇女被它们吃了。有人说妖怪就在这里的斗姥阁里，我们哪里敢去看它们？"

孤女一听妖怪有了下落，便拔脚要走的样子。

那个妇人一见孤女要走，忙得连衣裳都来不及去穿，就光着身子跳下床来，一把将孤女拖住道："你这位嫂子，快莫走呀！你一走，这个妖怪来的时候，我又没有命了。"

孤女道："你如果拿得定妖怪必来，我就在此守它；不然，还是让我先到它们的巢穴里为妙。"

那个妇人听了，正要答话的时候，忽然一阵呼呼的狂风。就在此时，房门外面早已跳进一个头如巴斗、眼若铜铃、口似血盆、全身绿毛、身长一丈有奇、形似山魈的妖怪来了。

孤女一见这个山魈，顿时飞起一腿，就向山魈的下部踢去。说时迟，那时快，只听得山崩地裂的一声巨响，那个山魈已经倒在地上，呜呼哀哉了。孤女还怕尚有它的余类在外面，急急奔出房外一看，见没动静，仍不放心，急又飞身上屋，往下看过之后，始将眼睛再望远处。果见离开这屋宇不远，那边有一座破庙，庙的最后一进，又有一座小间，忙暗忖道："这座小阁，定是所说的这座斗姥阁了。"想完之后，便不再回那个妇人的房里，蹿下地上，就向那座破庙奔去。

到了庙前，复将身子飞上那屋，从瓦上一进一进地走将过去。走到阁前，正想推门进去的时候，忽见那门自己开了开来，劈面又冲出一个山魈，猛朝她的身上扑来。那一种凶悍狰狞的样子，更比起先的那一个还要可怕。当下孤女急把她的身子一侧，让过那个山魈，那个山魈便扑了一个空。只见它直冒得连连怪呼几声，这种怪声，孤女真觉得还是头一次听见，一身的毫毛，也会不知不觉地自己竖了起来。忙把心一坚，就趁那个山魈尚未转身的时候，手起一拳，向它的腰眼之中击去。那个山魈一见孤女的拳势很重，赶忙回身蹿进阁内，似乎去喊救兵的样儿。

孤女此时岂肯放松？急忙追了进去，不料里面果然还有两个山魈。那两个一见起先的那一个逃了进去，便知来人来得厉害，顿时边叫边跳地把孤女围在中间，一个来抓她的脑袋，一个来抱她的身体，竟将孤女闹得双拳不敌四手，香汗淋漓地，只顾招架。这么孤女为何不拿练就的神剑去斩它们呢？其中却有道理。

原来剑侠的练剑，不过借剑以运气，因剑以进功，并不是练来做杀人器具的，非到万分不得已的时候，方始一用。如果动不动便用这剑，那就近于以术自炫，失却剑侠的宗旨。孤女既是剑侠，何敢违背这个意义？这天晚上，那柄短刀又未带在身边，单以气力斗那三个山魈，自然就觉得有些乏力了。幸而她的内功、外功都臻极点，方始能够不为所伤。如果换了一个别人，早被山魈吃下肚子去了。话已叙明。

再说那时孤女正在以一敌三的当口，陡觉她的右脚似乎有人在拖的样子，赶忙低头一看，方知是阁门外面，偷偷地进来一个山魈，见她只顾前面三个，一定不至留心她后面，特地用这偷营劫寨的法子，只想把她拖翻在地，便好吃她之肉。岂知遇见孤女是位行家，顿时向后一脚，就把这个山魈的脑袋踢成两个半爿。

那前面的三个，一见它的同类被孤女踢死，这一气非同小可，一齐大吼一声，急向孤女面前扑来。孤女便趁它们都将全身的气力用在两只臂膀之上，下身必然没劲的时候，只将她的足尖对准它们的腿上，扑扑扑地飞快地一连点去。就见它们三个，立时砰砰砰，接二连三地死在地上。

孤女正要回出阁门的当口，又见一条黑影从瓦上嗖嗖嗖地向她面前飞来，忙把身子往下一蹲，摆开一个坐马架子，以备抵御。

那条黑影倏地已经站了下来。仔细一看，乃是佳果，便笑着怪他道："你不早来一刻，也好帮我一帮。"

佳果听了，也笑答道："姊姊还要怪我，我是一醒转来，不见了姊姊，把我吓了一跳。谁知姊姊一个人在此杀妖怪！"说完，便向地上一看，也吃惊道："这不是山魈吗？这种山魈，两臂有千斤之力，它的身上，又仿佛是铜打铁造的，厉害无比。我曾经看见师父捉住过一个的，所以知道。"

孤女道："怪不得这几个孽畜如此凶狠，累我真也费了好些气力。"说着，便一面把所做之事一一告知佳果，一面同至河边，跳入船上，盖好船篷，悄悄睡下。真是捷如飞鸟若落叶，故而满船之人，一个都未知道。

次日却睡到午后，方才醒来。正待叫船家开饭，水手已经送上脸水，又对他们夫妇两个说道："二位客人，起身太晏，饭已开过，没有多余，只好晚上吃吧！"

孤女还能熬饿，却把佳果饿得肚里像个鬼叫，忙去问汤俊、汤杰可曾带着什么点心。

汤俊听了，随手递了半匣糕饼给佳果，又怪他道："秦先生，我们同船合性命，总是望大家好才好，你们贤伉俪，上船来头一天就失觉，这是出门人大忌的事情。倘若睡得不惊醒，万一遇着贼发火起，在水里不比岸上呢！"

佳果听了，先谢了所赠的糕饼，始又自认大意。

孤女在旁听得，只是心里暗暗地好笑，嘴上却也向汤俊道："汤师傅都是好话，我们往后留心就是。"

这船早行夜泊，过了几天，有一天大早，船家进舱来对众客说道："前面就是雷公滩了，从成都到宜昌，共有四十八滩，只有这滩最险，请各位客人快把零碎东西摆好，人也卧稳铺上，不能乱动。停刻过滩的当口，若遇什么风浪，大家不要惊慌。"

众客听毕，忙照船家之言办理。

佳果便悄悄地问孤女道："姊姊你是往来惯的，此滩究竟如何危险，船家怎的说得这般厉害？"

孤女见问，也轻轻地告诉佳果道："这滩底下，都是极大的乱石头，水势又急，听说这滩底下还有一个蛟窟，古人说蜀道之难，难于上青天，就是指这四十八滩而言。至于旱道崎岖，不过脚下吃力一点儿，究无性命之忧。"

他们夫妇两个正在问答的时候，那船已经到了滩边。大家的耳中，只听得呼啸的风声，澎湃的水势在那儿互相击撞的声音，真像雷响的一般。

佳果尚是初经水道，见了这滩的凶险，便认为奇怪，忙将身子稍稍抬起。正想打算伏到船窗边上去看的当口，陡听得那船底豁啦啦啦的几声巨响，那船已被石头碰破，顿时沉入滩底。他们夫妻二人幸而都有水里功夫，尚因一时未及预备，也喝了几口冷水。别的客人落下水去的危险，那就不用谈了。

那时孤女已在水里，看见佳果四处地在寻她，慌忙游至佳果面前，一把将佳果的衣服抓住。正拟一同游至浅滩之旁，以便爬上岸去的当口，猛觉身后冲来几阵大浪。就在这个浪中，只见滚着走路的两个可怕的水怪，身如猛兽，首若飞龙，人立而行地，张开一张血盆大口，奔来要吃他们夫妇两个。孤女因为在水里不能讲话，只好打着手势示意佳果，要他帮同捉这水怪。佳果自然会意，特地把身子放平一卧，又将双足向前一顿，立时蹿至一个水怪面前，扑地立起，急骈双指，猛向水怪的眼珠上戳去。不料那个水怪不待佳果近身，早已把口一张，喷出一股恶水，直向佳果头上冲来。佳果一时避让不及，眼珠子着了水，不能睁开，只得把身子往下一钻。那个水怪也忙一面跟着追了下来，一面就用前足来抓佳果的脑袋。

孤女在旁，恐怕佳果有失，急从浪中滚了过来，飞起一腿，对准水怪的前足踢去。谁知她这一踢，虽有千斤之力，可是踢到这个水怪足上，仿佛碰着一块生铁一般，反而把自己的腿震得发麻，知道这个水怪还比山魈厉害。正想飞剑去斩水怪的时候，忽见佳果已经绕至水怪身后，陡地弯过臂膀，伸手狠命地一挖，便把水怪比拳头大的一颗眼珠子，血淋淋地挖了出来，当时只听得水怪痛得乱吼。

孤女就趁水怪受伤的当口，急奔上去，用劲抓住它的喉骨，拼命地朝自己怀内一扳。又听得咔的一声，这根喉骨已被折断，顿时冒出一股热血，竟把眼睛前头的水染得通红，水怪的尸体也就跟着沉了下去。

同时又见还有一个水怪，见它同类已死，也会呜呜呜地一面哭叫，一面张口尽管喷出水来。立时四面涨起大水，高出岸上一丈有奇，把岸上所有的房屋人畜统统卷入水内，一时呼号求救之声，惨不忍闻。

孤女在水里听见这种声音，方才知道这两个水怪，就是常常发水害人的那个蛟，忙暗忖道："我们两个，单顾水里杀蛟，不管淹在水里的人命，岂是侠客所为？"想罢之后，便让佳果在水里对付水怪，自己上岸救人。佳果也以为然。

孤女忙游至岸边，跳了起来，帮着大家救人。因为她是内行，不比众人茫无头绪，所以她一起来之后，没有多时，已经把人全行救起。连那汤氏昆仲，也在其内。

汤俊、汤杰二人见是孤女所救，不禁向孤女赧然道谢道："鄙人等中有陆上功夫，却无水里本领。不料秦家嫂子倒识水性，真是大众的运气。"说着，又问道，"秦先生此时还不上来，他也识水性吗？"

孤女正要答说，已见佳果满头大汗地背了一只似乎很沉重的箱子爬上岸来。慌忙奔了过去，一面把那只箱子从佳果的背上接了下来，一面问道："那个孽畜，可曾收拾了吗？这只箱子，又是哪儿来的，怎么这般沉重？"

佳果答道："那个孽畜，真也厉害，死是死了。我本想把它们两个尸体统统拖上岸来，谁知被我看见这只箱子，里面都是五十两头的元宝，不知是何人掉下水去的。"

孤女听了，大喜道："这真正是天从人愿了，我正在愁这班被难的人家如何得了，现在既有这些银子，就好分赠他们了。"

佳果听了，连连点头道："我把这只箱子背上来，本是此意……"

他们夫妇这话还未说完，顿时便听得哄起一片颂扬之声。更有一班老妇幼女，都朝他们夫妇两个跪着高叫救命王菩萨起来。

佳果忙一面请大家起来，一面点了一点箱子里的数目，整整的有五百只之多，于是按着人数，大人一百两，小孩儿五十两。分毕之后，尚余一半。

孤女又对佳果道："我们同船遭难的这一班人，行李、盘缠也是要紧。"

佳果听了，又把剩下的一半，再提一半出来，分赠众客，汤氏昆仲更比别人加倍。大家自然谢过又谢。

这事办完，孤女一个人，嘻开一张樱口，直欢喜得手舞足蹈地对佳果道："秦郎，今天斩蛟救人的两桩事情，我还不甚高兴，我最高兴的是被你在哪里弄来这只箱子，竟有这许多银子呀！"

佳果听了，也笑道："我还有一件事情，如果说了出来，姊姊还要高兴呢!"

正是:

黄金不管人和我，宝物方能去复来。

不知佳果究竟说出什么。

欲知后事如何，且看下回分解。

第三回

复亲仇圣母现原形
变戏法村姑装丑相

却说孤女一听见佳果说还有一件可高兴的事情，忙问何事。

佳果道："姊姊，我们两个的行李，本来没甚东西，失落了原不要紧。可是师父赏给我们的那两柄短刀，怎么也可以丢了呢?"

孤女听了，顿时失色道："对呀! 这么快让我再下水去寻去。"说着，又见佳果非但不着急，还现出一种得意的样儿，忙问佳果道："秦郎，你可是已经寻着了? 你莫吓我，快快拿出来给我看，好让我放心……"

她话未完，就见佳果已在腰间摸出两柄短刀，递给她道："不是我记得在水里去寻着，恐怕姊姊早已忘记了呢!"

孤女便接了那刀，又笑答道："这话倒是真的，不是秦郎想着去寻了来，我真的忘记得干干净净的了。"

二汤一见这两柄短刀，寒气逼人，方知他们夫妇两个必是行家。忙走过来敷衍道："二位既识水性，又有宝刀，必是我们同道，如何一句不吐口风的呢?"

佳果夫妇听了，便笑着答道："我们真的不知武艺，这两柄短刀也不过防防身而已。"

二汤见他们二人不肯认账，便也不再多说。大家忙去置办行李衣服，又合叫了一只船，开往宜昌。

到了宜昌之后，众客不提，单讲佳果夫妇同了二汤一直来至山东，二汤因要去替商家保镖，别了佳果夫妇，说声后会有期，便向大道而去。佳果夫妇两个，也望平度县境的卧虎山而来。

一天，来至山下，因见四面并无村庄，只得寻着一座破庙，做了寓所。

佳果便问孤女道："姊姊跟了岳父、岳母，也在江湖上混了几年，此地可曾来过？我是从小上山，对于世故人情，不甚了了。这回报仇的事情，要请姊姊做元帅，调度一切。我只好做一员小将，听候差遣就是。"

孤女听得佳果说了一大串，不禁扑哧地一笑，道："秦郎，你的不懂世故人情，倒也不是虚言。我此地虽未来过，你既要我做元帅，我此刻就发一道将令，命你一个人上山，前去探听那个女盗的巢穴，回来缴令。"

佳果听了，便真的佩了短刀，一个人出了庙门，头也不回地飞奔上山而去。走了半天，仍是一片荒山，并无什么女盗的巢穴。

佳果正在没有主意的时候，忽听得当当当的一阵马铃之声，似乎在那一座最高的峰顶之上下来。他就慌忙隐身树林之中，要想偷看这班究是怎等样人。没有多时，那阵铃声愈来愈近。等得那班人走至树林之前，他忙细细一看。只见为首的一个，却是一个妇人，生得面貌狰狞，一望而知是个女盗。后面跟着十几个长条大汉，也是十分凶恶。

此时忽见那个妇人，把马缰勒住，急朝这个树林边望着，又对那班大汉道："不好，此地有生人之气，必有奸细在内。"说着，又见那个妇人扑的一声，就从马上跳了下来，带了那班大汉，就向林内奔来。

佳果不待那个妇人走近，急忙拔出短刀，跳了出来，向那妇人道："什么叫作奸细不奸细，你是何人？快快对我说来！"

只见那个妇人冷笑一声道："你这孩子，难道不知你祖母的名号吗？你要站稳了听着，你的祖母，便是江湖上人称双鞭圣母的。"

佳果一听此妇就是他妻子的仇人，也来不及再与她打话，便把那柄短刀朝女盗脸上一晃道："我们正要前来拿你，你倒送上门来，免得我去找你！"

女盗听了，顿时大怒道："你的祖母，在这里二三十年，耳朵里从来没有听见过一个拿字，你这孩子，胆子倒也不小。来来来，你的祖母送你去另投人世便了！"说完，就往腰间拔出两支钢鞭，有了一种双龙戏水的鞭法，一支护住自己咽喉，一支急向佳果面前拢来。

佳果一见这个鞭法来得厉害，也忙用了一种名叫童子拜观音的刀法，前去抵敌。二人一来一往，战了有二三十个回合。

圣母见战不下这个孩子，急又换一种泰山压顶的鞭法，要想一鞭就击碎佳果的脑门。佳果也换用一种叶底偷桃的刀法，把他右手所捏的那把刀敌住那一支鞭，使她不能打下，左手就跟着往下一拳，向那个女盗的阴门击去。说时迟，那时快，圣母连连地将身一让，已经着了一下。一时又痛又气，便把她的口一张，顿时吐出一道黑光，直向佳果头上飞来。

佳果知道这道黑光就是剑术，忙也将他的口张开，吐出一道青光。于是这道青光，迎着那道黑光，只在半空之中，互相搏击，忽散忽合，忽来忽往，忽高忽下，忽远忽近。

那两道剑光正在战得要紧的时候，陡见远远地、嗖嗖嗖地也是飞来一道青光，加入其中，帮着起先的那一道青光，来敌黑光。战了许久，那道黑光渐渐地现出只有招架之功，似无还手之力。又过一阵，那道黑光已经低了下来。

在下作到此地，先要叙明一件事情，若遇明白的阅者，当然没有什么言语；如果遇见一位不明白的阅者，便要责备在下有了漏洞了。

原来剑侠练成那剑之后，人与剑便合而为一，人就是剑，剑就是人。一等那剑离开人身，这人的本体便为剑光所蔽，无论何人，不能再见他的本身。否则剑在空中争斗，本人呆呆地站在地上，不要说被人要放冷箭，而且成了什么样子？阅者闭目一想，此人呆立的形状，岂不令人失笑吗？话既叙明，书归正传。

再说那道黑光既已低了下来，这分明是道力不够的表现。当时那两道青光追下一击，只听得天崩地裂，噼啪的一声，非但那道黑光不知去向，而且连那个女盗的尸身也没有了。地上却多出了一件东西，这么是一件什么东西呢？乃是一个极大极大的乌龟。这龟的身体，约有一丈多长，七八尺阔。汤杰不是曾经在船上说过，这个女盗是妖怪成形的吗？这个大龟，便是女盗的原形。

那时青光也已收回，第一道青光是佳果，第二道青光却是孤女。因为孤女一等佳果离开那庙，也就跟踪上山。及至走上山来，就见半空之中，两道剑光在那里击斗，所以她也加了进去。

此时孤女一见女盗已现龟形，顿时想起父母之仇，急走过去，捏了那柄宝刀，将龟身一块块地砍得粉碎。

那班大汉一见首领现了原形，正待逃走，早被佳果赶上去，一刀一个，仿佛似宰鸡一般，不到一刻，早已一个不存。

佳果便问孤女道："姊姊，现已复了亲仇，我们可要上山去毁她的巢穴？"

孤女道："怎么不去？"

说着，就同佳果来至山顶。只见里面也有一座土寨，寨内还有百十个喽啰，便不问三七二十一地奔进寨去，挥起双刀，赛过切菜一般，统统杀死，也不管寨内有无金银，放起一把野火，烧个干净。

二人回到庙里，休息一阵。佳果就催孤女道："姊姊，我们何不连夜上路，也好早到北京一天。"

孤女听了，忙答道："秦郎此话很对，我的亲仇虽报，公婆的仇更是要紧。"

说完之后，他们夫妇两个便向京师进发。一天到了前门，佳果见了他的血地，分外来得精神，便问孤女寓于何处。

孤女答道:"秦郎,那位白云庵的老尼也曾抚养你数月,你现在已经有我这个妻……"

孤女说到这个"妻"字,那底下的"子"字尚未出口,不禁脸泛桃花,羞容可掬起来。

佳果一见孤女说话带着羞态,益觉妩媚,心里非常满意,便暗忖道:"我秦佳果得了这位贤淑妻子,真是三生之幸。"边这样想着,边对孤女笑道:"姊姊,怎么无缘无故地红起脸来?"

孤女听了,更是用手遮着她的粉脸,自己也失笑起来道:"我停刻跟了我郎,到那白云庵去,觉得很有些难以为情的。"

佳果听了,忙一面去扳开孤女掩面的那只手,一面笑着道:"姊姊,我们两个幼为同学,长为夫妻,像这样的美满姻缘,可惜你的公婆和爹娘,都已不幸下世,不然,今天见我们二人双双地回来,真要把他们两双老夫妇乐得不可开交呢。"

孤女听了,眼圈儿一红地叫了一声佳果道:"秦郎,我赵孤女能够嫁着你这样的人做了夫婿,心里越是满意,我就越是想着我的爹娘。"

佳果听了道:"这是姊姊的孝心,我对于姊姊这样四德俱全的人,真是钦佩得无可言语形容的了。"

孤女听了,微微地瞪了佳果一眼道:"你也说得太过分了,难道我这个人,真有这般好吗?"

孤女说完这话,他们夫妻两个各现万分满意的一笑,方始一同来至哈达门外白云庵里,见了那位老尼之后,说明原委。

那位老尼虽然两鬓如银,精神倒还健旺,忙一手拉住一个,左边看看佳果,右边望望孤女,哈哈大笑道:"贫尼今天见了你们这一对儿佳偶,也不枉秦氏夫人托付一场。"

佳果听了,顿时泪流满面,痛哭起来。孤女一看佳果伤心,又引起她的伤心来。老尼回想前情,也落下几点老泪。

三个人悲泣一会儿,还是老尼劝住他们夫妇道:"现在我们这位少奶奶的大仇已报，我们这位佳果少爷的大仇不久也可报了，快快不要伤心。"

佳果听了，忙问老尼道："老师太，你老人家怎么说不久可报，难道我的仇人现下不在京城吗？"

老尼答道："科尔科亲王奉旨前往江南查办案子，还要两个月方能事毕回京。"

佳果听了，气得把脚一顿道："我就追到江南，也要手刃那个老贼。"

孤女忙劝道："秦郎，这个老贼，不怕他逃上天去，他总有回来的时候。我们奉了师父之命，本要多做几件除暴安良的事情，就在这里一面出去探听恶人，一面等这老贼，未始不可。"

佳果听了，方才歇了南下的念头。

老尼忙收拾两间房间出来，又对他们夫妇二人笑道："这是佛地，少爷、少奶须要分室而卧。"

佳果听了，忙答道："这个道理，我们懂得。"说着，便拿出三千银子，赠予老尼。

老尼接了道："此银且让贫尼一面修造佛殿，一面替秦老爷、秦夫人去做坟墓。"

佳果听了，急问老尼："父母坟墓，现在何处？"

老尼道："陶然亭之东，坟上有三株白杨树的便是。"

佳果、孤女两个便去办了祭礼，悄悄地来到秦公夫妇墓上，祭奠一番之后，就向热闹地方走来。刚刚走到虎坊桥前，忽见一大群闲人，围了一个青年村姑，在那儿看变戏法。

孤女便停住脚，同了佳果，也挤了进去看。只见那个村姑，不过十七八岁，相貌十分秀丽，不禁动了怜惜之念。又见她虽在要请客的拳，可是数数都是正宗，那种拳术，似在自己与佳果之上，未免更加佩服。便轻轻地对佳果道："此女具此拳法，何以穷得在变戏法营生？我想资助她银两，你看怎样？"

佳果听了，也悄悄地答道："此女的拳法，我们还不及她，可见京城是个人才荟萃之所，你我行事，处处需要当心。姊姊既要资助她，救人就要到底，我们此刻身边，没有多带，不若等她收场之后，她同我们回庵，送她一二千两银子，使她以后不吃这饭才好。"

孤女听了，连连点首称是，便又再看了看此村姑。拳已耍完，正在那儿笑着对看客说道："远方女子，来到京师，不料寻亲未遇，旅费无着，所以在此耍些小小戏法，众位不要见笑。如有变得可取的地方，尚望众位资助一二。"

说完，便将她头上那一把乌云般的秀发，改绕了一个老妇之髻，又把她的背脊一凸，肚皮一凹，又用手将头往下一揿，陡然变成了一个七十多岁的龙钟老妇。脸子、身体变了老相，已经令人称奇不置，连她的头发也会在顷刻之间变得根根白而发卷，大家顿时叫好。

她又装成一个老年之人走路、讲话的态度，拿了一只竹篮，走至众客面前道："众位看客，既承谬赞一声变得还好，就请诸位随意布施。"

谁知大众起先看了她的戏法，虽是人人叫好，一听要钱，立时不约而同一哄地走个精光。这一个偌大的圈子，只剩得佳果夫妇，连同那村姑自己，一共只有三人。

又听那个村姑仍是老妇的声音，长叹一声道："唉！世风浇薄，竟至于此，叫我一个孤苦伶仃的女子，再向哪儿去求告呢？"

孤女听了她的言语，又是怜她，又气大众，便走上去对那个女子装成的老妇道："你这位姑娘，有此拳法，有此技术，何愁无人帮忙？你若不嫌我冒昧，何妨同我们回寓，多是无力，一二千两尚可相助。"

那个女子听了，顿时合掌朝着孤女谢道："承蒙奶奶搭救，没齿不忘大恩。"说着，便跪了下去。

孤女慌忙把她扶起，忽见那个女子已经变还漆黑的头发，雪白的脸蛋，秋水般的双瞳，绿柳纤腰，似随时能被风吹倒。红菱小脚，

23

似乎寸步难行，何尝是个老妇，早已变为少女了。当时一面赞她美丽，一面同她回到寓里。

进得自己房中，方指着佳果对她道："这是拙夫秦佳果，我叫赵孤女，也是方从外省进京来的。不知姑娘姓甚名谁，家住哪里，府上还有何人，何以单身卖技，能否一一详告？"

那个女子答道："小女子……"

孤女一听她这般称呼，忙止住她道："妹妹，你今年几岁？"

那个女子道："虚度已经二十岁了。"

孤女道："你还比我小两岁，你就认我做姊姊吧！"

那个女子听了，又谦逊了几句，方才答应，称呼孤女作姊姊道："妹子甄姓，小名叫作劳人，边省人氏，同了父母来京探亲不遇，父母又是同日一病而亡，所以流落这里，只得忍辱卖技。至于这一点小本事，还是亡父所教。除此几样之外，还能略知符箓等法。妹妹见姊姊与姊夫二位，精神内敛，双目炯炯有光，一定学过剑术。"

孤女听了，见她小小年纪，既有这般武艺，还有这个眼光，不禁惊骇不已。

正是：

人间知己原难得，黄金万两容易寻。

未知孤女可肯承认学过剑术。

欲知后事如何，且看下回分解。

第四回

痴娃戏姊姊眼具玄功
弱妹助哥哥拳逢劲敌

却说孤女一听劳人说他们夫妇两个学过剑术，便知劳人必是同道。既已认为手足，便也不去瞒她，于是把她夫妇二人的历史，以及进京报仇的事情统统告知了劳人。

劳人听了，顿时露出很高兴的样子道："姊夫、姊姊，将来要做的事情，妹妹也想附附骥尾。"

孤女正要答话，忽见那位老尼走了进来，似乎有秘密说话要讲的样子。

孤女已知其意，忙指着劳人对老尼道："老师太，这位是女徒新结义的妹子，无须避她，有话请讲。"

那位老尼方说道："贫尼得了一个密信，那个科尔科亲王，因为不服水土，奏请准他回京，今天晚上就要到了。你们二人前去报仇雪恨，千万需要小心。因为他的王府，不比寻常百姓家里呢！"

佳果、孤女二人听毕，同声答道："老师太放心，我等自有办法。"

那位老尼走后，劳人便要求同去。

佳果先对她说道："妹子同去，帮助我们，我们岂有不欢迎之理？不过方才那位老师太说，王府之内，深宫密院，不比寻常人家，万一有失，如何是好？我们是为先人报仇，赴汤蹈火，也要去的。

妹妹虽有本事，愚兄良心上，实在不敢约妹妹同去。"

孤女也接口道："妹妹，你的姊夫之言不错，这回的事情不必同往。我们将来要做的事情很多，以后一定约妹妹同去便了。"

劳人一见她的姊夫、姊姊都不要她同去，顿时拿出孩子脾气，就用双手掩了她的粉脸，嘤嘤地哭了起来。

孤女本是一个单丁，从来没有当着姊姊的味儿，如今忽在萍水之中，结义了一位才貌双全的妹子，岂有不当她同胞手足看待？此时一见她这位妹子哭着要去，而且又是一番好意，忙走过去替她这位妹子揩拭眼泪。谁知越揩越多，揩到后来，忽然揩出无数像绣花针般大的小剑出来。不禁大吓一跳，忙不迭叫佳果道："秦郎，秦郎！你快来看，妹子的眼睛里面，被我揩出几百几千把小剑出来了，这是什么缘故呀？"说着，又失笑道，"难道这位淘气妹子，边哭边又变起戏法来了不成？"

佳果还未过来，劳人听了她姊姊的这句话，也忍不住扑哧地笑了出来。

孤女见了，便带笑带骂地道："你这小东西，既然在笑，自然是戏弄你的姊姊了。"说完，便同佳果两个，边用手往地上去拾那些小剑，边嘴上自语道，"到底闹的是些什么玩意儿，让我也来见识见识。"

谁知拾了半天，哪里想拾动它分毫？正待不拾的当口，陡见这无数小剑，纷纷地从地上飞了起来。孤女和佳果忙再去拾，说也奇怪，这些小剑忽又自会落了下去，像生铁铸就的一般，仍旧生在地上，谁想动得它分毫？孤女、佳果两个连称怪事，不离于口。

孤女便悄悄地忙朝劳人脸上偷看，却见她只把眼睛一开，这些小剑就从地上纷纷地飞了起来；若把眼睛一闭，这些小剑就从空中纷纷地落了下去。她的眼睛一开一合，这些小剑就一起一落，仿佛有座无形的机关样子。

孤女看得一时性急起来，便把她自己的脸去凑近劳人的脸道：

"喂，你这小妹子，此刻是在变你的戏法呢，还是在用你的剑术呀？你姊姊也曾学过十年剑术，现在却被你这位小妹子戏弄得莫名其妙了。"

劳人听了，仍是傻笑，一语不答。有时候被她姊姊问急了，她反而把她的眼睛越加迅速地开闭，那地上的小剑也是越加快速地起落。

孤女见她的妹子这般淘气的样儿，把她无可奈何，只得笑对佳果道："还是你做姊夫的，和小姨子自然客气一点儿，你来问问她吧！我是问这位痴妹子，问得吃力死了。"说着，便自去靠窗坐下。

佳果果然听了他夫人之命，走近来笑问劳人道："妹妹，你的剑术功夫，真比我们两个要高万万倍，你能把这些小剑飞出去斩些虫豸回来，做姊夫的一准带你同进王府就是。"

劳人听了，忙看了佳果一眼，笑道："姊姊肯替姊夫做保人吗？"

孤女听了，也笑答道："你姊夫的保人，自然只好你姊姊来做。"

劳人听毕，便把眼珠子朝地上的小剑盯了一眼，吩咐道："你们可曾听见我姊夫所说的话了？快去快来，须要带回凭据。"

这些小剑真的一齐飞了起来，都向窗隙之中，呼呼地飞了出去。不到几分钟的时间，又从窗隙里呼呼地飞了回来，一把把的小剑之上，不是带着砍死的苍蝇，便是带着砍死的小虫。

孤女见了这等奇事，先跳起来，一把捏住劳人的玉手道："我的亲妹子呀，你的剑术真把你的姊姊爱死了呢！你既有如此的玄功，何不早言，为什么这般地戏弄姊姊啊？这个痴丫头还要该打！"

劳人听了，也不深辩，只把她的眼睛一睁，这些小剑便又嗖嗖嗖地飞入她的眼睛里去了。最可笑的，是连那些苍蝇、小虫，也都一起飞了进去。

佳果忙也来问劳人道："妹妹，你的师尊，究是哪座名山，何处洞府的剑仙？做姊夫的一定要我妹妹引见参拜你的师尊呢！"

劳人听了，笑答道："姊夫，妹子不是早已说过，我这点点小本

27

事，全是亡父教的，委实没有其他师尊。"

佳果道："如此说来，我那位世伯定是修仙去了，妹妹切不可当他老人家逝世才好。"

佳果说罢，孤女又来对劳人道："妹妹，做姊姊的，今儿要来做一桩班门弄斧的事情。就是丢丑，好在是自己的妹妹，也不算什么。"

劳人听了道："姊姊，可是要与妹子比一比剑术吗？"说着，便站了起来，走到外面天井之中，把手向佳果、孤女两个招招道："姊夫、姊姊快来呀！"

佳果、孤女两个真的手挽手地走了出来。

孤女笑道："我要先和妹妹说明，无论何人胜、何人负，大家不许谁笑谁。"

劳人听了，也笑道："这个自然，本来是玩意儿的事情，我和姊夫、姊姊三个人，保定不会谁笑谁的。"

佳果、孤女两个便将他们的嘴一张，各人吐出一道青光，就在空际盘旋。

劳人直待他们二人的剑光要向她脑门飞下来的当口，方始慢腾腾地，有要紧没要紧的样子，将她的手掌向那两道青光一扬。只见她那五个手指甲缝之中，同时飞出青、黄、赤、白、黑五道剑光，把两道青光敌住。虽然敌住，并不发展，仿佛守住门户，仅仅乎不令敌人攻进的样子。那两道青光忽而上，忽而下，忽而东，忽而西，忽而一同而进，忽而各自为谋，闹了半天，见那五道剑光如同布了天罗地网一般，全无一丝一毫的破绽，能够进攻。那两道青光自知不是那五道剑光的敌手，忙扑的一声收了回去。那五道剑光一见那两道青光已经退回，方才缓缓地落了下来。只听得劈啪的一声，顿时无影无踪。他们三个人的剑光既已各自收回，他们三个人的本身方始现了出来。

佳果见了劳人，还赞不绝口钦佩她的剑术已达剑仙程度而已。

独有孤女，欢喜得一把辫了劳人的身子，狂叫道："我的亲妹子，你不是我的妹子了，竟好做我的师父了呢！你这剑术，只有我们师父昆仑老人方才能够与你并驾齐驱。现在百事不提，只等晚上一同飞进王府，帮助我们报仇便了。"

劳人听毕，自然欢喜，于是一同回进房来。谁知到了晚上，那位老尼又来对佳果、孤女说道："贫尼此刻又得了一个信息，科尔科亲王原定今晚抵京，后因有人行刺，虽未被害，却已受了惊吓。现在暂居江南养病，大约还要再过一两个月之后，方才来京。他又派了两位名叫无敌拳师的，先行来京，已经奏准两宫，三日之内，就在香厂那里，摆设擂台，专与天下能人比武，不论军民人等，若将那两位拳师打败，封为头等侍卫，再加勇字巴图鲁的官衔，留在王爷身边保驾；若被拳师打死，各听天命，概不抵偿。若是上去打擂台的当口，必须预先写下生死文书，免有口舌。"老尼说至此处，又对他们夫妇笑了一笑道："我看少爷、少奶，大可前去将那两个恶拳师打死，也算是替人民除害。"老尼说完自去。

劳人忙问孤女道："姊姊，我们一定前去，与那个什么无敌拳师见个高下。"

孤女道："去是一定要去的，至于上台与否，临时再定。"

劳人道："为什么要临时再定呢？"

孤女道："我们志在报仇，深怕一上了台，弄出打草惊蛇的事情出来，反而于事有碍。"

劳人听了道："姊姊也太小心了，照妹子说来，像这种奸王，飞剑将他斩了，也极容易。"

孤女听了道："且候奸王回京，见事行事。好在做姊姊的现在有你这帮手，自然放心得多了。"说着，时已不早，孤女又对劳人道，"妹妹，你姊夫是在另外一间房里睡的，妹妹就和做姊姊的同榻，省得再添床铺。"

劳人听了，忙把她的头摇了几十摇道："妹子无事不可遵命，唯有这个同榻的事情，妹子一定要独铺而卧的。"

孤女听了，便好笑起来道："做姊姊的，并不是一定非要妹妹与我同睡，妹妹既然不爱同卧，另架一张床铺，也不费事。我不过见妹妹一闻要你同睡的说话，几乎要把一个头摇落下来，难道做姊姊的是一个男子汉不成，要你吓得如此？"

劳人听了，也笑了起来。

孤女便叫佛婆再架一张床铺，各自安睡。佳果也到他自己的房里去睡。

过了三天，那天已是打擂台之期，佳果、孤女、劳人，他们三个特地起了一个大早，各带防身兵器，便向香厂而来。谁知来得太早，擂台之上，还是静悄悄的毫无动静，台下的闲人却已不少，他们三个就拣了一家靠近擂台的茶摊坐下。

刚刚坐定，忽听背后有人喊他们道："秦先生、秦嫂子，你们二位几时到京的？"

佳果回头一看，见喊他的那人，就是同船的那个汤俊，慌忙一面请他入座，一面问他们何日抵京，令弟是否同来。

汤俊道："我们与贤伉俪别后，便至省城找寻我们原约的那位商家，不料那位商家因为等不及我们，已经另聘别位镖师了。我们见无事可为，听得这里大摆擂台，特来看看热闹。"

汤俊刚刚说至此处，忽见他的兄弟汤杰同了一男一女两个朋友，在外面寻他。他忙出去将他们三个引了进来，彼此问过姓氏，方才知道那位男的姓何，名叫国光，是位来京会试的武举。那个女的是他三妹，名叫国华。还有第二个兄弟名叫国藩的，是位文举人，据说长得非常美丽，在家的时候，往往被一班荡妇淫姬藏了不放出来。谁知国藩一到京的第二天，一个人出去闲逛，就此一去不回，直到现在，四处找寻，仍无下落。试期将近，深恐误了考试，所以他们兄妹二人特到这里前来寻找。因为与汤俊、汤杰都是朋友，此刻遇见汤杰，故在一起。

佳果便劝他们兄妹两个道："国藩先生既是一位孝廉公，他自己岂肯误了功名大事？在我愚见，至迟在考期之前，必定回来。"

国光听了道："诚如尊论，兄弟也是只有这个希望。"

孤女、劳人两个，因见国华生得标致，和她两个仿佛一母所生一般，便笑问她是跟着大哥学武，还是跟着二哥学文。

国华见她二人容貌既与自己一样，说话又极有趣，忙嫣然一笑地答道："承二位姊姊见询，小妹却是一个姜太公骑的四不相，文也学学，武也学学，可是一无所成。"

孤女、劳人听了，也忙笑道："这么你这位姊姊，真是文武全才的了。"说着，只见台下人头拥挤，人声嘈杂，台上已经雄赳赳、狠巴巴地坐着两个拳师，似乎专等人去比试。

国华便问孤女、劳人两个："停刻可爱上台玩玩，二位姊姊真的上去，小妹一定奉陪。"

孤女、劳人正要答话，陡听得人丛之中忽有叫好之声，忙向台上一看，已有一个黑脸大汉跳在台上，正在那儿书写生死文书。看他写毕之后，又见右边的那一个拳师，有人替他脱了外衣，踱至台的中间，向那个大汉将手一拱道："请！"说着，便摆开架势，用左手悬空挡住胸前，把右手捏着拳头，只候那个大汉先行动手，这是让客之礼。比武的规矩，应该这样的。

当下就见那个大汉，用的是毒蛇出洞的拳法，来势很凶的，把头一低，那左手的拳头已向那个拳师的下部击了过去。那个拳师便不慌不忙地，将左掌倏地往下一削，那个大汉也倏地将拳头收了回来，跟着又用右拳，向那个拳师的腰下送去。那个拳师便将身子向左边一斜，避去这个拳风，跟着飞起右腿，就向那个大汉腰下踢去。说时迟，那时快，只听得砰轰的一声，那个大汉已被踢得跌出台外有四五丈远，倒在地上，顿时口冒狂血，大有性命之虞。

台下立时就起了一阵哄声道："好拳师，好飞腿，好嘛好……"这第二个"好"字的音脚却拖得极长。

那时，台下又跳上去一个妇人，不到三五个回合，又被拳师将她丢下台来。

国光看得火起，急把长衣一脱，飞身上台。那台上的拳师已换了坐在左边的那一个，国光指名要右边的那个来见高低。右边的那一个本已坐定，一见国光指名要他，便气哄哄地来与国光交手。大家打了几路，都没破绽。又打了一阵，只见那个拳师顿时眼露凶恶之光，似乎要用毒拳活活打死国光的样子。国光已知其意，忙也忽而进攻，忽而退守，都是步步留心，毫没有懈可击的地方。谁知那个拳师一见已有数十个回合，还未能把国光打下台去，他便用一路双龙抢珠的拳法，要来取国光的眼珠子。

此时国华在台下恐怕她哥哥有失，也来不及招呼孤女、劳人两个，便扑的一声蹿上台去，趁那个拳师正在对付国光的当儿，就用一路苏秦背剑的路数，扑的一拳，向那个拳师的背心上打去。坐在左边的那个拳师看见此拳厉害，急飞步出来，忙用他的手臂把国华的拳头一格，只听得国华大叫一声不好。

正是：

干戈夷险原无定，心术端方始不输。

未知孰胜孰负。

欲知后事如何，且看下回分解。

第五回

倒擂台暗救红颜女
入迷窟难为白面郎

却说国华的那只拳头，正在对付她哥哥的那个拳师，向背心上倏地打去的当口，陡被坐在左边那个拳师扑地跳下座来，用手一格。国华一见来势很凶，不禁口里叫声不好，她的那只玉臂已经倏地缩了回来。跟着虚晃一拳，又蹿到这个拳师的背后，嗖的一声，飞起她的三寸莲钩，就向这个拳师的胯下踢去。

原来国华自小学习武艺的时候，她的鞋尖之上就装了一具极细的铁管，若有人和她交手的当口，不碰着她的鞋尖则已，若一碰着她的鞋尖，任你是铜打铁铸的，一双尊眼珠子也要被她的鞋尖钩了出来。若是下部被她踢着，更没性命。

谁知这个拳师，真是棋逢敌手，一听见他背后嗖地来了一阵裙角之风，他早已捷若俊鹘的一般，急向台板上一扑一滚，倒飞一腿，也向国华的前阴踢来。国华慌忙将她的屁股一凸，小腹一凹，便让了过去。他们两个忙又你一拳来，我一脚去，各显各的拳法。

他们正打得风雨不透的时候，国光和坐在右边的那个拳师也打得难解难分。后来，他们四个人又打在一起，俨如穿花蝴蝶的一般，哪里还分得出谁男谁女？只见四条黑影子，倏地飞来，倏地飞去罢了。直把台下看打擂台的那一班看客，只看得眼花缭乱，啧啧称奇。台下本来还有几个江湖上卖药的拳师、走索的女子，自称也有几路拳头，原想上台去显显身手，此刻是把他们的舌头伸出寸把长，吓得缩不进去。还有几个暗暗地自己安慰自己说道："幸亏不曾上去，不然，就要上得台、下不得台了。"

这时候，台上的四个人都已打得有些乏力起来。

那两个拳师忙一面跳出圈子，一面对他们兄妹二人说道："我们暂且休息片刻，喝口茶再来领教。"

国光兄妹听了，只好答应。

过了一刻，那两个拳师轻轻地咬了几句耳朵之后，说一声"请"，大家摆开架子，一往一来地又打了起来。国华打得火起，忙将她的身子往上一纵，双脚便悬在空中，扑地把脚一分，正想去夹那一个拳师脑袋的当口，那个拳师早已防着这招，就在国华纵起悬空的时候，扑的一声，也已跟着纵了上去，他们两个仿佛会腾空的样子，就在空中打了起来。这样地又打一阵，他们两个仍旧落在台上。

这两个拳师觉得实在打他们兄妹二人不下，便口中念念有词，要用邪术来取他们的性命。国光、国华打得正是上劲的当口，陡觉头昏目眩起来，二人的身体就有些不能支持，但是好胜心浓，还不肯就此下台。谁知就在此时，各人的双拳不过略松一下，二人的身上已被那两个拳师各人打进一拳，一时奇痛难熬，至此方始情愿认输，要想跳下台去。无如已为那两个拳师的拳风逼紧，无法跳出圈子。

正在危险万分的时候，陡然之间，忽听得豁啦啦啦的一声巨响，那座既坚且固的擂台早已坍了下来。幸而是向空地的一方面倒的，故而台下的看客一个也未压伤。那两个拳师自然同与国光、国华一齐飞身纵出台外，心里已知必有奸细，忙去就近禀知王府总管，派兵捉拿奸细。

那班台下的看客起先是看得十分有味，脚下所站的地方哪肯让人寸步？此时一见官兵要来捉人，顿时四散飞逃，只恨各人的爷娘养他们的时候，少生了两条大腿。

国光、国华此时也已奔至佳果、孤女、劳人以及二汤的面前，正想开口说话的时候，佳果连忙暗暗地递了一个眼色，叫他们莫响。二人会意。他们七个人便悄悄地混在人丛之中，来至荒僻所在，一看四面无人，佳果始对国光、国华两个说道："你们二位好险呀……"

话未说完，劳人忙岔口道："此地还非讲话之所，我们的寓里比此地还要隐僻，不如请大家一同到那儿再谈。"

大家听毕，甚以为然，一连穿出几条小巷，离开香厂已远，方敢喘气。一时来到白云庵里，进了孤女所住的房间，大家坐下，惊魂方定。

劳人却先问孤女道："姊姊，你们知道那座擂台，怎么忽然会倒了下来的？"

孤女急答道："对呀！我也不解。"

劳人听了，又笑着道："妹子那时一见那两个恶贼口中念念有词，已知他们在用邪术伤人。"劳人说至此地，又朝国光、国华两个说道，"后来我见你们二位似乎已经着了邪术，打出来的拳势就不像起先时候来得逼紧。当时我本想上台来帮助你们，又恐怕我姊夫、姊姊不准，但是那时你们二位已是十二分危险的时候，万难稍延。我只得溜出茶摊，一把就将那座擂台扳倒，还恐怕压坏看客，所以那座擂台是向空地上倒的。"

劳人说到这里，又去问佳果道："姊夫，你方才不是说他们二位很是危险吗？莫非姊夫那时也已看出他们中了邪术了吗？"

佳果的答话尚未出口，国光、国华两个扑通一声，已朝劳人跪下拜谢道："这样说来，我们兄妹二人不是劳人姊姊仗义相救，我等早已没命。"

劳人听了，慌忙边扶起他兄妹二人，边答道："大家既为朋友，我们和二位又都是出门之人，只要有力所及，岂有袖手旁观之理？"

国光、国华站了起来，又去谢过佳果、孤女。

佳果此时方对劳人道："妹妹，我那时并没有看见那两个恶贼念咒……"

孤女不待佳果说完，也岔口问他道："这么你怎的又说他们二位危险呢？"

佳果道："我所说何先生同何家姊姊很是危险的那句话，乃是指的官兵捉人而言，因为官兵若捉不到什么奸细的时候，自然就要寻着他们二位身上。"

国光、国华两个此时既被佳果提醒，顿时大惊失色起来，道："秦先生的话，一点儿不错。我们两个既然是那两个恶贼的对头，岂有单捉奸细、不捉正犯之理？现在我们二人的姓名、寓址早已写在他们那张生死文书之上了，倘若按名查究起来，我们兄妹二人又往何处逃呢？"

汤杰在旁听了，忙岔口对佳果说道："我们弟兄两个，对于贤夫妇的大才，在路上就领教过的。"边说边又指着何氏兄妹对佳果夫妇道，"他们二位，今天的这场天外奇祸，总要请你们夫妇二位，替他们想出一个办法才好。"

说完，又朝劳人说道："劳人姊姊既是救他们二位于前，后头的事情，还要请你帮忙到底。"

佳果、孤女两夫妇本来对于劳人这人已经当她是同胞妹子看待，今天这一来，更又把她当作诸葛亮看待的了。所以一等汤杰说完，忙先问劳人道："妹妹，你看这事究竟怎样办法？"

劳人听了，也急答道："姊夫、姊姊，你们此刻的心理，一定是总以为这件事情难办……"

孤女不待劳人说完，便拦着她的话头说道："妹妹这句话，我倒不懂起来了。你说这件事情不难办，难道还有什么第二难办的事情吗？"

劳人听了，笑答道："这件事情，大不了悄悄地逃出京去，如果一定留在京里呢，也有法子，只要化上一个装，再将真姓名改了，请问还有谁认得他们二位？妹子所说难办的事情，却是他们的那位国藩先生呀！"

佳果听了道："照我看来，那位国藩先生必是被哪一个不要脸的妇人迷住了。不过他既是来求考的，断不至于自己肯把一个状元丢掉。只要考期一到，不怕他不跑出来。"

劳人听了，又哈哈笑道："姊夫说得本也不错，但不过他想出来，有人不放他出来，又怎么样呢？"

孤女听了，便瞪了劳人一眼，也笑着请问她道："现在国藩先生的人，还未知他究竟在东在西、在南在北，你又不是神仙，何以就知有人不肯放他出来呢？"

劳人正要答话，佳果便笑怪孤女道："姊姊，你可不要驳煞妹子，她的见解真在我们两个之上，你且让她说下去再说吧！"

孤女听了，便笑着连点其头地对劳人道："你说，你说，你有姊夫帮你呢！"

劳人听了，方始笑着去问国华道："二令兄今年多少贵庚？何日何时生日？"

国华忙答道："二家兄今年是十九岁，八月十五子时所生。"

劳人听了，便用手指掐了一掐，忙道："不好，国藩先生非但被人奸污，而且还有性命之忧。今儿若不前去救他……"

劳人说至此地，便不说下去了。

国光、国华二人忙同声问道："劳人姊姊，请你说出地方，我们快去救他才好呀！"

劳人道："你们二位却不可见怪，国藩先生一则命犯桃花；二则这几年之中，污了妇女太多，故而现在要身受其报。幸而尚有孝心，不然，这桩事情，就有杀身之祸。你们二位也不必着慌，今儿晚上，我同我们姊夫、姊姊三个人，一定前去救他便了。"

劳人说完，佳果夫妇以及二汤不过各现惊骇之色罢了。国光听了，似乎已经要掉下泪来的样子。国华是非但着急，而且红了她的那张粉脸，更弄得坐立不安起来。

孤女忙去安慰国华道："姊姊不必这般着急，舍妹既是答应今儿晚上，同了我们两个去救二令兄，想来还不怎么要紧，果真危险，就不能候至晚上了。至于说到二令兄已经被人糟蹋，只要保住性命，其余的事情，也管不得许多。"

国华听毕，忙又站起身来道："承蒙孤女姊姊这般相劝妹子，真是铭感五中，大恩不言报，只有将来回家之后，去供姊姊们的长生禄位而已。"

孤女听了，忙推却道："这不成话，万万不可。若是姊姊看得起我们舍妹两个，何不就此认了姊妹，以便将来彼此或聚或散，都有照应。"

劳人在旁听了，先就大喜，也不待国华答话，便去拖了她，和孤女一同朝天一拜，认为姊妹。孤女居长，劳人次之，国华最小。

国光见了她们这样，真是喜出望外。

孤女又去办了一桌素席，大家坐下，倒也吃得爽快。

到了晚上，国光兄妹以及二汤都问可要一起同去。劳人先答道："四位只在此地等候消息，我既答应你们，要将二兄弟救回，你们放心便了。"说完，她便同了佳果、孤女两个，一齐飞身上屋，顿时就不见他们三个的影子。

二汤倒还罢了，独把国光、国华两个已看得目定口呆，忙暗想道："他们三个既有这般本领，国藩定可救回。"

现且丢下他们四个在此等候，单讲劳人同了佳果、孤女两个，一路行来，逢高便纵，逢低便蹿，顷刻之间，已经来到一个所在。

佳果、孤女慌忙抬头一看，见是深宫密院，忙与劳人一面纵上高墙，悄悄地问劳人道："此地究属哪一个的王府？你得先告诉我们两个。"

劳人也悄悄地答道："这就是科亲王的邸第，他有一个最宠爱的外宠，名叫袁子都的，自己虽是做了人家的龙阳，他却也爱这个道儿，只要一见美貌少年，他就抢来如此如此。"说完，又指着东边的一所大院落道："那里便是他的游宴之处，国藩兄弟就在这里面。"

孤女还要问话。

只见劳人摇摇手道："姊姊和姊夫两个，且在此地隐身等我，我先下去看了之后，再上来喊你们。"说完，便轻轻地飞身而下。

来至屋里，只见除了几盏半明不灭的灯光之外，寂静得一无人影。壁间的一架挂钟，正在那儿报点，细细一听，已是三点钟了。知道大家此时必已睡熟，忙在身边摸出一小包的闷香，燃着之后，无论醒的、睡的，闻了香气，便如死人一样，非得脸上喷过冷水，永远不会自己醒的。她便大踏步进去，走到内房一看，也是没人，不过桌上还摆着剩酒残肴，桌子后边便是一张红木雕龙的大床，忙走近床前，揭开帐子一看，却见赤条条地躺着两个美貌少年，早已着了闷香，沉沉地睡在那儿。她便暗忖道："外床的这一个，貌似国华，自然是国藩无疑了。那里床的一个，准是袁子都这个恶贼，我且让他再活片刻，这件公案，等佳果、孤女二人来办。"她想毕，仍旧放下帐子，便转身出房。

走到外间，正待飞身上屋的当口，忽然看见一面极大的着衣镜子照着她自己的容颜，活像一位红粉佳人。她就走至镜前，用手指着镜子里面的自己狂笑道："你这位先生，真算会闹把戏的了！"

她这句话刚刚出口，陡见屋上飞下两条黑影，回头一看，那两条黑影已经站定，就是佳果、孤女两个。她怕露出她的真相，便离开镜子问佳果、孤女二人道："姊夫、姊姊何以如此性急，不待我的回复就先下来了？"

佳果、孤女同声答道："我们因见妹子久不上来，恐怕妹子有失，故而赶紧下来。现在国藩这人可曾寻着？"

劳人听了，笑答道："你们快跟我来。"说着，便同佳果、孤女来至内房，指指床上，叫他们自去看去。

佳果、孤女忙至床前，揭开帐子，看了那两个少年的样子，忙问劳人道："外面的必是国藩，里面的这一个，还比国藩年轻，还比国藩标致，他是谁呀？"

劳人听了微笑道："我不爱办这件事情，你们可用冷水喷在国藩的脸上，先让他苏醒转来，问了他再说。"

孤女听毕，便对佳果笑道："这种形状，真是难看，我也和我妹子的意思一样，不敢办这优差。你是男子，你来办吧！"

佳果听了，忙先去寻了两件长衫，盖在二人身上，然后方去把那只金的脸盆端到床前，朝着外面的这一个呷一口，喷一口。

没有一刻，只见他张口说道："闷死我也。"说完之后，睁开他的眼睛一看，陡见床沿上坐着一个男的，地上，并排站着两个女的，不禁羞容满面地对佳果说道，"你们的主人，难道还糟蹋得我们不够吗？此刻天已将亮，还要……"

说至此处，唉地长叹了一声，便不往下再说。

佳果听毕，知他误会，还当他们三个也是袁贼手下之人，急问道："你是不是名叫何国藩的？果真是的，我们是你那国光令兄、国华令妹请我们来救你的。"

正是：

有意来寻金马客，无端又救玉堂人。

欲知后事如何，且看下回分解。

第六回

异想天开家姬充土娟
奇谈海外师祖嫁徒孙

却说外床的这个，正是何国藩。当时他一听见他的哥哥、妹子请人前来救他，这一喜还当了得？忙把他的双手朝他们三位一拱道："学生正是何国藩。三位恩人既来相救，赶快将我弄出这个险地。"说着，又连连地望着房外道："若被那个袁贼进来看见我要逃走，彼此都有不利。这个府里，很多高人异士，弄得大动干戈，多个麻烦。"

佳果听了，不解道："贤弟既说那个袁贼不在房里，这么与你同卧的，此人又是谁呢？"

国藩听了，顿时红了脸答道："此人乃是苏州新科解元姓平的，也是和我一样，被那个袁贼诱进府来的。三位恩人若能将他一同救出，也是一桩好事。否则，顾我要紧。"

佳果听毕，忙问孤女、劳人二人道："国藩贤弟既叫我们乘便救这位姓平的，国藩贤弟自然归我背负，这位姓平的，又叫谁背呢？若是眼见不救，于心何忍？"

孤女听了，只把眼睛看着劳人。

劳人已知其意，便对佳果笑道："我们姊姊，定是不肯背负男子。既是救人性命的事情，只好我来做就是了。"

佳果一见劳人自己答应，忙又将里床的那位姓平的照样喷醒。

国藩便把他们三位来救自己的事情告知姓平的，姓平的谢过他们三个，也说越快越好。国藩又请二位女客暂时回避外面，以便他们好穿衣裳。孤女、劳人两个当然退出房外。

国藩与姓平的穿好之后，佳果正要去背国藩的时候，劳人便笑着走上来，一把将佳果拖开道："我看国藩兄弟到底是自己人，让我来背。姊夫，你去背这位平君吧！"

佳果听了，也笑对劳人道："我一个人，总而言之，只能背一个，随便妹子来拣吧！"

劳人听了，也不多言，便把国藩的身体仿佛像老鹰抓小鸡一般，反背背上。

国藩在劳人的背上急叫道："你这位姊姊，轻些，轻些！我这两天的身上，只剩得几根骨头，委实受痛不起。"

孤女也笑着怪劳人道："人家是病人，妹妹怎么这般冒失？"

国藩听了，生怕劳人见怪，又忙求孤女道："你这位姊姊，千万莫怪背我的这位姊姊，此刻已经背得轻了，再好没有的了。"

此时佳果也已把姓平的背好，于是他们二人在前，孤女断后，一齐飞身上屋，就从一家家的屋面连纵带蹿地走去。没有一刻，已到庵里。佳果、劳人两个，忙把各人背脊上面的人分放铺上。

此时国光、国华二人，一个抱着兄弟，一个拉了哥哥，连哭边问，闹成一片。二汤此时插不上嘴，只好等在一边。佳果因见姓平的此刻身边没有亲人，怕他相形之下，定要伤心，忙又过去竭力地安慰他。姓平的更加感激万分。

劳人又叫大家切勿慌乱："他们二位的脸上很有病容，让我开张药方，等他们二位吃药之后，大家再问不迟。"说着，开好药方，忙令佛婆连夜前去撮药。又吩咐庵中上下人等，严守秘密。

此时天已大亮，大家也不再睡。何、平二人服药之后，也如好人一般，国华哪里还等得及，忙叫国藩说出原委。

国藩见房内半是生人，倒弄得反怕难为情起来，挨无可挨，方始含羞地说道:"我那天一个人出了寓所,不过想去闲逛。谁知一走两走地,走到一个所在,只见有一家人家,珠帘画槛,十分华丽,像是上等勾栏的样子。我刚刚走过这家门口,不料楼窗之上,忽然泼下一盆脸水,把我的全身衣服弄得像落汤鸡的一般,我自然不答应他们。就在此时,楼上忽然走下一位美貌女子,将我请了进去,一面向我大赔不是,一面替我去烘衣裳。这个女子又对我说,她在这家勾栏之中,做了几年的神女,从未遇见过像我这样的人物。我那时原不该见猎心喜,被她迷住……"

国华听至此地,便拦住国藩的话头,怪他道:"二哥总是不改旧性,一见女子,连性命都不要了。"

国华还要再说,国光忙阻住她道:"三妹,你快莫怪你二哥,他现在岂有不懊悔之理?你不要打断他的话头,让他讲下去吧!"

国华听了,方又对国藩说道:"二哥,并不是做妹子的反敢来说哥哥,实因为我们同胞手足,一听见二哥有了危难,把我的苦胆早已吓碎了。今天的事情,若是不遇着我们这两位新结义的姊姊,二哥,你想想看,还得了吗?"

国藩听毕,忙朝孤女、劳人两个说道:"怪不得两位姊姊一见了兄弟,就称我为贤弟。我那时实在不敢冒昧相问,失礼的地方,尚望二位姊姊原宥。"

说着,又向佳果也道了歉。大家各又谦逊一番。

国藩方始接着又往下说道:"我那时既为那个女子所迷,我的衣裳本也未干,就是干了,我那时也舍不得走的了。这天晚上,那个女子又办了一席盛宴,和我两个人同吃。岂知那个酒内,已经下了迷药,我吃了不到三杯,顿时就昏天黑地起来。我那时自然不知道酒内下了迷药,不过以为她们那个酒的力量太大罢了。那个女子又引我到她的密室里去睡。我上床之后,倒头便睡熟,以后的事情,我就概不知道。及至后来醒来,我的身子已在王府里的床上了。那时又想挣扎起来,浑身已软如棉,哪还能够动弹?那个袁贼就在那

43

时上床来奸污我起来。我那时真同死人一般，如何能够抗拒？只得含羞忍辱，任其所为。谁知袁贼又是一个淫棍，后来有人告诉我，只要被那个袁贼污过三次，没有一个不送命的。今天二位姊姊和姊夫若是不来相救，明年今天，就是我何国藩的周年之期了。"

他说至此处，便呜呜呜地悲伤起来。

大家忙劝他道："这是年灾月晦，也推不开去的，要看破些为妙。"

国藩伤心了一阵之后，又说道："后来又有人对我说，那个勾栏就是那个袁贼开设的，那个女子就是袁贼的姬妾，袁贼叫她来做诱人之饵的。那个密室，下底造有地道，可通袁贼的内室的，京城里的人，上当的已是不少，所以现在单诱外省进京来的一班人，每日平均计算，至少也有两三个人上当的。"说着，指那位姓平的说道，"这位平君，就是步我后尘之人。"

佳果听至此地，忙问国藩道："那么这个袁贼，昨天晚上，是否要来相犯你们二位？我还看见桌上摆有残肴剩酒，不知是否他吃的？"

国藩道："昨晚，那个袁贼吃完了酒饭，正要上床来犯我们的当口，忽然有人来禀他，说又诱进一个标致少年，所以他就到西边的那座院子里去了。直到你们三位进来的时候，他还没有回来，也是他的造化，不然，也好送了他的狗命！"

劳人插嘴道："我的初意，本想救了你们之后，就去送他的终，后来一想，他若死了，或者于你们二位的功名有碍。不如让他多活一两个月，等你们二位考试及第之后，那时再去取他的狗命不迟。"

当时大家听了，都称赞劳人真有远见。

此时姓平的见国藩话已说得差不多了，便对佳果说道："兄弟是苏州人氏，贱名亚雄，父母早已谢世，又无弟兄姊妹，家境又极贫寒。本来全靠一位姓赵的朋友资助几文膏火，叵耐那位朋友，无端地遭了一场冤枉人命，现在落在监内，自顾不暇，当然不能接济兄

44

弟的了。幸而兄弟于去年秋天，侥幸占了乡闱第一，上个月，东凑西集了几文川资，来京会试，一时不检，不图竟步了何兄的后尘。以后之事，全与何兄一样，也不赘述了。但是兄弟既承相救，从何图报呢？"

佳果听毕，忙答道："四海之内，皆是兄弟，我们也并非专程来救足下的。后由国藩贤弟说起，岂有见死不救之理？图报等语，乃是世俗之见，足下堂堂解元公，何必拘泥如此？贵寓何处？兄弟打算亲自送兄回去。"说完，便去拿出一千两银子，递与亚雄道："这点银子，请兄留作浇裹之需。"

亚雄边接了银子，边谢道："兄弟惭愧，正愁旅费将尽，承兄慨助，只有报颜拜领。不过还有一件无礼的事情相求，未知我兄能够允许否？"

佳果听了道："亚雄兄何事见委？兄弟凡力有所及，决不推辞。"

亚雄听了大喜道："兄弟的年纪本轻，胆子又小，一个人回寓，尚恐袁贼派人前来害我，兄弟冒昧，想在此庵耽搁几时，有兄保护，自然放心。将来若能侥幸及第，那时不分大小，总是朝廷之官，那个袁贼，或者不敢加害，也未可知。"

佳果听了，便一口答应道："此庵尚有余屋，亚雄兄既愿寓此，这是兄弟又多一位朋友，彼此切磋，双方有益，哪有不欢迎的道理呢？"

这里他们二人的话还没有谈完，那边的国光、国华又在要求劳人替他们化装。

劳人听了，笑着道："现在王府，是否要捉拿你们二位，尚未探得消息，你们且在这里耽搁几天，让我出去替你们打听明白之后，见事行事便了。"

国光听了，道谢不迭。国华听了，更是欢喜。

国华又对劳人笑道："二姊姊，你既留妹子住在此地，妹子真是高兴得无以复加。方才二家兄对妹子提起，他要妹子转求二姊可否收他做个门徒，他说一个人没有防身的本领，到底处处吃亏。不晓得二姊肯收他吗？"

劳人听了，笑道："你这个小妹子，怎么瞎说起来了？你的二哥，他是我的兄弟，怎的可以拜起姊姊做师父来了呢？"

国华听了，便撒娇道："二姊姊，你不答应妹子的请求，妹子就要跪下来了。"说着，真的像要跪下去的样儿。

劳人慌忙将她扶住道："拜我做师父的一层，真不像话，二弟既肯归正，要想学武，我来上个条陈给你。你叫他去找我们的姊夫去，他们男的对男的，不是便当多吗？"

国华听了，笑着道："姊夫如果不肯，妹子依然要来找你的。"

劳人听了道："那时再说，我此刻就要出去，替你们去打听事情去。你还要在这里瞎缠一直来缠我，真要挨打了呢！"

说完，正想出庵，汤俊、汤杰问劳人是否出去打听事情。

劳人答道："是的。"

汤俊、汤杰道："我们二人在此没甚事情，打算明天出京，再图良会吧！"说着，便向大家告辞。

佳果相留不住，又送了他们二人很重的一份程仪。二人谢了佳果夫妇，别了众人，便与劳人一同出庵而去。这且不表。

单讲国华一等劳人出庵之后，真的去找佳果。佳果也只肯单教武艺，不敢做人师父。国华没法，只得回复国藩。

国藩便从此学习武艺，后来虽然不能飞檐走壁，却也拳棒精通，此是后话。

先说这天孤女等到晚上还不见劳人回庵，心里便有些着急起来，忙去问佳果道："秦郎，劳人妹子出去探听事情，此刻尚未回来，我和你两个，可要出去寻寻他？"

佳果听了，笑答道："劳人妹子，她既知过去、未来之事，复有神出鬼没之术，她还怕谁？"

孤女听了，方始放心。一个人又凝思了一阵，忽又对佳果笑道：

"秦郎，我看国华妹子真与这位平亚雄两个年龄相等、才貌相同，我们何不也学我们师父，来做个月下老人呢？"

佳果听了，连声赞好道："对呀，对呀！这么我做男媒，我此刻就去和亚雄说起来。你就做女媒，你也去对国华妹子讲讲看。"

孤女听了，笑着睬了佳果一眼道："你莫忙，且让我去问过国华妹子再讲。婚姻的事情，总要先问女的。"

佳果听了，又连连地赞好道："姊姊真内行，我很鲁莽，几至误事。"

孤女听了，又带笑带说道："你可替我把声音放得轻些，不要姊姊长、姊姊短的。现在此地是人多口杂了，不比只有你我两个，任你要怎么样就怎么样。"说完，也不待佳果再说，便一溜烟地走到国华那儿去了。

谁知寻了半天，却寻不着国华这人。后来问了老佛婆，方才知道，国华一个人在后面一进院子里收拾她的卧房。走了进去一看，果见国华一个人正在那儿铺床。

孤女便问国华道："大哥、二弟呢？"

国华听了，一面请孤女就在床沿上坐下，一面答道："他们也在东边院子里收拾房间。"

孤女便和国华咬了几句耳朵。只见国华红了脸答道："姊姊怎样说，妹子就怎样依。妹子一家人的性命都是姊姊救出来的，姊姊看对的人，谅来不至于误我终身之事的。"

孤女听了，笑道："只要你自己把新郎看对了，其余一切的事情，都有你姊姊替你安排。"

国华道："他既是一位解元，才学总还不错。妹子不比姊姊是剑仙一流，不做尘俗之想，妹子是只望嫁个夫婿，将来能替国家做一番事业，也就心满意足的了。"

孤女见国华已经情愿，忙去告知佳果。

佳果去与亚雄一讲之后，亚雄因与国藩已是患难之交，又见国华的人才不错，再加是恩人做媒，便也一口应允。又说，既已说定，榜后便要迎娶。

国华这面自然赞成。他们这里把媒人的事情刚刚办好，劳人也已回来。国光、国华忙问怎样。

劳人听了道："我已打听明白，据说奸王不在京师，一切的事情都是袁子都那贼做主。昨晚因为门不开户不启地失去了何、平二人，就知京里必是到了异人，吓得非但对于何、平二人被劫之事不敢追究，连把已经通缉打倒擂台的要犯奸细统统撤销。"说着，便对国光兄妹二人笑道，"你们二位，大胆着出去便了。"

国光、国华听了，当然喜出过望。连那国藩、亚雄两个，也如释重负，得见天日，真也高兴非凡。

此时孤女又想着一件事情，忙去悄悄地对佳果说道："劳人妹子，我们既当她是亲妹子看待，她的终身，也是要紧的事情。"说至此地，又朝佳果轻轻地笑道，"昨儿她既自愿背负国藩，安知不是她赏识国藩？至于国藩叫你师父，你本来并未承认，何不就把劳人妹子配与国藩？大家有了着落，我们也好专心对付那个奸王的事情了……"

孤女话犹未完，忽见劳人已经站在他们的面前，一脸的似怒非怒、似笑非笑的样儿，对他们喝声道："好嘛！你们夫妇两个，竟在这里鬼鬼祟祟地，要把我这人送给你们徒弟吗？"

正是：

未识人家真面目，如何自己强商量。

欲知后事如何，且看下回分解。

第七回

占鳌头魁星受窘
露马脚太岁遭殃

　　却说孤女正在和佳果商量，拟把劳人嫁与国藩的时候，不防劳人陡地已经站在她的面前，装着一副尴尬面孔，怪他们夫妻两个不应自作主张，想把她嫁与他们的徒弟何国藩。

　　当时孤女便自恃是一片好心，也不怕她见怪，且不答言，便将她一把拉到自己房内，随手把门闩上，又叫她一同坐下，握了她的手说道："大凡婚姻的事情，须要媒人先行提议，等得商量妥当之后，始能再征本人的同意。本人若是赞成其议，这件婚事，就算成功；本人不赞成呢，媒人的提议，立时可以取消，媒人也不倒霉，这便是古今中外做媒人的例子。我所说的，却是指的普通媒人而言，除了媒妁之言，第一个大题目，就是父母之命了。本人没有父母的，当然是兄嫂做主，所以古人说得好，这就叫作长兄当父，长嫂当母。讲到妹妹与我们，虽然是异姓手足，可是以现在的情况而论，恐怕真正的同胞，还不及我们姊妹二人的亲爱。方才我们两夫妇商量妹子的终身大事，原是一番好意，妹子方才怪姊夫、姊姊两个，似乎没有征求你的同意，这是未免错怪我们了。一则事情尚在提议，本来还没有到征求妹子同意的时候；二则妹子既认我们是亲姊夫、亲姊姊的了，姊姊本也可以替你做主；三则不孝有三，无后为大。婚姻的事情，乃是五伦之一，我和你姊夫成婚的那一天，也是我们师

49

父做主，一句话说出口，便拜天地，何尝征求我们两个的同意呀。现在我们两个，对于这件美满的婚姻，回想当时，真是大大地感激我们师父。照这样说来，自己没有十二分把握的事情，何敢施于别人身上？以师父对于我们的事情看来，便可类推的了。至于说到何国藩这位新郎，他的门第、家世、相貌、年龄、学问、性情、资产，件件都与妹子相等，只有品行一层，虽说曾被那个袁贼所诱，未免白玉上有了一点儿微瑕，然而这是力不可抗，不能拿那班自堕人格的人物前来比他。"孤女说至此地，又把劳人的玉手紧紧地一捏道，"妹妹，你可不要辜负你姊姊的美意呀！"

劳人一言不发地直听到此处，方始大笑地答道："姊姊之情，实是可感；姊姊之举，未免不伦。"

孤女听到这里，不待她往下再说，很诧异地问道："我的举动，怎么不伦起来了？难道替你做媒，反做错了不成？"

劳人听了道："我本是一个抱独身主义的人，虽怪我没有将此意预先声明，但是现在也还不迟。"

孤女听了，大不以为然地道："妹妹呀，你们甄氏门中的香烟全在你一个人的身上，岂可只顾自己，不顾祖先的呢？"

劳人见孤女又以大义相劝，不能再辩，只得说道："妹子实有不能嫁人的苦衷。"

孤女听了道："我不信妹妹有什么苦衷。"

劳人见孤女定要劝她嫁她的徒弟，便用双手将她自己的脸上倏地往下一勒，忽然哈哈地大笑起来道："你这顽徒，你再看看我是何人？"

孤女一见她的妹子劳人忽然变作她的师父昆仑老人模样，不禁大吃一惊，慌忙跪在地上，扶着师父的双腿道："师父何故变相而来？徒弟莫测高深，还求明示！"

老人听了，又大笑道："你且起来，去把佳果叫来见我。"

孤女听了，慌忙奔到外面，一见佳果，忙说道："我们师父来

50

了，秦郎快快跟我前去参见。"

佳果听了，飞奔来至孤女房内。果见老人笑容可掬地一个人坐在那儿，赶忙同着孤女一齐跪下参拜。

老人便叫他们起来坐下，说道："为师鉴于你们二人下山复仇，实在不甚放心，所以在你们离山的第二天，就用隐身之法，一直跟了你们走路。一则对外可以保护你们；二则对内可以监察你们，一怕你们在幽深隐微之处，昏夜私室之中，一时为俗魔所诱，偶然做了一二件错事，那时就把前功尽弃，岂不可惜？好在为师为人，本以乐字、奇字为主体的，脱略形迹一点儿，只要于你们有益，也无妨碍，故而变作一位才貌双全的女子，以便随时随地与你们接近，方好监督你们。幸而你们下山以来，尚能遵照为师的教训行事，为师很觉欢喜。谁知你们两个顽徒，商商量量地，竟要把为师嫁起徒孙来了，岂非是一场天大的笑话吗？"说完，复又拍掌大笑。

佳果、孤女两个忙又跪下求恕道："徒弟等肉眼无知，哪里看得出这位女子就是师父所化的？冒昧亵渎的地方，还要师父原宥。"

老人听了，笑道："你们道行不深，学力不够，为师素来行事，从不苛求人的。你们起来，可叫三何一平前来见我。"

佳果、孤女两个磕头谢过师父之后，便将他们四个叫到，大家便万分诚敬地拜过老人。老人命他四个坐下，先对国光、国华二人说道："你们两个心地纯正，极重手足之情，一个武职有分，一个嫁了状元夫婿，富贵白头，往后仍宜向正道上走去，自然后福无穷。"

国光、国华两个忙站起来答道："谨遵仙师的法谕。"

老人点点头，仍令坐下，始对亚雄、国藩两个太息道："你们两个，本来一个可望状元，一个可望翰林，叵耐你们误于色字，文昌帝君已命魁星将你们二人天榜除名，如此根基，自己抛弃，真是可惜。"

当下亚雄、国藩两个听了，便红了脸，赶忙跪求老人道："下愚

51

等现已痛改前非，未知仙师能否成全我等？"

老人道："贫道此刻请你们前来，因知你们已经改过，立誓向善，所以要问问你们二人，是否心口如一。真能力行善事，贫道拟向魁星去办交涉，因为天上的玉律，本有一条准人改过的条文，以便众生弃恶向善。不然，那班恶人，便无从改作善人了。"

亚雄、国藩两个听了，忙又答道："仙师若肯成全，下愚等再不力行善事，愿受天戮。"

老人听了，笑着点点头，扶起他们二人道："这么试期已近，你们二人快去用功，至于能否交涉成功，那就要看你们的造化。"

他们四个一齐谢过老人，方各退出。

老人又去见过那位老尼，赞她能够熬苦修行，将来正果有望。

没有几时，朝廷已圈出常熟翁同龢，做了大总裁，考试天下举子。

这天，平亚雄、何国藩二人进场之后，一因心中存了善念，做出来的文章自有正气；二因老人允许他们，去与魁星交涉，胆子一壮，更是做得精神饱满，篇篇锦绣。等得缴卷之后，各自高高兴兴地出场。

老人看了他们二人的文稿，便点头道："贫道看了你们这几篇文字，就知你们已经弃邪归正。你们既然能够如此，我岂肯失信于你们呢？"说完，只见老人忽将袍袖一展，倏地不知去向。

大家在这里惊疑不定的事情，且不说他。

单讲老人来至考场里面，隐身走进翁总裁的私室。只见翁总裁正在那里细阅试卷，一位魁星菩萨暗地里立在总裁的后面。老人向那个魁星招了手，叫他出室，有话谈讲。

那位魁星见了老人，虽然不认得老人是谁，但是老人满脸道气，必是一位未受天职的地仙，不敢怠慢，忙来到室外，方才问道："你这位仙尊，何处名山，哪座洞府？与小神有何话讲？"

老人笑答道："贫道便是昆仑老人，屡蒙玉帝敕旨，要授贫道天职。贫道奏明道功不够，尚须来到尘世，再做千百件除暴安良的事情，始敢上天受职。玉帝准奏……"老人说至此地，便在身边取出一面小小的黄旗，交与魁星看道，"此是玉帝赐予贫道的中央五雷令旗，逢神召神，遇怪斩怪。平时因在昆仑炼剑，故而少与星君亲近。"

魁星接了黄旗，看过之后，慌忙恭恭敬敬地递还老人，又朝老人打了一拱道："小神曾在玉帝的授职名单之中已见大名，又遇纯阳祖师，常常地谈起仙尊的道功玄妙、剑术精深，未知此时仙尊有何见教？"

老人道："贫道的小徒，他们有两个友人，一名平亚雄，一名何国藩，虽因行迹不检，此次天榜除名。现在幸已改邪归正，拟请星君将他二人名字改填天榜。"

魁星听了，忙摇头道："这是玉帝的敕旨，小神何敢擅自做主？"

老人道："玉帝如果见罪，贫道一人负责就是。"

魁星道："仙尊何不自去奏知玉帝办理？这件难题，不宜叫小神来做。"

老人道："此等小事，哪敢上渎天庭？只有将来遇有汇奏的案件，再行叙上。"

魁星听了，仍是不允。

老人笑了一笑，又对魁星说道："星君若不行个方便，便要误人功名大事。星君莫怪贫道冒昧，贫道便要自行填改了。"说完，也不再待魁星回话，即将黄旗向空一展，似乎要把魁星调回，自己去改天榜的样子。

当下魁星见了，忙暗忖道："若是让他自己来改，将来文昌帝君必要责备本神所司何事。还是让我自己来改，一则卖个人情与他；二则有他负责，似乎还不要紧。"想完之后，忙对老人笑道："仙尊请把这旗收去，小神的职位卑小、道力浅薄，见了这旗，便觉胆怯。至于在天榜上改填平、何二人的名字，一准遵办便了。"

老人听毕，一面收了黄旗，一面逼着魁星速改。魁星没法，只得照办。

老人眼看魁星改毕，方始别了魁星，回到庵里。亚雄、国藩不敢直接来问老人，忙托佳果、孤女二人替他们探听消息。佳果、孤女两个真的来问老人。

老人笑道："此事为师负了重大责任，你们可叫他们二人成名之后，须要好好地治国安邦、为民除害。一有错事，为师先以飞剑取了他们的性命，然后自赴玉阙待罪。"

佳果、孤女两个听了，一面代他们高兴，一面也切切实实地叫他们切记师父之言。一有错事，误了自身还是小事，累了师父有罪，那还了得？

亚雄、国藩二人本是真心归正，自然立誓谨遵老人之谕。

不到几时，传胪一唱，平亚雄果然独占鳌头，何国藩也是钦点翰林。他们二人谢过老人，自去琼林赴宴，骑马游街，固是喜之不尽。还有那位何国华小姐，更是喜欢得将一张樱桃小口嘻得合不拢来。

又过了几天，国华便与亚雄结缡，真应了老人那句状元夫婿的说话。等得国光武场考毕，放榜之后，也中了武进士，授了御前二等侍卫之职。各人分别自去就职，此事暂时丢过，以后再提。

再说佳果见别人的事情都已妥帖，只有自己之仇尚未得报，忙问老人道："徒弟的仇人现下还在南边，等他回京，不知等到何时。徒弟想求师父同往江南一行，杀了那个奸王，徒弟死也瞑目。"

老人听了道："徒弟，何必如此着忙？那个奸王总有回京之日，今天你先跟我去办一件事情再讲。"

佳果听了，忙问要办何事。

老人道："此地百顺髻有一家妓院，叫作凤林班子，这家的男老板绰号狗头太岁。此人本是一位现任知县姓朱的随身跟班，那位知县太太爱他长得清秀，便与他有了暧昧，后来那位朱知县调任新疆，就在半路之中，被他太太串通这个太岁，将那朱知县活活谋死。可怜那位朱知县，一无亲族，身边只有一个五六岁的亲生女儿，那时这位朱小姐年幼无知，自然认了这个太岁是她亲爷。这个太岁便与那个无耻之妇冒了那个已死朱知县的姓名，前去上任。因为路途遥远，没人识破机关，倒也被他做了一任县官，刮了十几万地皮。卸任下来，他便满载金银，带了总算他的妻女回到北京，造下一所极大的花园，买上无数的房产。正想过他的享福日子，不料一连几场天火，加上一件人命官司，弄得吃尽当光，没有法子，所以来开这所凤林班子。那时那位朱知县小姐还只得十一二岁，不能接客，只好由那个无耻之妇自现色相，虽然已是徐娘，因她是位尤物，生涯倒也不恶。一混几年，那位朱知县小姐已有十五六岁了，这位朱小姐，虽忆前事，到底是她亲生之母，无可如何，幸而极有骨气，无论如何，不肯接客。这个太岁便与那个无耻之妇串通，定了一个毒计，今天晚上，要将这位小姐灌醉，由太岁强迫破她身体，一破她的身体之后，那时木已成舟，就不怕这位朱小姐再不俯首听命了。为师已知此事，你可多带银两，随同为师去到凤林班里见事行事便了。"

佳果听毕，忙去拿银子、换衣服，正待要出门的当口，孤女忙问何往。佳果告知其事，孤女也要同去。

老人笑道："你是女流，这种下作地方，何必跟去？况且此去又用不着动武。"

孤女听了，便向她师父撒娇道："女徒听得这位朱小姐，又是可怜又是可敬，定要同去看看。"

老人听了，且怒且笑道："你这顽徒，为师真受你的累不浅呢!"说罢，便带了佳果、孤女，来至凤林班里。出来招呼客人的，自然就是那个无耻之妇。

老人尚未说话，先命摆酒。那个妇人一见老人举动阔绰，顿时巴结非凡。老人又指名叫出这位朱小姐，出来一看，果然生得花容月貌、落落大方。一正一邪，却与乃母真有天渊之别。老人便一面喝酒，一面盘问她们母女的历史。天下的事情，本是若要人不知，除非己莫为，说话一多，那个妇人便露出了马脚，连连要想用话遮掩，已是不及。

老人便把太岁叫进房来，喝问他道："还愿官办，还愿私休？"

这个太岁原是一个坏蛋，哪把老人放在眼内？老人要他死而无怨，所以不肯自己处治，即命佳果报告该管警署。一时来了一位巡官，老人便将新科状元平亚雄的来头搬出。那位巡官听了，只吓得诺诺连声地，急把太岁连同她们母女二人带回警署去办。

老人又将这位朱小姐保了出来，一同来至庵里。照老人的意思，想把这位朱小姐配与何国藩为妻，还怕她不知底蕴，特命孤女先去对她说明。谁知这位小姐，一口表明意有所属，不愿再嫁别人。

正是：

不随翰苑清才客，愿适贫家孝顺郎。

欲知后事如何，且看下回分解。

第八回

长街卖字孝子拾奇珍
古寺烧香贤妃遗宝物

却说孤女一听朱小姐意有所属，便又对她说道："不瞒朱家姊姊说，我们这位何国藩兄弟，他非但是一位新科翰林，而且品貌非凡、心地纯正。难道朱家姊姊的意中人，还要胜过我们这位兄弟吗？"

朱小姐听了，又含羞答道："小妹所指之人，乃是一个穷秀才，小妹和他同过邻居，因而知道他是个孝子。此人姓王名宗祥，目今在那儿沿街卖字养亲而已。"

孤女听毕，顿时改容相敬道："朱家姊姊能够看中一位孝子，足证不是寻常女流。妹子情愿担任执柯的事情。"

朱小姐道："小妹家中不幸之事，姊等已是深知。现在家母既与那个恶贼身入官中，当然难逃法网，如此说来，小妹不是只剩得一个孤苦伶仃的女子了吗？姊姊若肯成全，将来结草衔环，自当图报。"

孤女听了道："图报之说，不劳挂齿，我看朱家姊姊准定耽搁我们这里。那班子里还有什么衣穿什物，我们可以替你去拿。"

朱小姐听了，忙摇摇头道："那些造孽钱财、肮脏东西，小妹不愿再要。"

孤女听了道："这是更见朱家姊姊的清高了。"说完，忙将朱小姐送至从前国华住过的那间房里之后，方来把这事禀知老人。

老人听了，便伸手掐指一算，笑着对佳果、孤女二人说道："我已算过，那位王宗祥将来虽有大发，目前还有三个月的牢狱之灾。今天我就化为他家一个女戚，前去做媒，你们二人可替朱小姐速办几样妆奁，越俭越好。她现在尚未到交运之时，过于华丽，便要折她的福气。"

老人说罢，忙把袍袖向他脸上一掩，顿时变为一位粗衣布服的中年妇人，自己朝镜子里照了一照，也不禁哈哈地大笑起来。

孤女也笑着向老人道："我看您老人家，真偏心呀，对于我们两个徒弟，还不肯认为真正嫡派。"

老人听了一愕道："你凭什么说我偏心，又说我不拿你们当嫡派看待？你这顽徒，快快说来，若是没理，自己前来领责。"

孤女自恃老人溺爱，噘着小嘴儿道："您一会儿一变，一变而为美貌女子，二变而为中年妇人，像这般的法术，女徒最是心爱，何以留着舍不得传授于我呢？"

老人听了，大笑道："这是大道云功，已采天地的奥妙，非数百年静心修炼的功夫，哪能至此？你这顽徒，仅有一点儿小小聪明，随便学了几年，你自以为年深月久的了。在为师看来，不过屁大工夫。只因你们那两个仇人恶贯满盈，应该此时受报，所以为师叫你们下山。不然，此时还在山上做那些汲水、砍柴的功夫呢！"说到此地，又用手指指着孤女道："你这顽徒，乳臭未干，还未学着会爬，就想学着跑起来。你快去和你佳果二人养下一个孩子，等得接续你们秦赵二氏门中的香烟之后，重至洞中，再好好地下它百十年功夫，那时为师自然会传授你们的。"

孤女一听师父叫她去养儿子，顿时将她的那一张粉脸羞得比关云长还要红几倍，忙一面嘴里说着："师父怎么说出这样不老成的话来？"一面早已一溜烟地跑去，与佳果商量置办朱小姐的妆奁去了。

老人也一边嘴里说着"这个顽徒，该打该打"的，一面装着妇人走路的模样，出庵去了。直至傍晚，方才回来。

孤女问他可曾会着。

老人点头道:"会着的,已经说妥,三天之后,即来迎娶。"

孤女道:"朱小姐的妆奁既是毋庸考究,三天里头,岂有赶办不及之理?"

此时老人已经变还原形,便叫朱小姐出来,将三天之后便要迎娶的话对她说知。

朱小姐听了,红了脸答道:"此事悉听长老做主,小女子无不遵命。不过还有一事,要求长老援手。"

老人问她何事,她当下答道:"家母所为,虽然对不起亡父,但是做人子女的,眼见亲生之母,身首异处,于心何安?而故拟求长老,可否不办死罪?"

老人听了,摇首太息道:"小姐此言,未免差矣!你只知你母身首异处为惨,你难道忘了你的生父身被人杀、妻被人奸,岂不是还要惨得多吗?况且此是国法,贫道哪敢存这个妇人之仁呢?"

朱小姐听了老人之言,想起亡父,真是死得可惨,便不再说。

过了三天,王宗祥那面已来迎娶。嫁了过去,草草完婚之后,朱小姐见她婆婆衣服单寒,饭食粗糙,犹在其次。满身病痛,已入膏肓,若不立刻延医调治,那就危险。忙对她的新婚夫婿王宗祥说道:"王郎呀!为妻看婆婆的病症,非是寻常老病,只有赶紧去请医生,前来医治。"

宗祥听了,便长叹了一声道:"唉!不瞒妻说,我王宗祥寒窗十载,满腹诗书,只因命不逢辰,竟弄得食无隔宿之粮、居无立锥之地,天天地踯躅街头,只望卖字得资,侍养我这位衰病老母。谁知一无主顾,哪有银子延医?这场喜事的费用,还是替贤妻来做媒的那位故乡女戚所赠的几两银子,方始勉强过去。"

朱小姐听了,不禁诧异起来道:"王郎,你说这回做我媒的人,是你们的一位故乡女戚,这么这位女戚,可就是那天送亲到这里来的那位赵孤女姊姊吗?"

宗祥道："不是的，我所说的这位女戚，已经有四十以外的年纪了。我从前在故乡的时候，曾经资助过她几次。她这次因事来京，不忘旧事，特来看望我们，她说起她和白云庵里的那一班人都是熟人，所以提起这桩亲事。她那天一谈好这事，赠了我们几两银子之后，马上出京去了。贤妻可是疑心我所说的这位女戚就是那位赵孤女吗？"

朱小姐听罢道："为妻只知这位做媒的事情乃是赵孤女姊姊自己亲自来说的，现在吾郎既说另外还有一位女戚，或是赵孤女姊姊特地托她前来的，也未可知。"

宗祥道："这些已过之事，不必说它。现在只是没钱延医，如何是好呢？"

朱小姐道："王郎，你只顾仍去上街卖字，能够卖得一文，就是一文。婆婆的医药之费，赵孤女姊姊那面曾替为妻办了几件布草衣服，送做嫁妆，且让为妻将这些衣服拿去典质，替婆婆去请医生便了。"

宗祥听了，连连地点着头，搓着手，迂腐腾腾地叫了几声"惭愧呀，惭愧呀"，便自顾自地拿了许多写就的屏联，出门去了。一直到了半夜，方才看见宗祥一脸笑容地奔了回来。

朱小姐忙问他道："王郎，今儿这般高兴，可是卖了一笔大生意吗？"

宗祥听了，边向怀内摸出一个小小纸包，边递给她道："字倒没有卖去，我回来的时候，路经杨梅行斜街，忽然在地上拾着一粒宝石，贤妻快快打开一看，这就是我们母子夫妻发财的日子到了。"

朱小姐慌忙接来，打开一看，见是一粒大红宝石，非但透底通明，只见这粒宝石红光闪闪，竟将室中灯火掩得黯淡无光。

朱小姐在班子里的时候，曾经看见科亲王的儿子波贝勒手上戴过一粒，据说是太后所赐，价值连城。不禁大喜，便对宗祥说道："这粒宝石，却与波贝勒戴的一模一样，确是奇珍异宝。虽说路不拾遗，古有明训，但是我们为孝顺婆婆起见，也只好用一用这个不义之财的了。"

宗祥道："我也是此意，安知不是我们苦尽甘来，老天赐予我们的呢？"

说完，他们夫妇二人忙去报告老母。那位卧病在床的老太太顿时也笑逐颜开起来，双手合十地朝天拜谢。

他们夫妻二人，这一夜之中，说说笑笑，直到红日三竿，尚未合眼。

朱小姐便催宗祥起来道："王郎，这粒宝石乃是稀世奇珍，万万不可卖去。此刻就去典质一二百两银子，等得我们有钱的时候，便好赎回。"

宗祥也以为然，忙拿了宝石，前去典质。不料去了许久，尚未回来。一直等到上灯，仍无信息。又从夜里等到天明，依然无影无踪。朱小姐又晓得宗祥一无亲友在京，身带宝物，断不至在外耽搁，不禁心惊肉跳起来。可是又没地方去找，只索一汪眼泪地在家死守，还不敢告知婆婆，生怕病人惊吓不起。

这么，王宗祥这人究竟到哪儿去了呢？

原来这粒宝石，乃是太后赐予成贤亲王的那位成贤王妃的。这位贤妃，生性淫荡，面首多人，还不满她的兽欲。有一天，她到佑圣古寺去烧香，看见那位法名叫作秀清的方丈，爱他是个佛门子弟，只生得精神饱满，体硕无伦，便学着武则天与那个怀义和尚的故事，只借烧香为名，常常地前去幽会。

这天，秀清方丈要问她讨一件贵重的首饰，以做纪念。这位贤妃便将这粒宝石赠予秀清。秀清知道是件宝物，忙去藏于密室。不料不知怎的，这粒宝石忽然不知去向，四处寻找，毫无下落。没有法子，只得告知王妃。贤妃听了，顿时大惊失色，因为这粒宝石她虽然赠予秀清做了纪念。若遇太后要起这粒宝石来的时候，她问秀清一取便得，赛过藏在她的王府之中一样。当下一听这粒宝石忽失所在，一则太后要起来的时候，无从呈出，便有大不敬的罪名；二则若被别人窃去，还是小事，万一辗转地弄到她的王爷手里，因而闹出奸情，那还了得？她想了半天，只得回府，欺骗成亲王，说是这粒宝石藏在秘密箱内，忽会不翼而飞，还哭哭啼啼，逼着王爷，限期替她寻着。

成贤亲王听了，也知这是老佛爷钦赐的宝物，怎好遗失？立时去将顺天府尹、九门提督，这几位官儿传至府内，很严厉地申斥道："你们所司何事？连王府里箱内所藏，太后钦赐的一粒大红宝石都会被窃起来，这般地闹下去，不是皇上的玉玺也要不见了吗？你们自己陈明限期上来，三天够吗？"

当下顺天府尹、九门提督听了，一面连连赔罪，一面答应，三天之内，一准查出这粒宝石，呈交上来。王爷听了，也无多话，将手一挥，便命退出。

这两位官儿一回自己衙门，急将所属官员一齐传到，说明原委，勒限两天，逾期无着，听候参办。那些小官回衙，也是大虫吃小虫的办法，勒限差役、地保，一天之内，便要寻出赃物，否则打断狗腿。只吓得那班差役、地保，连连口叫："青天大老爷开恩，可否宽限几天……"话未说完，抬头一看，他们的老爷早已退堂，去陪姨太太了。

这班差役只得在四处的大当小押之中，前去查问，一天不报，挨批一次；两天不报，妻子收禁；三天不报，站笼伺候。可怜吓得这班差役，叫苦连天地，只怪他们的祖上没有阴功积德，生下子孙，来做差役。

当下有一个快嘴的朋友驳他们道："你们做差役的，本来一个人兼了龙、虎、狗三项头衔，补上卯名的时候，一只金饭碗到手，在城吃城，落乡吃乡，宛如一条神龙；虐待犯人的时候，任你人身如铁，难当私刑似炉，真如一只猛虎；缉捕不力的时候，受罚挨批，重则收禁，却如一只饿狗。你们差役赚钱的日子多，受窘的日子少，你们的祖先，哪一位不含笑地下，说你们都是跨灶子孙呢。今天的这粒宝石案子，未免委屈你们诸位了。"

这班差役此时吓得连性命都不着杠的当口，哪有这些空闲工夫和人斗嘴？谁知此时又得着他们老爷的一个恶信。原来王爷因为各官限期已满，未缴赃物，立时将各官摘去顶戴，于是一座城的大小文武官儿，统统都戴着没顶子的空梁大帽，在那儿发愁。

这天，各位官儿正在自己带领差役、地保，亲查当典质铺的时候，可巧碰着这位倒霉的王宗祥，高高兴兴地拿了这粒宝石前去典质。一见之下，顿时人赃并获，拿到县里。因为这件案子乃是钦案，这位知县老爷又在气头之上，所以也不管王宗祥是位秀才相公，照例须要革去功名之后，方能动刑。这位知县老爷立时推翻签筒，把公案拍得震天响，连喝"打打打"的，就是一千板子，再加五百藤条。打完之后，始问口供。

可怜这位王宗祥，虽然家境贫寒，自小长大，却也娇生惯养来的，如何受得起这样的刑罚？早已痛得死去活来、不知天南地北的了，知县问他的长，他却供的短；知县问他的天，他却供的地。这位知县更是大怒起来，硬说他是积贼，方有这样游供，喝令取过大刑，便将宗祥上了天平架，三收三放。宗祥熬刑不过，只得认供。按过手印之后，钉上双镣收监，只得钉封一到，便要问斩。

这般的大案子，闹得满城风雨。可怜那位朱小姐，守在屋里，尚未知道。一直呆等几天，始由一家邻居前来报信。朱小姐一听这个恶信，便大叫一声苦呀，她的第二声还未出口，砰的一声，早已倒在地上，厥了过去。那位邻居慌忙将她救醒转来，陪着她去探监。

及至走到监外，牢头禁子问她探望何犯。朱小姐道："我来探望王宗祥的。"

那个禁子一听"王宗祥"三个字，顿时吓得伸出舌头，缩不进去。

朱小姐问他何故这样惊慌。

那个禁子过了一阵，方始望了朱小姐一眼道："你这位娘子，到底还是人呀，还是鬼呀？"

　　朱小姐听了，也不懂起来道："咦！我来探监，乃是正经大事，你怎么开起我的玩笑来了呢？"边说，不禁伤心起来。

　　那个禁子一见朱小姐哭起来了，忙一把将她推了开去，又自言自语地道："这个王宗祥，乃是钦犯。我看她脸蛋倒还长得不错，怎么连钦犯都可以来探起监来了，岂不是一个大笑话吗？"

　　朱小姐听了，又气又急，顿时又晕了过去。

　　正是：

　　　　两行热泪都成血，一缕芳魂何处飞。

　　欲知后事如何，且看下回分解。

第九回

入法场闹笑话抱错亲夫
进牢狱施奇方医痊病犯

却说朱小姐,被那个牢头禁子冷嘲热骂地气得晕了过去,幸有陪同前来的那位邻居,急忙用滚水灌救。闹了好半天,方始苏醒转来。正待忍着气,再去央求那个禁子的当口,又被那个禁子走过来踢上几脚,赶了开去。

朱小姐一壁哭一壁说,非要一见宗祥之面,方肯回家。

那位邻居劝她道:"王家嫂子,这里是牢监,官法极严,这个禁子既说钦犯不准探望,就是有钱,也未必能如你愿。况且你身上又没带钱,只有暂时回去,另想别法吧!"

朱小姐听了,没有法子,只得哭哭啼啼、一步挨一步地走了回来。

刚刚走到屋里,又有一位邻居来报,说道:"有人传说,今天要斩窃犯。我想窃犯是例无死罪的,要么除非是你们王先生的钦案窃犯了。"

朱小姐一听此言,顿时又觉魂灵出窍,吓得连眼泪水也没有了,只是一面干哭,一面还要瞒着婆婆,直挺挺地痴立着。把她的那双眼珠子一定一定的,似乎迷了心窍的样儿。

这位邻居也顾不得男女之嫌,急用手向她的后背心上用力一拍,又在她的耳边疾声喊道:"王家嫂子,此事若真,今天就是你们王先生升天之日，你快快要把你的心镇住，我好同你到法场上去。你还得去备些祭品，祭他一祭，以了夫妻之情。"

朱小姐忽被这位邻居叫醒，一面自己急将她的心定了一定，忙问道："这么去办祭礼，可还来得及吗？"

这位邻居道："杀人总是午时三刻，此刻太阳已经当中，赶快去办，或者还赶得及。"

朱小姐听了，急忙去拣了几件衣服，要想去当。

这位邻居道："王家嫂子，你要去当东西，这个圈子兜了下来，哪里还来得及？我身上尚有一块大洋，就借与你吧！这么你可要去告知你的婆婆一声吗？"

朱小姐毅然决然地答道："决计要瞒着婆婆，她老人家此刻已经病得不能起床，哪里还惊吓得起？"说着，忙同这位邻居草草地办了几样祭品，带跌带走，飞奔地来至法场。远远地望去，那个法场之上，已是人头拥挤。

朱小姐见了这个形势，顿时两只耳门之内嗡的一声，她的一颗芳心又像倏地从脑门里飞了出去的样子。此时哪里还敢怠慢？急忙挤入人丛之中，抬头一看，果有两个穿着红衣的犯人跪在地上，左边的一个，似乎是男的；右边的一个，似乎是女的。又见那个男的脸上已是血肉模糊，不成模样，令人见了，又惨又怕，她手一软，就把手中的祭品丢得满地都是。她也顾不得去拾，忙以膝代脚，飞风似的爬到那个男犯面前。

站在男犯身边的那两个刽子手，忽见一个妇人跪着走来，正待去拦阻她的当口，说时迟，那时快，早已被她抢着抱了人犯，一句亲人，一句我夫，号啕大哭地闹了起来。

谁知朱小姐泪眼蒙眬地没有看清楚那个犯人，那个犯人倒已看清楚朱小姐了，就向朱小姐说道："我的女儿，你在哭谁呀？你的亲娘跪在那边，你赶快过去和她去说几句话吧！"

朱小姐起先糊里糊涂地，只当这个男犯是她的丈夫，所以抱了他的头，哭得如此悲哀。此时忽听犯人的声音不对，慌忙细细地朝那个犯人脸上一看，方知就是杀他亲父、奸她母亲的那个狗头太岁。顿时弄得惊疑不定，红着脸站了起来，忙问那个刽子手道："我求求你这位大爷，还有一个犯人，名叫王宗祥的，请问他跪在哪面？"

那个刽子手听了，知道这个妇人弄错了人，又觉好笑起来，便来奚落她道："今天是剐狗头太岁与朱钱氏两个犯人，我们可不知道什么王粽匠、王石匠的。天下竟有你这样冒失鬼的娘儿们，连自己的亲丈夫都会认错起来。我们做了几十年的刽子手，今天还是头一次碰着这种笑话呢！"

朱小姐一听今天并不是杀她丈夫，心里便觉一清，虽然被这两个刽子手奚落了一阵，却也得着一个实信，便也不去和他们多说，急急地奔至那个女犯面前。在她的脸上，看了一看清楚，不要再闹笑话。不料那个女犯早已看见了她，因为手已反绑，不能前来抱她，顿时一壁流泪，一壁叫她道："我的心肝宝贝的亲女儿呀，为娘今天居然还能见你这块肉一面，死也瞑目的了。为娘都是被这个杀千刀的恶贼所害，今天有什么脸去见你地下的爹爹呢？"说罢，可怜她的眼泪已经哭干，只是一阵干号。

那种声音，宛如一种怪鸟叫的一般，连她的亲生女儿听了，也会将毫毛竖了起来。慌忙走上去跪着，捧了她母亲的脸，哀哀地痛哭道："我的苦命的亲娘呀，你这句话能够早讲几年，我的亡父也不至于惨死；你老人家也不至于受此极刑了。现在虽然懊悔，可是已经来不及了。我的亲娘呀，你早走一步，替你这个苦命女儿带一个信给我亲爷，说我不久也要到阴间路上来了呢！"

这位朱太太听了她女儿这几句话，一时良心发现，便觉又羞又愧又伤心，又痛哭起来。还想再说几句的当口，陡见那个刽子手奔过来将她女儿一把拖开，跟着就是三声号炮，便把她剐将起来。

此时朱小姐无法上去，只在地上乱滚乱哭，霎时之间，可怜她的亲娘已被剐毕，就将尸首纳入一具薄皮棺材之中去了。那个恶贼，也由另外一个刽子手同时剐毕，丢入棺中，和她娘的棺材却是并排摆在一起，倒便宜他合上了那句生同衾、死同穴的情话。

朱小姐看了，气愤不过，还一壁口里喊着她的亲娘，一壁走上去将那个恶贼的棺材狠命地踢上几脚，方去朝着她娘的棺材拜了几拜之后，同了同来的那位邻居回家。

她的婆婆见她回来，便朝她发话道："我叫你一声新娘子媳妇，不是做婆婆的今天就来说你，你的丈夫出去几天，还未回来，吉凶祸福没有知道，我冷眼看你这儿天之中，不是一出去半天不见人影，便是失魂落魄的模样儿枯坐家里。你是一个年轻的妇人呀，像那种无耻之事，是千万做不得的呢！"

朱小姐听了，可怜她只得把她的眼泪往肚子里边咽边道："婆婆教训，自然不错。媳妇出去，也是去找你老人家的儿子去的。媳妇此刻又想服侍你老人家吃过药之后，还要出去找他去呢！"

她的婆婆听了道："你真的去找你的丈夫，那是应该的。我老年之人，未免多说多话，不过防你耐不得我们家里的苦呀！"

朱小姐听了她婆婆的这种言语，不觉轻轻地把她的头摇了几摇，又偷偷地叹了一口气，方才答道："媳妇是自己愿到这里来吃苦的，婆婆千万不要疑心。等得媳妇出去把你儿子找了回来，我们娘儿三个就是苦些，总有后望。"

说着，便服侍了她的婆婆吃药之后，便一个人来到白云庵里，一见孤女，顿时伤心得讲不上话来。孤女见了一吓，急问何事，朱小姐方一五一十地告知了她。孤女听毕，慌忙把老人请出，通知此事。

老人听了道："为师已知此事，正拟打算出去办这事情，谁知朱小姐先已来了。"说着，又对朱小姐说道，"你的丈夫，命中注定该有此难。"

朱小姐听了，等不及老人往下再说，忙拦着问道："这么他已定了死罪，请问长老，还有没有救星呢？"

老人听了，笑道："贫道此去，就是办理这事。他是钦犯，照例不准探监。你且回家，服侍病姑，静候我的消息便了。"说完，就命孤女给她十两银子，以做零用，自顾自地出庵去了。

现在不提朱小姐拿了银子回家，单讲老人出了庵门，用出隐身之法，来到监里，看见王宗祥已是遍体鳞伤，奄奄一息地卧在囚犯笼内。他便四面一看，拣中一个极有钱的钦犯，走近他的面前，用手指向他的脸上悬空地画上两个圈圈儿，霎时便将他的身体摄至梁上，让他一个人躺在那儿，这个就是摄魂法，只有仙家会用。

老人此时已经变成这个盗犯的模样，便将牢头禁子叫来，对他道："我的钉封不日就到，身边所有银钱已无用处，现在我想做些好事，以修来世。你能依我，我这几百两银子便统统送与你。"

那个禁子听了，忙狗颠屁股，笑容可掬地道："你老人家仗义疏财，本是一位大大的豪杰，自从进监以来，我受你的好处也着实不少的了。况且你老人家又是做好事，我哪有不遵命之理？至于承蒙赏赐，这是不敢拂你盛意，不知究竟要做什么样的好事，请你老人家吩咐就是。"

老人听了道："我知道这监里的犯人，第一样的苦事，自然就是受那官刑；第二样呢，就是有了刑伤之后，再加上一场大病。像这种苦头，所谓活地狱的，就是指此而言。我自知我的医道不错，今天起了这种志愿，要想把两监之中的男女病犯统统医好。"

那个禁子听了道："这班囚犯，本来都是歹人，若是好人，试问会不会到这个牢狱之中来呢？"这个禁子说到此地，慌忙又连连地笑着对老人道，"你老人家不要见怪，我所说的歹人，却是说的别个，像你老人家是手又来得松，常常地赏赐我们，心又来得软，今天又发这样的慈悲。不是我见钱眼开，像你老人家这样的好人，真正是好人之中的好人呢！"

老人听了，笑了一笑道："你倒并不是见钱眼开，不过是强盗手里夺铜锣罢了。"

这个禁子只听了上一句，便连连接口道："对呀，对呀！"

及至听见老人的第二句，方始笑道："你老人家怎么开起我的玩笑来了呢？"

老人听了，便不再言，只将银子交付与他，令他出去，不必在此监督。那个禁子见了这许多雪白的银子，顿时连屁股里也笑了起来，一听老人叫他出去，忙诺诺连声地答应着"是是是是"的，捧着银子，往外就走。

这里老人便首先去问王宗祥道："王秀才，我来替你医病，你能够坐起来吗？"

王宗祥听了，只微微地把头一摇。老人便知他的毛病已是十分沉重，但是监里无药可买，若叫禁子出去抓药，原无不可，唯恐一经招摇，弄得捕厅老爷知道，反而多有不便。便用他自己的一股元阳之气去与宗祥口对口地哺了刻把工夫，宗祥的内病虽已去了十之八九，可是皮肉上的刑伤反而痛得更加厉害。因为起先病体沉重，已失知觉，自然不知痛苦。此刻精神复原，便有一刻难熬之势。老人便去筛了一杯凉水，吐了一口涎沫在那杯内，又用一块破絮，蘸上杯里的凉水，向宗祥的创处抹去。谁知抹到哪里，那个痛就止到哪里。

等得浑身抹完之后，王宗祥顿时变为一个标标致致毫无伤痕的小伙子了。赶忙起来向老人跪下磕着头叩谢道："你这位大头目，平日我见你很难说话，怎么今天忽然无缘无故地医起学生来了？而且手到病除，一无痛苦。学生想来，恐怕古时的扁鹊、华佗，哪有这种医道？"

老人听了，笑道："这就叫作强盗发善心呀，你也不必谢我。现在监里人多，你可要替我做个帮手。"

宗祥听了道："学生不懂医理，如何好做帮手呢？"

老人道："你别管，我叫你怎样你就怎样便了。"

宗祥听了，连连答应道："可以可以，此刻先做何事，快请吩咐。"

老人道:"那边聚了一大堆犯人,叽里咕噜的,不知在那儿讲些什么。你去查明报来。"

宗祥奉了命令,忙奔到那一大堆犯人的所在,便去询问。

只见那一大堆的犯人之中,有个窃贼露出大不以为然的样儿,首先对他说道:"我们在这里议论的事情,就是说你这个小屁精。"

宗祥听了道:"学生本是一个九死一生之人,承那位大头目大发慈悲,刚刚将我医愈,我并无得罪你们诸位之处,何得出口伤人起来呢?"

那个窃贼又说道:"那位大头目,既是大发慈悲,据他自己对禁子大爷说,要将两监的男女病犯统统医痊,何以他要先医你这个小鳖蛋呢?无非爱你长得像个花旦罢了。"

宗祥听了,便用一只手指,一二三地点着那个窃贼的鼻子,突突突地、迂腐腾腾地骂道:"你这奴才,侮辱斯人,该当何罪?"

那个窃贼见了宗祥这个样儿,便回头朝大家道:"你们诸位听听看,他倒指着大爷的鼻子骂起人来了。"说着,便把衣袖往上一勒,伸出拳头,就向宗祥脸上打来。

老人见了,便蹿过来,用手一格,顿时把那个窃贼跌出两丈外面去了。那班人犯素知老人所化的盗犯来得厉害,因为这贼进监未久,口出狂言,要想看看他的本领,所以大家不去阻他。今见这贼跌倒在地,知无什么伎俩,于是大家向老人所化的那个盗犯,替那个窃贼求情。

老人便问大家道:"我的医病,乃是发于我的自愿,本来没人可以干涉我的。至于谁先谁后,我也没有成见。这贼对着姓王的开口便骂,动手便打,他依据是什么法律?"

大家听了道:"你这位大头目不要见怪,这监里却有监里的规矩,无论何事,总要以先进山门为大,挨次而来,大家便无话说。"

老人听了道:"就算有这规矩,乃是指银钱饮食而言,这是医

71

病，何必要分先后？既是如此，你们凡有刑伤疾病的人，赶紧挨次前来，让我医治便了。"

大家要医的，果然挨一挨二，一排一排地，一齐站着，等他医治。

老人大略一看，约有百十个之多，一时不及一个个地医治，便去吐了一口涎沫在水缸之中，吩咐大家各呷一口冷水。大家将信将疑地，一时不肯去呷。

内中有一个人命案子的犯人，实因刑伤痛不可熬，先去呷了一口，边呷边就止痛。忙向老人谢过，喜如雀跃地跳了开去。

大家见他这样，方始信服，各呷一口之后，果都脱然而愈。

女监之中也是这般。独有那贼，因为只挨了二百小板，既不大痛，所以也不羡慕。等得第二天，那贼又去过堂，那就不好了，一次脑箍、两次天平，所有刑伤，更比宗祥还要厉害。那贼至此，方知有人医病的好处。

正是：

万事若能留后步，一生始不受人讥。

欲知后事如何，且看下回分解。

第十回

落草英雄生成菩萨相
贪花和尚死戴美人头

却说那贼受了极重的刑伤之后，始知有人医病治伤，真是救命王菩萨，没有法子，只得挽人前来疏通王宗祥，要请王宗祥进言那个盗犯。宗祥听了，也不记前仇，便去与那个盗犯说了。

老人听了，暗想道："这个恶贼，不到黄河心不死。他既来求我，我本以慈悲为怀，何忍袖手？不过姑且和他开个玩笑，寓警戒于医治之中，要使他从此改过向善，方始不背我奖善罚恶的宗旨。"想罢，便走至那贼所卧的地方。

此时那贼已经不能动弹，那种摇尾乞怜的贼相，想起前事，真是令人又可气又可笑。

老人先向他的脸上吹了一口气，方问他道："你这恶贼，我倒是一片好心，要将全监的病犯统统医愈，你竟拿那种下流的口吻，辱骂我与王宗祥两个，今天又来求我。你在昨天大发虎威的时候，你可曾防到今儿有求人的事情吗？"

那贼的脸上一被老人吹气之后，他的心地似已渐入光明之境，慌忙有气无力地告饶道："小人昨儿一时糊涂，冒犯大头目和那位王先生，现在自己越想越觉万分惭愧。小人之言，乃出真诚，不过不能剜出心来给你老人家看就是了。"

老人听了，哈哈大笑道："你是真言，或是假话，我做了一世大盗，这样一点点的小事，岂有看不出之理？你须真心真意，从此学做好人，方能将你医治。"

那贼听了，慌忙立了一个恶誓。

老人听了，方命宗祥去把便桶提来，先拿一碗屎给他吃。那贼见了，只在喉管之中微声疾叫道："你老人家，怎么叫我吃起屎来呢？小人已经告过饶了，大人不记小人之过，还望高抬贵手，饶了我吧！"

老人笑道："对症用药，医家自有道理。你相信便吃，不信便罢。"

那贼无法，只得皱了眉头，吃了一口。谁知一到口中，满身的疼痛立时止了好些。他一见吃屎有此奇效，慌忙捧着盛屎之碗，大吃起来，也顾不得臭气了。一碗吃下之后，已觉好了十分之六，还要再吃。

老人止住道："这个药料，更比药店里的人中黄来得灵验。你既吃下一碗，再停一刻，自会全部止痛，可以不用多吃。"

那贼听了，一面口里道谢，一面睡了下去。未到一刻，果然已同好人一般，扑地跳了起来，便奔至老人面前跪下磕头。老人又劝化了他一番。那贼后来果然变为劫富济贫的义贼。说过不提。

这天晚上，老人等得大家睡静之后，便把宗祥叫到面前，与他说明原委。

宗祥听了，初犹不信，后来记得书上本有一句万物化生的话，方又谢过老人道："学生承蒙长老，一以婚姻成全，再以化身相救，感铭五中，固不待言。不过长老若将那个盗犯复了知觉之后，他当然不肯承认此事，定要去问禁子讨还银子，那时学生岂非更要遭他们的虐待？长老何以善其后，还求始终成全。"

老人听了，笑道："此事我岂有不防到之理？我本想将此盗劝化归正，要他替我去到绿林之中劝化同类的，不怕他不承认此事。"

宗祥听了，大摇其头地答道："夏虫不可以语冰，这是性格使然。长老忠厚待人，存心固是不错，无奈既曰绿林，便是草寇，他们只知杀人越货为能事，岂肯去劝同类？"

老人听了，也摇着头道："你的议论全是书生之见，要知放下屠刀，立地成佛，何尝不可以回头是岸呢？况且绿林之中，最多英雄豪杰，自古至今，由强盗封侯的，何啻恒河沙数，甚至还有大盗成佛的古典。我从前在法场之上，曾经救过几个已要正法的强盗，因为他们都是一脸的菩萨之相，乃为饥寒所迫，逼上梁山。后来这几个强盗出家修行，将来必成正果。这些事情，只能怪政治不良造成盗匪世界。你是读书之人，难道连孔子为政，三月而鲁大治的历史都忘记了吗？"

宗祥听至此地，方始恍然大悟地道："长老明教，顿开下愚的茅塞。从前学生有个志愿，若能做了地方之官，必要严办盗匪，以为人民除害。今听长老说来，罪不在盗，而反在官。学生果有这一日，必要做个模范知县，领导同僚……"

老人不待他说完，忙赞道："善哉！善哉！你有此志，天必成之。"

宗祥道："学生这次的冤枉，长老应该知道。"

老人听了，点点头。

宗祥又说道："长老既知学生冤枉，这么还求搭救则个。"

老人道："你须苦守三月，过此难星，贫道自有办法。"

宗祥听了道："学生只要不受非刑，就是再多些日子，倒也无碍。唯有病母在床，没有良医，很是担忧。"

老人听了，微笑道："这么你的夫人在家，既寒且饿，你倒任她去吗？"

宗祥道："我妻贤淑，可以不必顾她。"

老人听了大赞道："执事只知老亲，不知其他，这才是真正的孝子。贫道凡力有所及，一定维持你的府上。"说完，便将梁上的那个盗犯摄了下来，又用手指在他脸上圈了两圈，那盗顿时苏醒转来。

此时老人还未回复原形，仍是那盗模样。那盗一见之下，只把他吓得连叫有鬼。幸而老人已将全监之人用了遮耳之法，不然，便要闹出乱子来了。

老人见那盗连叫有鬼，便笑问鬼在哪儿。

那盗道："你不是鬼，就是我的真魂。否则何以像我一样一样呢？"

老人听了，笑了一笑，方始把此事详细告知了他，又苦口婆心地点化一番。

那盗本是一条好汉，他的为盗，也是被人所迫，一听老人之言，他的心里便如晨钟一动，顿觉光明起来，慌忙向老人跪下道："仙师具此道术，也是小子有幸，可否收作门徒，让我也好忏悔罪孽。"

老人听了，笑道："贫道向不收徒，在十几年之前，先后收了男女两徒，弄得像是养了一对儿女，百事都要照顾他们，真觉受累不浅，我不打谎话，委实不敢再收徒弟的了。你只要依我所嘱行事，于你自己有益，于人也是有益，不必定要拘泥于名义之间。"

那盗最是直爽，一听老人吩咐，便不再说。

老人见了，更是欢喜，一面只将他的衣袖向脸上一掩，已经复了一个道人模样的原形。宗祥本是见过的，倒还罢了，独把那个盗犯惊得啧啧称奇，连连说道："仙师只要搭救小人出狱，定照仙师之命行事。"

宗祥在旁急对那盗说道："照我想来，你总是与我一同出狱，长老叫我在这里再过三月，我是手无缚鸡之力的一个文人，这个监里的那班犯人，实在凶恶无伦。一切的事情，还要望你保护才好。"

那盗听了，忙答道："王兄不必担心，我们二人既然都要仙师相救，我岂肯任你吃亏的呢？"

老人也对宗祥笑道："你放心吧，这位大头目，从今以后，绝不至于再像从前的那般难说话了。"

那盗和宗祥两个听了，各自互相一笑。老人也倏地已失所在。

宗祥和那盗一同望空一拜，从此安心住在监里不提。

再说老人，出了监门，天已大亮，便不回庵，一直来至杨梅竹斜街高升客寓之内，先向水牌上一看，见那第八号与那第六十四号都是住着姓吴的客人，他先到八号房间一看，却是住的一位外省来引见的官儿，忙又来至六十四号。正要推门进房，忽见一个茶房来拦住他道："吴客人的病体十分沉重，生客不要进去。"

老人道："我正是为他病重而来，哪好不让我进去？"

那茶房听了，方不言语。

老人跨进房内，就见床上有一个人，面如死灰，势已垂危，闭了眼睛，躺在那儿。忙走近床边，向那人的脉上用手一按道："好危险呀！"边说边向桌上一望。

见有半杯凉茶，忙用左手将那只茶杯拿到手里，右手就在杯口上面画了一道神符，自己把茶呷在口内，对准那人的嘴，哺了进去。

只见那人边在咽，边就将眼睛睁了开来。咽完之后，已是精神大旺。正想坐起，老人忙一把将他按住道："人龙师弟，你吃了我的药，气尚没有运到丹田，快莫起来，有话躺着讲吧！"

那人便望了老人一眼道："道兄高姓？何以忽来医治兄弟之病，而且又知贱字？乞道其详。"

老人听了，笑道："师弟，我便是昆仑老人。"

那人一听，顿时喜形于色道："小弟正是人龙。此次来京，本是寻找师兄来的，不料一病至此。又没有地方访兄，师兄何以忽然枉顾，又何以知道弟的寓所、晓得弟的名字？"

老人听了道："愚兄略知算术。"

人龙不待老人往下再说，忙接口道："兄弟真是病得糊涂极了，久闻敝师说过，师兄因为不愿上天受职，要在人世做些除暴安良的事情，道法玄妙，当然无一不能、无一不知的了，怪我多问。今天师兄枉驾的事情，请先发表。"

老人笑道："师弟真是害人不浅呢！"

人龙吃惊道："此话怎讲？"

老人道："你既盗了那个秀清和尚的宝石，应该收藏谨慎，何以掉在这条街上，害得有一个名叫王宗祥的拾了去，被官查着，已经定了死罪。"

人龙听了，且不答言，单问老人寓于何处。

老人道："愚兄与你两个师侄一齐住在白云庵内。"

人龙听了，扑地跳下床来，往外就走。

老人一把拖住道："你的毛病方好，养息一两天，还不至于误事，何必如此性急？"

人龙听了，边挣脱袖子，边说道："兄弟没有本事救人，已是羞颜，哪好再去害人？我此刻就去办了那个淫僧，方才消我胸中之气。"这话说完，也不再待老人答话，早已飞奔往外去了。

老人还想和他说话，追了出去一看，已经不见他的影子。

老人便笑了一笑，又自言自语地道："年轻的人，总是没有忍耐性的。不过他此去办那和尚，足够对付，且让他去。我已出来一天一夜了，我那男徒倒还罢了，那个女徒，把我这位师父仿佛当作她的乳娘，一刻不能离开，我再不回去，她必已闹得不得了了。"

老人边说着，边自回庵去了。且不提他。

单说吴人龙一个人出了寓所，本想先赴佑圣寺的，不知怎么一个念头一转，又向成贤王府而来。到了门口，这天正是初一，各处文武官员都在王府参见禀事的当口，门外刀枪剑戟，排得密密层层，真如打仗一般。人龙便混在人丛之中，走至里面，趁人一个不留意，他便奔至成贤王妃面前，口吐炼就的飞剑，倏地一下，已将那位王妃的脑袋砍了下来。他忙一面收了剑术，一面提了王妃的头，飞身上屋，嗖的一声，不知去向。

当时站在王妃身边的几位宫娥忽见一个少年奔来，口吐宝剑，把王妃的头砍了就走，一时反而吓得目定口呆。等得定了神，才连连地狂喊："有了刺客！"府内的侍卫赶了拢来，早已不见刺客的影子，所看见的，不过是那个没有脑袋的尸身罢了。这班侍卫，一面飞奔报知王爷，一面告知各位官儿。乱了半天，大家弄得一无主张。

成贤王大哭之下，便把所有的官员统统摘去顶戴，限定当日就要把王妃的脑袋寻回。缉凶的事情还在其次。

这班官员退出王府之后，大家互相商议道："这件天大的祸事，怎么在京城里面闹了出来？如果马上能够寻着王妃的脑袋，拿获凶手，大家的官儿已是不保；若是不能破案，那就总有几位晦气的来抵命。"

内中有一位姓高的刑部尚书说道："我看这事定与前几天失去宝石那案子有关，那个王宗祥，幸未正法，兄弟回部，就去将那犯提来亲自审问，或者有些线索。诸位大人快去缉凶，若被凶手逃出京城，那就不得了了。"

大家听了道："高大人说得不错，我们快快回去，发令关了城门，按户搜查凶手。"

大家散了，高尚书回到衙门，刚刚派定旗牌官，要去提王宗祥，尚未出门的时候，九门提督亲自奔来报信道："大事不要紧了，王妃的脑袋已经由敝属京营游击，会同县里，在佑圣寺里，将王妃的脑袋寻着了。"

高尚书听了，大喜道："这还好，这还好！这么那个方丈，定是凶手，可曾拿住呢？"

九门提督道："高大人不要提起那个方丈，王妃的脑袋虽有下落，可是那个方丈的脑袋又不见了。那个方丈，乃是李连英公公的替修，这场乱子，也是不得了的钦案。"

高尚书听了，又大惊失色道："这怎么好呢？这怎么好呢？前儿李公公还关照我，他对我说，现在京里，自从倒了擂台之后，时有妖人出现，他命我派人到寺保护，我一时未及派出。在我看来，这个方丈的脑袋，也与王妃的脑袋一样着重呢！到底是怎么一回事情，请老兄细细地说与我听听。"

九门提督听了，方细细地讲与高尚书听，道："敝衙门方才一得了成贤王妃的脑袋不见了的信息，慌忙飞饬所属一体知县，赶紧按户搜查凶手。那游击官刚刚走过佑圣寺的门口，可巧遇见那县里也巡查过来。照我们的游击官，就要进寺搜查，知县官阻止道：'这寺里的方丈，乃是李公公的替修，老佛爷常常去烧香的。有过懿旨，无论何项官员，不准入内啰唣，我们哪敢进去？'哪知县官这话刚刚说完，忽见寺内的和尚像射箭般地飞奔出来，一见他们两个官儿，口称方丈被刺失去脑袋已经奇怪，他们方丈的头颈之上又不知被谁换上一个女人的脑袋。游击官忙会同县里，奔进去一看，果见那个方丈的尸身颈上，真的换上一个女人脑袋。细细一看，正是成贤王妃的脑袋。"九门提督说至此地，又对高尚书道，"高大人，你说这事奇怪不奇怪？"

　　高尚书听毕，只急得跺脚地道："老兄呀，兄弟与你的性命都要不保了。"

　　九门提督听了，也唉声叹气地答道："高大人，你快快去把王宗祥那个要犯提来，严刑审问，或有什么道理，也未可知。我也再去挨户搜查，除此以外，真是没有第二个办法。"

　　高尚书连连地道："只有如此，只有如此！你我快快各办各事，大家保全性命要紧。"

　　正是：

　　　　淫妇头颅方有着，奸夫首领又无踪。

　　欲知后事如何，且看下回分解。

第十一回

答犯人太太臀开花
逐贤媳婆婆心泼墨

却说高尚书送出九门提督之后，一问犯人尚未提到，顿时大发雷霆，正要重办旗牌官的当口，忽奉太后宣召，知道就为此事，赶忙奔至军机处，以备引导进见。

在下编至此地，且趁高尚书在和太后两个慢慢奏对的时候，提出这个空来，先叙吴人龙这边。

原来吴人龙当时提了成贤王妃的脑袋，嗖的一声，飞身上屋，顷刻已经来至佑圣寺里，悄悄地把王妃脑袋藏于衣底，溜进秀清方丈的房内。却见这个和尚一个人躺在红缎子铺盖、绿缎子垫褥的床上，正在好睡。人龙奔至床前，仍旧口吐飞剑，又将和尚的脑袋噗地砍了下来，提在手内，再把王妃的脑袋镶在和尚的尸身颈上。跳出窗外，纵身上屋，就由瓦上蹿至白云庵里，跳下屋檐。往内一望，便见老人正与一对儿极标致的少年男女在那儿大谈其天。

老人一见他到，忙一壁叫他进房，一壁问他道："那双淫妇奸夫的事情，可曾办了？"

人龙边点点头，边把和尚的脑袋拿了出来，摆在桌上，先问老人道："这二位想来就是我的师侄了？"

老人便吩咐佳果、孤女二人道："你们二人，快快见过吴人龙师叔！"

佳果、孤女慌忙参拜人龙之后，孤女便去把那个和尚头捧在手内，笑嘻嘻地看了又看。

老人见了，便对人龙笑着道："你看我这顽徒，淘气不淘气？一个臭和尚头，她又当作宝贝般地赏鉴起来了。"

人龙听了，也笑对孤女道："这个臭家伙，你们大家真的不要将它看轻。此刻上自太后，下至差役，哪一个不当它像宝贝般地四处在寻呀？"

孤女听了，微笑道："徒弟可惜没有师父、师叔一样的本领，不然，我就拿了这个宝贝，去吓太后，岂不好玩？"说着，便将那个和尚头，去宝而藏之起来。

老人见了，又对她且恨且笑道："你这顽徒，这有什么玩头？你既爱玩，为师此刻就要到刑部大堂去做一桩好玩的把戏，带你夫妇二人前去玩玩，也不妨事。"

孤女听了，自然大喜。

老人又对人龙说道："这件事情一出，那位高尚书定要寻着王宗祥的了。中国的肉刑，真也厉害，为兄不能不去救这姓王的一救。贤弟可高兴同去玩玩？"

人龙听了，方将他所办之事告知老人。说完，又说道："我的处置奸夫、淫妇，原想替王宗祥出气。现在照师兄说来，岂非更是害了他了吗？准定同去看看，不知师兄究竟闹些什么把戏？"

老人听毕，便对他们三个，口中念念有词，只听得他道一声疾，人龙、佳果、孤女三个，顿时已经变作刑部差役模样。他们三个你看看我，我看看你，不禁互相好笑起来。及至笑毕，再看老人，不知他在什么时候，也已变为差役样子。

人龙便跳了起来称奇道："师兄的法术已是胜过大罗神仙，且等此事完毕，小弟尚有两件事情奉求。"

老人一面点头，一面掐指一算，知道已在坐堂，忙将他们三个摄至刑部大堂，混在人丛之中。

他们三个向堂上一望，只见那位高尚书刚刚坐上公案，见他只将惊堂一拍，就把钦犯王宗祥提上堂来。又见王宗祥已是吓得迷迷糊糊，抖个不住，跪下之后，高尚书喝问他道："你这钦犯，盗了王妃的宝石，既已被获，还不安心守法，竟敢唆使羽党，杀害王妃以及秀清方丈，这样看来，你不是在谋反吗？快快招来，免得皮肉受苦。"

当下又见王宗祥的嘴唇动了几动，不知说些什么。因为他们三个站得较远，听不清楚。

又见高尚书对他喝道："你既不招，本部堂且先打断你的狗腿，再动大刑。"说完，便闭了眼睛，只叫快打快打。

两边所站的差役顿时喝了一声堂威，走上几个，一把将王宗祥拖翻在地，一个揿头，一个揿脚。等到剥去他的裤子，便露出一个雪白粉嫩的臀部出来。又见一个差役，先把手中所执的小板子在他的臀肉之上擦了一下，跟着就是一二三四五，扑扑扑的声音，打了起来。说也奇怪，像王宗祥那样的嫩皮肤，理应该一碰就破，普通犯人在受笞的时候，照例口喊青天大老爷开恩，哀求免责。谁知这时的王宗祥，非但嘴里没有呼痛之声，而且臀上亦无流红之苦，那块板子仿佛碰在石头之上一般。

人龙、佳果、孤女三个正在看得莫名其妙，要想去问老人的时候，忽见大堂背后飞奔出来一个标致书童，就与高尚书轻轻地咬了几句耳朵。顿时听见高尚书一脸惊慌之色，急命退堂，将这钦犯暂寄本部监狱。说完之后，匆匆地往内堂去了。过了不久，内堂便传出一个绝大的笑话来。

原来高尚书新娶的那位续弦夫人，年轻貌美，一时有醉杨妃之誉，高尚书自然把她宠得无所不至。这位太太恃宠而骄，于是便与这个书童有了首尾。高尚书早有所闻，因为爱她太过，只得假作痴聋。这天，这位太太服侍高尚书穿戴衣冠，出去坐堂之后，忽思出恭，便一个人走到便桶间里，轻轻褪下绣裤，露出她的尊臀。正要坐到便桶之上去的当口，陡觉得那尊臀之上一阵奇痛，仿佛被笞一般，顿时吓得跳了起来，忙去一摸，已是皮开肉烂，鲜血直流。便手忙脚乱地，急将这个书童唤至，令他看过，问是何病。这位书童，小小年纪，知道甚事？所以奔至大堂，禀知高尚书。

这位高尚书一听他的这位太太忽得奇疾，只得退堂进来。急去一看，见他太太的玉臀之上，板创坟起，万分厉害。又怜惜又害怕，没有法子，只得速请外科医治。

这个书童见他情人得了怪症，忙去打听他的同事们，这种怪病，可有什么丹方医治。故而这桩笑话，弄得人尽皆知。

那时老人等四个还是差役模样，那班同伙的差役并不去瞒他们。

人龙等知道此事，忙悄悄地且笑且问老人道："这个就是师兄弄的把戏吗？"

老人听了，一壁微点其头，一壁已将他们三个摄回庵里。别人倒还罢了，只把孤女却笑得花枝招展的，连道："这样惩治这班恶人，真才有趣！"

老人听了，也笑了一笑，始命佳果去把平亚雄、何国藩二人请来。请到之后，老人便将王宗祥拾宝石起，一直至现在止，前后的事情，统统讲与他们两个听了。他们两个自然称奇不迭。

老人又对他们说道："现在你们二位，可将秀清的脑袋携去，各上一个奏折，说明王宗祥的冤枉，请两宫另行缉凶，赦了宗祥之罪。你们折子后面，再附一笔，县监里的一个盗犯，名叫赵大，也要替他开脱罪名。我今儿晚上，还要去吓吓李连英，逼他也向太后面前，去替王、赵二人求情。这样一办，王、赵二人便能够重见天日的了。"

平、何两个听毕，哪敢怠慢？赶忙携了秀清的脑袋，回去照办。后来太后因见李连英既替王、赵二人求赦，又见平、何两个的奏折说得十分委婉，成贤王妃和秀清方丈的脑袋又已寻着，深恐再激出行刺的事情来，反费手脚，便下了一道谕旨，道：

据修撰平亚雄、编修何国藩奏称王宗祥、赵大两犯，既有冤抑，着刑部再行复审，免累无辜。钦此。

高尚书一则见谕旨之中有"免累无辜"字样，二则他的太太玉臀上害了怪疮，越医越重，难免不是妖人作怪，所以只将王宗祥、赵大两个监禁三月，放了出来。

王宗祥次年及第，与平、何二人同为一殿之臣，真替民间做了好几桩重大之事。朱小姐也与宗祥白头到老，福寿双全。赵大果然劝化绿林，只劫贪官污吏，不害好人，这些都是后话，提前说了，后不再提。

再讲那天老人一等平、何二人走后，一面派孤女拿了银子和药，送与朱小姐去，一面对人龙笑道："我的事情已完，师弟既有事情见委，快快说来。"

人龙听了，未曾说话，就先叹了一口气道："咳！一则师兄不是外人，再则小弟要求师兄帮助，哪敢相瞒？小弟自从敝师派我下山，便由江西高安回原籍。其时先父、先母尚未逝世，因为急于抱孙，先母就把娘家侄女名叫柳含春的，配与小弟为妻。不幸先母就在那时一病不起，与世长辞，先父便续娶现在这位继母。谁知这位继母，对于我们夫妇二人，赛过前世冤家，十分虐待。我知孝字最是要紧，不敢略有怨言。我妻本甚贤淑，每日侍奉堂上，倒也能尽孝道。没有几时，先父也下了世，继母怪小弟在家坐食山空，小弟也想出来混混，于是别了妻子，溯江而上，由汉口而沙市、而宜昌，入了川境，又由万县至重庆，继至成都。沿途遇了不少的高人侠客，倒也做了几件善事。

"有一天，正想出广元，由栈道入陕，忽遇一位同乡，说起小弟家中事情。始知继母不但虐待媳妇，竟要把她逐出。小弟想起夫妻之情，哪忍见其如此？又知她将要分娩，小弟既已修炼剑术，将来自然不愿居此尘世。吴、柳两氏香烟，只在这块腹中之肉的身上了，因此即由原道回籍。进门之后，谁知我妻已被继母逐出有三个多月了。我那时对于我那继母，也不好说甚话，又因我的岳父、岳母早已过世，又无子女，柳姓的血统已至我妻而绝，我妻既然无家可归，身上又没银钱，这样一个孤苦伶仃的女子，叫她何处存身？小弟忙先在本城本乡打听了一个多月，毫无消息，后来遇见一位邻居寡妇，她对我说起她于两个月之前，曾在东城菩提庵中遇见我妻一次。那时我妻已将临盆，据我妻对那位寡妇说，那庵里的老尼姑不甚规矩，常有那班好色猎艳之徒前去污秽佛地。

"有一天，那个当家师太不问皂白，自作主张，领了一个形似吃公门饭的少年，来到我妻的房中。据说要叫我妻与那个少年做那苟且之事，我妻骂了他们一顿，方才呶呶而去。后见我妻分娩在即，打算待至我妻产后，再来行事。我妻知道这个消息，也等不及分娩，打算即日离开那个险地，走遍天下，前去寻我。那位寡妇与我说完，承她的情，还亲自陪我到那庵里去寻找我妻，她的理想，以为一个孕妇，身上又没川资，不至真的敢出远门。谁知小弟到了那座庵里，我妻真已带了肚子，出门寻我去了。据那个妖尼说，我妻留言，先至北京，分娩之后，北京寻不着我，再往江南寻我。

"我当时听了那尼之言，心中如同刀绞，没有法子，只得追进京来。因思京城地方虽大，究竟还有一个一定的范围，我妻如果一到江南，那就没法去寻她的人了。

"我那时又知我妻身边没有川资，不敢由沪坐海轮进京，她对于青江浦的那条旱道，曾同我们岳父走过两次，旱路之上，随地可以分娩，也较船上为便，我觉得她必由这条旱路入都。谁知果能出我所料……"

人龙说至此处，将话停住，却来问老人道："师兄，你的意思，必是以为小弟一定追着我的妻子了。"

老人听了，摇着头答道："我知道必定没有追着，你不要讲闲

86

话，只接着快讲下去就是。"

人龙听了，忙又说下去道："谁知我有一天，到了直隶境的桃林镇上，住的一家客店，叫作元元客栈，我本是沿路打听我的妻子，逢人便问，可曾见有这般的一个孕妇，或是抱有孩子的妇人。以前所问的人，十个倒有十一个回说，没有看见这样的妇人。只有这家元元客栈里的主妇，听了我的话，忙看了我几眼道：'天下竟有这般巧事，你这位客人，所说的你的娘子，昨晚正是住的我们栈里。她也问起我，可有像你这位客人模样的客人住过此地。我那时自然回复她没有看见这样的客人。岂知你今天就追踪而来，真是一桩巧事。照如此说来，你这位客人快快不用着急，你们娘子的手里还抱着一个男孩儿，妇人走路，哪及男子来得快？你明天追上去，不消半天，必定能够追着。'我那时想起我那去世的生母，她老人家若是在世，岂不高兴？可惜不能看见她的孙子的了。

"我那天晚上，便去买了两斤黄酒，也算开一开怀，岂知这个开怀就开怀了，那酒还未吃完，我的肚子忽然大泻起来，一连二三十次，便把我弄得手软脚酸，卧在床上，不能行动。到了第二天的午后，我怕误事，只得勉强起身，带着病追了上去。说也奇怪，我追得快些，我妻似乎也走得快些；我追得慢些，我妻似乎也走得慢些，仿佛有意不肯给我追着的样子一般。不料一连四五天，都是如此。

"有一天晚上，我所寓的那间房间，就是我妻头一夜住过的那间房间。我忙在抽屉之中，东翻西寻，可有留着我妻的笔墨。因为我妻平生一无嗜好，只爱作诗，后来果然被我在抽屉之中寻着我妻所题的一首七绝。"

老人听了，忙岔嘴道："你先将我们弟妹所题的佳作背给我听听，我在她的诗里便能猜出这事的结果。"

人龙听了，忙把那诗写了出来。老人接来一看，只见上面写的是：

伶仃孤苦孰相怜，旅店荒凉月在天。

但愿侬身似明月，中秋一到便团圆。

老人看罢，笑了一笑，仍令人龙讲了下去再说。

人龙偏先问道："师兄，请你先说我妻，现在生死如何？只要她不死，我就是再吃些苦头，也是情愿的。可怜她所受的苦，真是一言难尽呢！"

老人听了，微笑道："我们弟妹，现在又可说她死，又可说她生。"

人龙一听，不待老人言毕，顿时大惊失色起来。

正是：

不信死生真有命，须知祸福只由人。

欲知后事如何，且看下回分解。

第十二回

窃法宝存心斗法
发奸谋借手惩奸

却说吴人龙，一听老人说他的妻子也可以说死，也可以说生，不禁大惊失色，忙问老人道："师兄辞涉两可，小弟不解，务乞明示。"

老人听了，笑道："师弟既然遇着为兄，何必担忧呢？你且讲完，为兄自然会对你说的呀！"

人龙没法，只得又说下去道："当时小弟一见我妻这诗之后，又在患难之中，更是想起我们两个平日的爱情，就连夜追了上去。追到天明，在一家饭铺一问，我妻在我前面，不过二十余里。我那时以为我们夫妻相会，只在目前，立刻再向前追。追至下午，远远望去，已见我妻的背影，我就飞奔上前，连蹿带跑地追了过去。不料跑得太急，竟把别人的一驾骡车碰倒，车里顿时跌出两位少妇，碰在路旁的一块巨石之上，已是头破骨折、血污满身。我见闯了大祸，只得丢了追赶我妻的事情，慌忙上去，一面口赔不是，一面帮同包扎创伤。

"正在那个时候，谁知后面赶来一老一少，两个人恨我把他们的女眷碰伤，不问皂白，就吐飞剑伤我。我那时一见那二人的剑光厉害，吓得一面也吐飞剑自卫，一面还想对他们两个再赔不是。话未出口，我的剑光已经渐渐低了下来。我那时自然顾着性命要紧，也来不及再说告饶的话，我当时又因我的剑术敌不过他们两个，正想收回剑光逃走的当口，幸而又有一位过路的老者，也吐他的飞剑前来助我，始把那两个的剑光敌住。我那时一则因为已有帮手，胆子也就壮了起来；二则我的剑光急切之间，一时无隙收回，于是四道剑光，就在空中互相击斗，斗了半天，那个助我的老者似乎已知他的剑术也不敌他们两个，急将他的剑光倏地收回，一面急对我说了一句道：'他两个是辰州派，非昆仑派不能制他们。'一面就不知去向。

"我那时一见助我的那个老者也敌不过他们，已经逃走，我是要想逃也不能逃的了。一想我的死期即在顷刻之间，不禁一阵心酸，便高喊一声我的师父道：'师父，你的天山派之中，又要少一个徒弟了！'谁知他们两个一听我说出'天山派'三个字，急收了他们的剑光问我道：'你真的是天山派吗？你的师父叫何名字，快快说来。'我答道：'我的师父就是碧霞子，你们问他怎甚？'那两个听了道：'我们正要找他见个高下，你这小子，既是他的门徒，姑且留你性命，限你今年中秋以前，叫你师父与昆仑派首领昆仑老人，同到辰州西山前去会我们。'

"我那时听了，自然满口答应。别了他们，急往前走，再去追赶我的妻子。岂知一直追到这京里的前门，并未见我妻的影子。那时尚在端节以前，我想距离八月节的期间，还有整整的一节，我便四处地去寻找我的妻子。不料盗了这个秀清的宝石之后，就在第二天，一病甚剧。若非师兄医治，恐怕也已性命不保。现在要求师兄帮忙的两件事情，一件是帮我去寻妻子，一件便是中秋以前，同了我们师父，去到辰州西山去会他们，免我失信。"

老人听了道："师弟，你可知道，你们师父与辰州派有不解之仇吗？"

人龙听了，忙答道："小弟在我那师父门下未满十年，这些事情，实在毫不知道。不过我下山来的时候，师父曾经对我说过，我若有危难之时，自有人来相助，未知是否是指的师兄而言，我却不知。"

　　老人听了，笑了一笑道："你所遇见的那两个人，老的名叫玄玄子，少的名叫西山子，都是辰州派首领三清仙尊的徒弟。这位三清仙尊，早已位列仙班，不问尘世之事。谁知他这两位门徒，太不替他争气，大凡酒色财气这四个字，平常的世人犯了一桩，已是误事不浅，学剑术的人更是不能犯着，否则非但不能进功，还要退化，岂知西山子一个人就犯了酒色财三样。玄玄子呢，总算年纪大了些，也还犯着一个气字，你只要想想看，你明是走路太急，一个不留心，碰倒了那个西山子的两位爱姬，岂可就用飞剑伤你？这就是他们两个对于色字、气字的表现。

　　"在数年以前，玄玄子有一个门徒，名叫铁头陀的，专事奸淫妇女、害人性命。有一次，偶为你们师父撞见，便用飞剑把他斩了。玄玄子后来知道此事，曾去寻着你们师父，你们师父劝他不听，斗了一回剑术，玄玄子自然不是你们师父对手，当时大败而去。他仍旧看不破这个气字，便去偷了他师父三清仙尊的一件法宝，要来害你们师父和我两个。

　　"有一天，你们师父遇见我，提起此事，很是踌躇。我也知那法宝厉害，不敢去和他们相较。我此次下山，曾去叩谒我的师父，我的师父也赐了我一件法宝，不过吩咐我，此宝只可备作自卫之用，不得伤人，以犯天和。我虽有此宝在身，依然不愿去与他们相见，万一他们真的寻上门来，我也有宝自卫。你要叫我同了你们师父去会他们，这件事情，我且不说，你们师父也未必肯去吧！"

　　人龙听了道："师兄与我师父若是不去，岂不是失了我们天山、昆仑两派的面子了吗？"

　　老人听了，笑道："你这一句说话，便是一个气字，非是为兄比你叨长几年，要来教你。你要知道，大凡有剑术的人，对于世上除暴安良的事情，宜进不宜退；遇见同道之中要来比较剑术的事情，宜退不宜进。"

人龙听了，不服道："照师兄所说，难道我们两派竟让别派前来灭我们不成？"

老人听了，又笑着摇头答道："等得自己的派竟会让人灭去，哪里还好算是剑术？所以我的师父有那一句只能自卫的话呀！"

人龙听了道："这么那位助我的老者，师兄可知他又是何人呢？"

老人道："此人也是剑侠一流，不过他的剑术不及他们两个罢了，他既不愿留名给你，我又何必宣布他的姓名？"

人龙道："这事就算丢开，这么我妻的下落，快请师兄说给我听，让我放心。"

老人道："提起我们弟妹的事情，便与我的和平宗旨很是冲突，我们弟妹就是被他两个摄去的。"

人龙一听此语，顿时跳了起来，朝老人发急道："师兄既说那个西山子是个好色之徒，我妻的姿色本也不恶，这是早被那个恶徒奸污的了。师兄难道忍心任你弟妹被糟蹋不成？"

老人听了，忙安慰他道："你且放心，他们摄去弟妹，乃是以此为质，逼着要我们到他们那儿去的意思。糟蹋弟妹的念头，倒还没有。"

人龙听了，虽然把心放下，仍是求着老人，要去救他的妻子。

老人听了，想了一想道："弟妹现在安安稳稳地住在那儿，尚不要紧，且让我先把你们师侄的仇人，那个奸王，以及奸王的那个龙阳袁子都的事情办了之后，再想你的办法。总要想出一个不和他们斗法，又将弟妹救了回来，这才如我之意。"

人龙听毕，忙问佳果与那奸王有何冤仇。佳果便将科尔科亲王害他亡父，以及袁子都所为的种种事情，统统讲与人龙听了。

人龙道："可惜我的剑术不够，不然，也好帮助你们同去处置那些奸王等人。"

此时孤女早已送了银子和药回来，便在旁插嘴问老人道："师父，那个奸王究竟几时回来，我们何不赶到江南办结此事，好让你的男徒对得起双亲呀？"

老人听了，笑着看了她一眼说："你的丈夫不敢来催为师，你算胆子大，敢逼起为师来了？"

人龙听了，便笑怪老人道："我这位女师侄说的话，并没说错，你做她师父的，何得和她说玩话？"

老人尚未答言，孤女却先对人龙笑道："师叔，你不能怪我们师父，只因你的女师侄幼小便没双亲，蒙他老人家抚养成人，我们简直当他是亲娘一般看待。他老人家又慈爱得我们了不得，我们平日，更是恃宠而骄，以致不像师徒了。"

人龙听了大笑道："这倒怪我帮你帮错了。"

大家说笑了一阵，老人方对佳果、孤女道："为师为了你们夫妇二人赶下山来，岂不把你们的事情放在心上？只因时候不到，所以为师尚未举动。现在正其时矣！佳果可再去将平、何二人请来，为师有事命他们办理。"

佳果忙又去把平、何二人请至。

老人便对他们二人说道："科尔科亲王是慈禧太后的宠臣，天下的兵权又都在他的手内，我们若把他害了，太后必不答应，一时惊天动地起来，势必至于冤枉多少好人。我们救无可救，反而不妙。所以我一定要等到他的奸谋已成，一经奏参，就好将他满门抄斩，既好报佳果父母之仇，又可免带累好人之误，岂非一举两得之事？此刻将你们二位请来，你们快去替我上一本折子，奏参科尔科亲王，说他在江南地方，联络外省督抚，要叫太后归政皇上，再由他来摄政。他的凭据，尽在他的总管袁子都的房内，迅速查抄，自然发现。这个折子一上，科尔科亲王便要满门抄斩，连袁子都那个淫棍，还要凌迟处死。你们二位也因奏参实在，一定加官晋职。你们快快回去，替我办来。"

平亚雄、何国藩二人听了，自然大喜，不过略有不明白的地方，便请教老人道："长老的调度，自然是百无一失的了，我们回去马上就办。将来若有好处，又是长老抬举我们的，更是感激不尽。不过科尔科亲王乃是太后的心腹，所以国家的大权都在他一个人身上，现在就是抄着凭据，罪过自然有的，若说满门抄斩，恐未见得。"

老人听了，笑道："这也难怪你们疑心，你们要晓得打蛇要打在七寸上，办事要猜人的心理。现在的这位慈禧太后，乃是文宗显皇帝的妃子，居心刻毒，手段险辣，她从前办过议政王大臣肃顺的事情，真是迅雷不及掩耳，天大的一件案子，被她办得不费吹灰之力。这件事情的起因，在咸丰十年七月，英、法两国的兵舰已犯大沽，又陷天津，进逼通州，焚圆明园。那时肃顺方以协办大学士，与怡亲王载垣、郑亲王端华，同劝文宗举木兰秋狝之典，巡幸热河，三奸因此得出入自便，大揽国政之权。

"及和议成，文宗将回京，屡为三奸所阻，至十一年七月十六那天，文宗疾大渐，召三奸及军机大臣至御榻前，授遗诏，立皇太子。文宗便崩。

"三奸乃与军机八人，自署为议政王大臣，又擅遏禁留京王大臣恭亲王等不得奔丧。自是，诏旨皆出三奸之意，蔑视慈安、慈禧两宫。八月十日，御史董元醇疏请两宫垂帘听政，以系人心，三奸勃然抗论，以为本朝向无垂帘故事，驳不准行。两宫因无亲信王大臣在侧，不敢与较，然恭亲王遂得于此时奔赴热河，叩谒梓宫，三奸不以亲支视之，又自以为议政之权在我，虽亲支亦无足重轻。但二王实皆庸愦无能，其揽权窃柄，皆肃顺一人主谋。恭王一人不敢入宫，卑辞逊语，欲邀二王一同事觐见。二王目视肃顺，肃顺本甚轻恭王，乃笑谓之曰：'老六，汝与两宫为叔嫂，何必我等陪哉？'恭王始得一人觐见。两宫涕泣说三奸凌侮的情形，因密商诛三奸之策，并召鸿胪寺少卿曹毓瑛，密拟拿问各旨。

"次日，恭王即请训，兼程回京，以释三奸之忌。恭王在京布置妥帖，两宫即下回銮之旨。三奸力阻道：'皇上孺子，两宫女流，京师何等空虚？如必欲回銮，臣等不敢赞一词。'两宫亦说，回京果有意外，不与汝辈相干。乃议于九月二十三日派肃顺护送梓宫回京。两宫偕皇上，先由间道旋跸，二王皆扈从。

"两宫抵京，对各王大臣又述三奸欺蔑之状。大学士周祖培奏道：'何不重治三奸之罪？'两宫道：'彼为议政王大臣，乃先帝之命，可径予治罪乎？'祖培道：'可下懿旨，先令解任，再予拿问。'两宫本有此意，不过欲借廷臣的公论罢了。于是另派大学士桂良，户部尚书沈兆霖，户部左侍郎文祥、右侍郎宝鋆，鸿胪寺少卿曹毓瑛等为军机大臣，乃下诏曰：

> 载垣、端华、肃顺，朋比为奸，专权跋扈。皇考升遐，并无议政字样，竟敢擅自主持朝政。两宫面谕之事，亦不奉行，并谓请两宫看折亦属多余之语，当面咆哮，离间两宫，目无君上，出入自由，擅坐御座，目无法纪，应将三奸凌迟处死。钦此。

"三奸伏法后，慈禧又毒毙慈安，一直听政至今。慈禧为人，最恶王公大臣奏请撤帘之举。现在科贼既有这般同样的举动，她岂有不恨之刺骨之理？我料定满户抄斩，毫无异议的了。"

平、何二人听毕，方知有此历史，科贼自难幸免，赶忙别了老人，回家拟稿出奏。

不到几天，就听见已将科尔科亲王拿解进京，袁子都房里的密谋书信也已抄出。太后大怒，果把科贼满门抄斩，袁子都全家凌迟菜市口的地方，这天看热闹的比较看会还要拥挤万倍。

佳果夫妇得了此信，忙与老人、人龙，一同前去观看行刑，连那老尼也是摩挲双眼，也跟了去看。一时斩毕，单是科贼一家，已有百十颗首级。佳果此时，方算替他双亲报了深仇。

老人等回到庵内之后，平、何二人已经笑嘻嘻地在那儿等候，一见面就向老人道谢。

老人问他们升了何职，平亚雄答道："晚辈已调三品京堂，何兄亦升洗马。"

老人听毕，只乐呵呵大笑。

大家正在得意的当口，陡然走进十几个公差，不问皂白，把他们四个一索子一个，锁了就走。

正是：

戴天仇恨方才报，霍地风波忽又来。

欲知后事如何，且看下回分解。

第十三回

辞道号远走高飞
见情书寻根究蒂

却说那班公差，狐假虎威、推推拥拥地把老人等四个锁至县里，一面将他们四个系在大堂的廊下，一面飞奔进内，前去报知县官。

人龙急趁空悄悄地问老人道："师兄，我们这个晴天霹雳，哪里说起？师兄怎么不用法术出来，难道竟任这个狗官办我们不成？"

他问完之后，不见老人答话，急向老人一看。只见老人双目闭紧，似乎将要睡熟的样儿，不禁心里一急，正想用手去推老人的当口，同时又见老人的鼻息齁齁，早已打起呼来。还想再去问佳果、孤女二人，陡然听得那班差役一声吆喝，那位县官已经坐出堂来。

那班差役便将他们四个带上堂去，正要叫他们跪下的时候，跟着有人报说，翰林院洗马何国藩何大人有要紧公事，前来拜会。又见那位县官一声吩咐暂把人犯带过一边，一面说道："请！"

于是便见何国藩蓝其顶、花其翎地走将进来，及至走过他们面前，只向他们轻轻地说了一声："诸位勿惊，晚生此来，就为此事。"说罢，也不待他们答话，早已走进会客厅内去了。

人龙心里便暗喜道："既有他来，或者能够保我们出去，也未可知。"他心里这样地想，便又去看老人是否已醒，岂知更加睡熟得把他的头已经垂到胸坎之上去了。

就在这个时候，又见平亚雄也同了一位戴红顶子的官儿由外进来，因为他们所站的地方离开平亚雄稍远，不能和他说话。略过一会儿，就有几个差役从里面出来，却和几个同事似乎在那儿谈他们的事情。人龙赶忙侧耳去听。

只听得一个说道："这件事情，究竟是桩什么案子？我们老爷连这三位大官儿的面子都不肯卖。"

又见有一个扮着鬼脸，神气活现地答道："你可知道，这件是什么案子呀？这几个人，就是行刺成贤王妃的要犯。今天早上，我们老爷忽奉成贤王爷的密谕道：顷据密探报告，白云庵内住有四名钦犯，确与行刺王妃一案有关，仰即密拿到案，迅速刑讯具报，不得有误，致干未便等语。这是一桩天大的钦案，岂是这几个翰林院里的官儿可以保得出去的呢？"

一个还想要问，忽见衙门外面一阵铃声，顿时飞奔进来几匹快马。当头一人，便是御前侍卫何国光，第二个是九门提督，同声高叫一声："圣旨下！"

立时就见那位县官，同了平、何二人，以及那个红顶子的官儿，急在大堂之上，摆起香案，跪着接旨。

又见何国光与九门提督站在香案之前，朝南而立地说道："钦奉太后口授懿旨，着将四名钦犯，由该侍卫等，速提入宫，以备面讯。钦此钦遵。"

当下又见各人拜过圣旨，便来把他们四个交与何国光。

何国光便一面命九门提督自行回衙，一面满面笑容地对他们说道："诸位不必惊慌，现有李连英公公在老佛爷面前竭力保奏诸位并非钦犯，且有剑术，故而老佛爷命我等前来将诸位带进宫去。"说完，忙命县里备了四乘骡车，坐着一同来至宫门，一面又叫他们站着等候，一面急忙奔进宫里去了。

人龙此时看见老人已经醒来，忙又去问他道："师兄，这道圣旨，可是你去弄出来的吗？"

老人只是笑而不言。人龙因已听了何国光安慰的话，心里既不着急，老人不说，便也由他。

过了半刻，又见何国光在里面对他们四个把手乱招。他们四个的项索早已除去的了，于是老人在前，人龙在后，佳果、孤女又在后，鱼贯而入。

来至太后的寝宫，当下就见李连英笑容可掬地先来谢老人道："承蒙厚赐，我已拜领。太后面前，我会保举。你这位老剑仙，大胆献出武艺，恐怕还有封号呢！"说完，便将他们四个带至太后面前跪下。

太后先问老人道："有人说你们不是行刺王妃的钦犯，又会剑术，可是真的吗？"

老人听了，奏道："成贤王妃与那秀清和尚，秽污佛地，自有赏善罚恶的神祇惩治他们。照贫道之意，似可不必再事追究。至于说到贫道以及一个师弟、两个门徒，仅知小小剑术，不敢上渎天听。"

太后听了，微微一笑，还未开口，李连英在旁插嘴道："老佛爷，我们的雍正佛爷不是被一个女剑侠所害的吗？奴才的愚见，凡是剑仙，都要好好儿敬重他们才是。"

太后听了，又笑道："我是从来没有得罪过剑仙的，倒也不怕他们前来害我。"

说着，又谕老人道："你可下去，演一回剑术给我看看。"

老人听罢，并不站起，只将他的右掌向空一扬，陡见他的五根手指之中，倏地飞出五把小剑，那五把小剑飞向空中，各将剑尖朝太后点了几点，仿佛像行礼的模样一般。太后看了，已是欢喜。又见那五把小剑各自由一把化为十把，由十把化为百把、千把、万把，立时剑光四射，只在金銮殿上，宛如万道太阳光线，或上或下，或斜或直，或长或短，或粗或细，或分或合，或远或近，普通所变的戏法，哪有如此光芒？哪有这般好看？忽然一声霹雳，这万道剑光霎时收敛，毫无影子。

太后看得惊疑不定。李连英又在旁竭力揄扬。

太后又笑对老人道："你师父既然演过剑术，你们师弟门徒的剑术便不足观了。我只问你，你今年多少高寿了？"

老人听了，奏道："贫道上昆仑山的时候，正是李闯肇乱的时候，等得贫道初次下山，亲见乾隆佛爷，已是第三次下江南的了。"

太后听了，吓得忙将舌头一伸，对李连英说道："这样说来，他不是已有二百多岁了吗？"

李连英也忙凑趣道："奴才但愿这位老剑仙，这次回山之后，再过它三四百年，下山来的时候，还能见着老佛爷，那就好了。"

太后听了，也笑了起来道："这是我岂非变了老不死了吗？哪有这种事情？"

李连英便问老人道："你这位老剑仙，可有什么仙丹进呈几粒与我们老佛爷吃吃呢？"

老人道："仙丹之说，语属不伦。只要请太后重视民意，去奸佞，用忠良，将中国自强起来，不受外人欺凌，那时自然长寿。"

太后点点头道："你所说的都是好话，我今儿就封你为昆仑大道真仙，他们三个也都封为炼剑学士，你们四人肯在宫中保护我们，我还可以不以臣礼待之。"

老人忙奏谢道："山野之人，无拘无束惯了，不敢在此亵渎圣明，不敢受此封号，情愿下去，做些除暴安良、斩妖捉怪的事情，从旁辅助国家法律所不及的地方。"

太后听了道："此事我也赞同，不过你们的封号大可不必辞去。"

老人听了道："贫道等不讲虚话，绝不敢领此名义。"

太后听了，便命李连英带他们出宫，所封封号，送至白云庵中便了，老人等便跟了李连英出宫。等得李连英还想请他们到他的房里去坐坐，忽见四道剑光突向空中飞去，转眼之间，已经不见四个的影踪了。

不提宫中之事，单讲老人同了他们三个回至庵中，急命孤女："快去收拾行李，我们要先离开这个京师，免得他们什么封号不封号的，前来麻烦。"

孤女在京本也住得厌了，正想换个新鲜空气的地方，前去走走，一听老人命她收拾行李，离开京城，正中下怀，便高高兴兴地霎时办毕。他们四个留了一封信给平、何二人，别了老尼，出了京城，来到杨柳青地方，拣了一个清静客店，住了下来。大家先在外边游玩一番，方回寓中。

人龙先问老人道："师兄，你在何时送了什么东西给那李连英? 不然，他是眼睛看大了的，岂肯对你谢了又谢? 不要在太后面前那般竭力地保举?"

老人听了，笑道："人家去办公事，你偏要来问人家的话。"

人龙听了，方始恍然道："这是师兄一到那个县里，你的元神就已出去办事去了。"

老人道："我是这两天专顾我们这位徒弟的仇人，一时疏忽，便被他们所乘。我当时不肯用法术的道理，原是为的你们三个。因为你们不会隐形，我一用法术之后，虽然可以将你们摄出京城，如果被他们画影图形，通缉起来，那就没有如今的自在了。所以我一到县里之后，只将我的躯壳陪你们在那儿，我便隐形去找何国光，因他既在宫中当差，不管他与李连英有无交情，一定可以替我进言。我那时急不可待，随手拿了两个鸡蛋，将它变为明珠，就叫国光送与李连英。李连英本是一个以财为命的东西，见了如此大珠，岂有不唯命是从的?"老人说至此地，又笑着问人龙道，"师弟，你看为兄的这桩釜底抽薪的计划，办得如何呀?"

人龙见问，忙也笑答道："师兄不但法术无边，而且历透世故，莫说此事办得人鬼莫测，就是科尔科亲王的那件事情，也是猜透太后的心理呢!"

老人听了，便哈哈大笑起来道："承蒙老弟谬赞，真不敢当。现在为兄又要来筹划我们弟妹的事情了。"

人龙一听见老人提到他的妻子，顿时愁容满面起来。

101

老人便劝他道："师弟，你既然相信为兄尚有小小的法术，千万不必伤感。你若不听我的相劝，就是伤感，也是于事无益。我也不知道什么叫作泄露天机，凡是个人的阅历、见识、理想、学问，所见得到的地方，必定有研究的可能。我们的弟妹，她在路上所题的那一首诗，不是有两句叫作什么'但愿侬身似明月，中秋一到便团圆'的话吗？她当时作诗的时候，何尝知道要被玄玄子、西山子摄去，又何尝知道他们二人约我们在中秋去斗法的呢？就是丢开那个数字来讲，以事实做依据，他们既约定在中秋以前叫我们前去，我们断无先去之理。如此说来，你们夫妻团圆的日子，真被我们弟妹说着，要在中秋的那天了。"

人龙听罢，见老人所说的理数与事实均极彻透，又知老人胸藏乾坤之玄妙，手握天地之珠玑。现在既遇见了他，真比碰见阎罗王还要可靠，倒也觉得坦然起来。

老人见他眉宇已经开展，心绪自然安宁，便赞他道："师弟的天资，真个聪明，一个人只要见理能明，处起事来，自然履险如夷的了。"

人龙听罢道："照师兄说来，现在还在六月，若到中秋，还有长长的两个月。我们这四个人，这两个月之中，又到哪儿去干些事情呢？"

老人道："我们本要到辰州去的，现在且先到湖南省城里去走一遭，我要去成全人家的一段婚姻。"

人龙听了，忙问何人。

老人道："到了那儿，自然便知，我也懒得先说。"

他们四个又住了两天，便向湖南省城而来。暂且丢下。

先讲湖南省城的城外，有一处地名，叫作小若耶溪。这一条溪边，有一个小小的村落，村中最大的一所楼房，主人姓贾，名叫有为，夫妻两个已有一子一女，儿子名叫安士，已娶同村孟姓之女，叫作莺娇的为妻。女儿名叫翠翘，现年一十八岁，真生得才貌双全，并且是一位多情女子。她从前小的时候，有一个男同学名叫凤栖桐的，却有宋玉之才，又加潘安之貌，真与翠翘二人好称得起是一对儿璧人。在学堂里的时候，二人的才貌相当，自然情投意合，虽无婚姻之约，已有知己之称。后来年纪长大，各自辍学，便少来往，然而二人的思慕之情未尝或释。

有一天，翠翘一个人由戚家回来，在半路之上，忽然遇见栖桐，数年不见，自然要谈几句，便在凉亭之中坐了下来，各道契阔。谈了一阵，栖桐便述他的父母要替他定亲，他总谢绝。翠翘听了，明知其意属己，因为害臊，不敢接腔。

栖桐一见翠翘陡然之间面泛桃花，含情无语，更是爱上加怜起来。但是他本是一个书香之后，又是一位有品之人，虽然发乎情，却能止乎礼，不敢当面求婚。看看天色不早，只对翠翘说了一声："我们彼此再通信吧！"说完之后，各自回家。

过了几天，翠翘接到了栖桐的一封问候信，书中虽写得情致缠绵，可是并无一语轻薄之词。翠翘见他谨慎有礼，确是一位君子，钦佩之余，便也恭恭敬敬地回了一封信给他。从此以后，一个月之中，总有几次通信。谁知这位贾有为先生，并未得他夫人的同意，便将翠翘的亲事答应了城里的一位姓陈的新科举人，虽未下定，却是难以更改的了。

这一天，栖桐偶进城去，知道此事，不觉大吃一惊，但是又不能去责备翠翘，一则彼此信札来往，并未提及姻事；二则知是乃父一人做主做的事情，试问一个旧式家庭的小姐，哪有自由择婿之权？不过竟让姓陈的娶去，心中实有未甘。这天回家之后，便寄了一首情诗给翠翘。不实这一首诗，偏被翠翘的嫂嫂莺娇接了去，私下拆开一看，见上面写的是：

溪边碧树抱村斜，溪上高楼枕霞落。

独向青天问明月，几时春色到梅花。

莺娇看毕，不禁红了脸，忙将这诗一面悄悄地交与她的小姑翠翘，一面又打听她的底细道："妹妹，这封书信，幸而落在为嫂手内，万一被公婆看见，那还得了？不过为嫂却是一番好意，妹妹快与为嫂说明，为嫂一定成全你们二人。"

翠翘听了，含羞只是不语。

莺娇又问她道："妹妹，我看此诗，那只凤凰真的想栖梧桐了，为嫂也是过来人，现在总算如我之意，配了你们哥哥。你要对我讲了心腹话之后，我方有办法。"

翠翘被逼不过，只得低声说道："爹爹已将妹子的终身配了陈家，婚姻之事，本由父母做主，事已至此，嫂嫂叫我还拿什么心腹话来见告呀？"

莺娇听了，便笑着念着那"几时春色到梅花"的一句道："妹妹，他已情现乎辞矣！"

翠翘听了，顿时柳眉一竖，含嗔对着莺娇。

正是：

嫂嫂戏言何足怪，爹爹做事却无情。

欲知后事如何，且看下回分解。

第十四回

偷天换日黠婢便宜
舍己医人情郎苦恼

却说翠翘一听见她嫂嫂尽念着"几时春色到梅花"之句，疑有挖苦之意，便含嗔怪她嫂嫂道："此诗之意，乃不过借花兴盛，略寓君子好逑的意思罢了。若是拿它当作《西厢》待月之诗解了起来，非但失却作者的真义，而且简直在轻薄妹子了。"

莺娇听了，涨得绯红了脸，发急答道："妹子切莫误会做嫂嫂的心思，做嫂嫂的是，一则平时与妹子戏谑惯了，方才神气之间，或者惹起了妹子的疑窦；二则急望妹子的婚姻成就，以致话不留神，或者有之，实在并无轻薄妹子的心思。果有歹意对待妹子，天厌之，天厌之就是了。"

翠翘起先听她嫂嫂辩明己意，心里已经释然，及至又听她嫂嫂发出这样迂腐腾腾的咒来，不禁被她引得扑哧一声笑了出来。

莺娇一见翠翘在笑了，方始放心，又说道："妹子，你的性格素来本是最温柔的，方才我见你对我忽然发起脾气来，把我真的吓了一大跳呢！"

翠翘听了，又微笑了一笑道："妹子幼读经书，长遵母教，岂敢有此非礼举动？方才错怪嫂嫂，嫂嫂你肯原谅我吗？"

莺娇听了，也笑答道："谁有这些空闲工夫前来怪你？我们闲话少说，快谈正事吧！妹子如果真是有意凤郎，我就去对婆婆说，请她老人家速去逼着公公，取消那句口头契约就是。况且此事，公公本没有得婆婆同意的。"

翠翘听了，又脸罩红云地答道："嫂嫂好意，固是可感，但是这种羞人答答的言语，岂能对母亲去说？要么只说是嫂嫂的意思，千万不可说是妹子的意思。"

莺娇听罢此言，不禁失笑道："妹子，你这句话，真变作痴婆娘了。大凡姑娘们嫁人的事情，自然要她自己的主意，你此刻叫我去对婆婆说，说是我的意思，婆婆听了，怪我多事，不过被她老人家数说几句罢了，倒也无关紧要。万一婆婆以为妹子没甚说话，便是默认，婆婆既当你自己愿意，她便不去叫公公取消此事，那时岂不是误了你的终身大事吗？"

翠翘见她嫂嫂对于此事十分关心，心里倒也暗暗地感激，不过做姑娘的，谈到嫁人之事，未免总有些害臊，只得低了头，拈弄她的衣角，默默无言。当下莺娇已知其意，便不再问，忙去告知她的婆婆。

贾夫人听了，便对莺娇太息道："这个痴丫头呀，怎么这般不言不语的呢？她既看对凤家的那个，为什么不早对我说？现在她的爹爹已经答应姓陈的了，不知道可能取消否呢？"

莺娇听了道："妹子脸嫩，倒也不好怪她。今天若不是媳妇偶尔和她谈起，她还是闷声不响，将来真的嫁到陈家，夫妇的事情，哪能勉强的呢？至于说到已有口头契约，能否取消，这是行过了聘，后因两家意见不对，掉转婚帖的事情，极多极多。此事不怕不能取消，只怕公公不肯取消，那就害死妹子的了。"

贾夫人听了，便怪着有为道："这件事情，她爹爹本来做得十分冒昧，世上哪有女儿许人，不和她的亲娘商量商量的呢？且等她爹爹从城里回来，若能取消前议，那就不说；他若不肯，我的这条老命也不要了，与他拼命就是。"

莺娇见她婆婆已经答应，忙去告知翠翘。

翠翘听了，羞得不敢去见她亲娘之面。到了晚上，忽然听得她的父母在他们自己房里大吵起来，知道就是为她的事情。此时也顾不得怕羞的了，只得三步两脚地赶至她父母的房内。一跨进门去，就见她的兄嫂已在那儿相劝二位老人，她便红了脸，正想走近她的父母面前劝说几句，不要为了她的事情弄得双亲生气的当口。不料她的父亲一见她这个人，更是气上加气，早已丢下她的母亲，奔了过来，指着她的脸骂道："你这不要脸的东西，也想学着城里的那班无父无君的女学生，自己去拣男人吗？"边骂着，边又冷笑一声道，"哼哼！你除非不姓我这个姓贾的姓，那才由你去！"

　　翠翘听了，又不敢回嘴，只有掩面暗泣。

　　这时候，又见她的娘也奔了过来，气哄哄地一把将她的父亲就拖了开去，也大骂道："你这老不死的，你不要去骂我的女儿，你有本事，只管和我来拼就是。"

　　又见她的父亲哪里肯让？顿时勒起衣袖，似乎要用拳头打她娘的样子。她便索性把她的身体往她娘的身上一扑，抱了她娘的身子，便号啕痛哭起来。

　　她的娘忙也抱着她道："我的心肝莫吓，有我在此，大家不要命就是了。"

　　同时，又见她的兄嫂一壁劝娘，一壁赶忙硬把她的父亲带扶带拖地劝了出去。

　　不讲她们母女之事，先讲有为被他夫人这样一闹，恐怕他的夫人擅自做主起来，将他的女儿许与凤家，那就不好，于是连夜进城，去找他的一位要好朋友，名叫包钵城的，要请他出来做媒，连聘带娶地办妥此事。

　　原来有为这人，家中虽然略有薄产，可是他们府上，从祖上到现在，从来没有戴过顶子。上年因为和人打了一场钱债官司，被那个县官打了三百毛竹板子，他气得只说没脸见人，就在那天之后，马上去报捐一个同知职衔，还嫌不能列入绅缙，所以蓄心要拣一位绅士女婿，便好由亲翁携带携带，跟在一班绅士屁股后头，可与县官称兄道弟起来，不致再挨板子的了。所以他这天一见包钵城之面，说完来意，忙打躬作揖地要他帮忙。

包钵城一口答应道："这位陈举人，虽然未曾见过你们令爱之面，可是久闻令爱之名的，你和他况且已有口头契约，这事由我包钵城包办玉成就是。你就住在我的舍下，将来行聘，也就在这里。只要行聘之后，那就不怕你们尊阃和令爱怎样了。"

有为听了，自然大喜。

没有几天，果将行聘之事办妥。有为也不回家，以避他夫人的麻烦，只待花轿到门的那天，现成做丈人就是。

此事传到他的夫人耳中，顿时大哭大跳地去告知她女儿。翠翘听了，也急得倒在她娘的怀内，哀哀痛哭。他们的哥哥本是一位长者，也想不出什么主意。

只有莺娇，很是能干，在娘家的时候，就有女诸葛之号，嫁到贾府之后，内外一切大小的事情，都是她一人经理。此时一见她的婆婆抱了她的小姑，哭得不可开交，忙走去对她婆婆说道："公公久在城里不回家来，媳妇早防有此一举。婆婆不信媳妇之语，还说公公不敢。现在既已受人之聘，人家来娶，断难回绝不嫁。现在只有急则治标，先将我们妹子藏在媳妇的娘家去，只要做得秘密，便没人知，那时再想对付之法。婆婆如以为然，此事须交媳妇全权办理，媳妇敢负全责，办妥此事。"

她的婆婆此时早无主意，一听她言，连连点头道："贤媳说话不错，准将你妹妹这人交付于你。不过白天出门，有人看见，便要招摇，黑夜出去呢，你们家里离此地也有七八十里路，叫你妹子小脚伶仃的，如何走路？"说完，又连连地叹气不已。

莺娇道："明天媳妇本要回家望娘的病去，就叫妹子扮了我那桂花丫头模样，同我一同坐车回去，试问有谁知道？"

贾夫人听了道："这倒不错，不过陈家将来来娶新娘，怎么办

108

法？总要须先想一个法子，我始放心。"

莺娇想了一想道："有了，公公做事，既然不与婆婆商量，我有一个法子，也要让公公去为难为难。"

贾夫人忙问什么法子。

莺娇道："我们就把桂花扮作新娘，嫁了过去，这场烂污，只拆在公公身上，我们不管。"

贾夫人听了此计，忽然高兴地笑了起来，道："我那个老不死的东西，也只有拿这条恶计对他。"

她们婆媳两个商量之后，第二天，翠翘果真扮了桂花，同了莺娇，来到莺娇娘家。莺娇把此事告知其母，又将翠翘这人交给其母照顾，她自己又连夜赶了回家。

等得她布置妥帖，陈家的花轿已经到门。这位贾有为老爷却未同来，这么为什么缘故不同来的呢？也是天从人愿之事。

这位贾有为老爷忽然害起泻病来，老年之人，哪里禁得起几次泻呢？于是倒床不起，便成就了莺娇所定的那个偷天换日之计。桂花这个丫鬟，相貌原也长得不恶，不过腹中却是一包稻草，不及她们小姐贾翠翘那般有才学罢了，所以娶到陈府之后，拜堂洞房，均未露出马脚。一则桂花自恃她有几分姿色，本来不愿嫁与挑葱卖菜之人，常在她的少奶面前，时露口风，情愿嫁与王孙公子们做妾；二则她是奉了主母和少奶之命，叫她冒充小姐的，既是冒充，便要做得和真的无异，陈家的上下人等，又未见过翠翘小姐之面，哪能认识；三则那位岳父大人病卧在床，尚未光降新婚之门，那位安士新舅爷呢，又奉母亲之命，不准前往认亲；四则新郎因为尚未三朝，不便马上就谈文字，有此四层道理，这位冒充小姐的桂花丫鬟，倒被她做这新娘做得安安稳稳。又因为这位岳父大人早与新婚约定，三朝不必回门，免得那位不贤的岳母多有口舌。这位陈举人事前样样答应，所以三朝之后，依然没有露出破绽。

此时陈府的上下人等，谁不夸奖新娘标致贤惠？陈举人耳听众人赞美之声，目见新娘齐整之貌，真把他乐得忘了八字，哪里还有丝毫疑心？一直过两个多月，丈人之病还未痊愈，新娘倒受了孕了。延医诊治，果是喜脉，这一来，又把陈氏两老以及这位陈举人等人，欢喜得胡帝胡天。桂花呢，蓄心本想婢学夫人占定此位，奉承得公婆与丈夫无微不至，以备拆穿西洋镜的时候，尚有挽回。

这一天，有为老爷病已小愈，陈举人特地办了几桌盛席，又请上几位有名巨绅前来作陪。酒席散后，便由陈举人将有为老爷领至他的卧房，见他女儿。

有为进房一见桂花，对他口称父亲，磕下头去，顿时吓得大惊失色地对桂花道："咦！你这大胆丫头，听了何人指使，居然冒充我的女儿起来？这还了得！"

桂花拜完之后，站了起来，方不慌不忙地将此事的始末详详细细地说了出来。除了翠翘所匿之处不说外，反劝有为和陈举人两个将错就错，保全贾、陈两家的面子。

此时的陈举人，自然大发雷霆，口口声声地要把有为送官究办。桂花见此情形，也去假装寻死。还是陈氏两老一面管住桂花，不准寻死；一面劝住儿子，说是木已成舟，这位媳妇人才出众，而且有了喜了。那个没福气的翠翘，既然逃匿无踪，即使寻了回来，也不好听，大凡男子娶妇，总以贤淑为标准，女子无才便是德，何必一定要那些有才无行的女子呢？陈举人此时一则听得父母之言；二则又见桂花珠泪盈盈，宛如一树带雨梨花，更是娇艳，见她两月来对于自己十分巴结，看她那种可怜样儿，未免有些不忍；三则自己是个绅缙，这种坍台的笑话，闹了出去，大不雅观，便提出两个条件。一件是要有为与翠翘断绝父女关系；一件是罚有为拿出一万银子，替他遮羞。

有为怕挨板子，一面满口答应，一面认了桂花做他亲女。如此一办，陈家这边，编书的便没有事情可编了。

现在回转来，再说翠翘小姐这边的事情。翠翘自到莺娇母家之后，虽有莺娇之母尽情看顾，心里究是万分着急，只怕桂花嫁了过去，哪有不败事之理？将来仍要寻着自己，甚至涉讼，既受官刑，还要被人耻笑，何以再在世上做人？自己一有长短，她娘便也难保性命，这样一想，便害起心痛之病来了。不到十天半月，病体十分沉重。莺娇之母就将贾太太请来。

贾太太一见翠翘这人已是骨瘦如柴，只成了奄奄一息的了，顿时对着女儿哭得死去活来，赶紧延医诊治，毫无效验。

正在没法的时候，忽然门外来了一位癞头和尚，口称能医百病，只要尚未断气，便能医治。贾太太连忙把那位和尚请了进来，求他医治。那位和尚诊治之后，说是翠翘人虽未死，她的那颗心已经死了，若要医治，须要用一颗活人的心，煅灰服下，方能活转。贾太太听了，当他是一个疯和尚，便将他撵了出去。

谁知这件事情，却被凤栖桐知道了，他想："翠翘之病，乃是为我，翠翘若死，我也不忍独活。未知那位和尚所言，真假如何，果是真的，我凤栖桐倒也情愿将我之心赠予这位多情多义的小姐。"

他一个人正在痴心妄想的当口，忽听得木鱼之声由远而近，已在他的门口停下。急忙奔出大门，果见一位癞头和尚盘膝低眉地坐在地上。

栖桐忙去问他道："师父，有人说贾家的那位翠翘小姐，遇着一位师父，说是要服活人之心，病方能好，不知可是你这位师父？此法果真有效，我倒情愿把心赠她，不知如何取法？我是外行，指望哪位师父前来指教。"

那位和尚听了，便抬头把他一望，口称："善哉，善哉！"对他笑道，"公子果然多情，也不枉那位小姐为你而病。贫僧此来，本想募化你这一颗心而来的，你若愿意，快快让我来取，若再迟疑，那位小姐便无救了。"

栖桐听了，毫无迟疑之状，仅不过落了几点眼泪。一面忙将和尚引至他的卧室之内，一面自己便把衣服解开，又去向天卧在床上，紧闭着双眼，对那和尚说道："师父快快动手，我决不怨你……"

他嘴上的这话尚未说完，陡觉那位和尚对准他的胸膛，就是一刀，就在此时，只听得栖桐大叫一声："痛死我也！"早已没气的了。

正是：

只望奇方能救命，如斯惨事也甘心。

欲知后事如何，且看下回分解。

第十五回

苦命鸳鸯投桃报李
销魂蛱蝶接木移花

却说凤栖桐大喊一声之后，立时痛得死了过去。那位和尚便将他那红喷喷、血淋淋的一颗心取了出来，就在房里寻了一只瓦钵，将那颗心盛在钵内，复用一方包袱包好，只把里床那床被头拖过，盖在栖桐身上，连尸身胸坎上冒出来的鲜血也不及去替他揩抹，提了那个包袱，便向翠翘那边飞奔而去。

原来栖桐这人，家境本极萧条，双亲又早见背，上无兄长，下无妹子，孑然一身，只在祖遗的一所破屋之内埋头独自用功，身边仅剩一个老仆，这天适又进城。所以那位和尚在取他心肝的时候，自然一无人见，否则哪有这般便当的呢？

闲言叙过，再讲那位和尚一见贾老太太，便朝她大笑道："你们方才太不讲礼，竟把我赶了出去，还要说我是个疯子，岂知我和尚倒是一片悲心。"说至此，他忙把包袱打开，拿出那只钵头，笑着对大众道："喏喏喏，这便是凤栖桐公子的心肝，你们快拿去煅灰给你们的小姐服下。不过不可使她知道，她若知道，哪里肯忍心吃的呢？"

孟老太太以及大众一见这一颗鲜血淋淋的人心，顿时吓得四散地逃了开去。到底是贾太太爱女情切，大了胆子，发抖地边去问和尚道："这一颗人心，真是那位凤公子的吗？"

和尚听了，正色道："这样东西，不是自己情愿，就是堆满了金子，谁肯不顾自己性命，来给人家治病的呀？"

贾太太一听真是凤栖桐的心肝，不禁一阵心酸。一壁流下泪来，一壁问和尚道："凤公子既是一片好心，拿心来救我们女儿的性命，这么他自己的性命，可能保住吗？"

和尚便边摇着手边答道："别的话，此刻且莫提它，快将你们小姐医治好了再说。若再耽搁下去，就是再加十颗、百颗的心肝，也救不活了。"

贾太太听了，只得大了胆子，忙把那颗心煅灰之后，用开水灌在她女儿的口内。服下去没有五分钟，就见她女儿已把眼睛睁开，似乎很有精神地问贾太太道："娘呀！我方才服的什么药呀？怎的有如此灵验？女儿此刻觉得已经好了一大半了。"

贾太太听了女儿这话，心里不禁又喜又急，喜的是女儿病已好了大半，急的是凤公子那边，究竟有无危险。

贾太太尚在踌躇的当口，谁知孟老太太是一位心直口快的人，她忙对翠翘说道："贾小姐，你的眼光真是不错，你想想看，凤公子肯拿他的心来给你当药，这样的好良心，世间还找得出第二个人来吗？"

翠翘一听所服之药就是凤公子的那颗心，不禁心里一痛，哇的一声，吐出几口鲜血来，顿时厥了过去。贾太太见了，只吓得一把抱住她女儿的身子，边哭边喊，忙得手足无措。

孟太太此时也深悔自己嘴快，闯出祸来。幸而和尚尚在外面，慌忙去将他请进房来，告知其事，求他设法。

和尚听了，便怪她们道："和尚早叫你们莫对她说，现在病上加病，就是医好了，将来那个心痛毛病，是要常有的了。"说完，便向翠翘的脸上画上一道神符，又去呷了一口冷水，对翠翘的脸连喷连画。

顷刻之间，翠翘已经霍然而愈，慌忙跳下床来，就朝和尚拜谢

114

救命之恩。拜毕起来，又去咬着她母亲的耳朵说道："师父既有本事来救女儿，就有本事去救别人。"

贾太太听毕，早已会意，忙去求和尚道："师父，你老人家既然把我女儿救活，我还想求你去救我的女婿，务必好人做到底，否则我那女婿没命，我这女儿还是活不成的呢！"

和尚听了，微笑道："你这位老太太，既要我和尚去救你那女婿，这么我和尚就要问你们小姐的身上，借一件东西。"

贾太太尚未答言，翠翘忙红了脸插嘴问道："师父要借小女子身上的何物？就是要我的心肝，我也答应的。"

和尚听了，笑道："心肝倒不必，只要小姐臂上的一块肉，也就够了。"

翠翘听了，便朝她娘的脸上看了一看。

贾太太道："这么你就快去割吧！"

翠翘听了，又绯红着脸，正要走到后房去割的时候，和尚忙止住她说道："小姐且慢，这个臂上之肉，必要在病人身边割下，方有用处。"

贾太太听了，忙对和尚道："我与女儿立刻同着师父就去。"

和尚点头答应。

贾太太忙去叫了一辆骡车，同着女儿，随了和尚来至凤家。

一进门去，就见凤栖桐的老仆正在那儿哭哭啼啼地殓他主人。一见贾太太母女进去，他便朝贾氏母女边哭边说道："贾太太、贾小姐，我们公子好端端地在家念书，不知被哪一个断子绝孙、没有天良的恶贼活活地把公子的心肝挖去了。"

贾太太忙答道："此事我已尽知，且让这位师父将你们公子救治转来，再慢慢细讲。"

老仆听了，似信不信地，尽把一双眼睛朝着和尚这个人呆呆地直望。

和尚一壁自言自语道："这位老管家骂人倒也骂得真刻毒！"一

壁便请贾小姐，就在栖桐尸身之前，快割她的臂肉。

此时的翠翘，早已泪流满面，吞声暗泣了半天了。一听和尚叫她割肉，再顾不得害臊，忙将衣袖卷起，露出那只玉臂，拿了一把菜刀，顿时割下一块肉来，递与和尚。因为和尚在她未割肉之先，已经口内对她念念有词，所以她割下那肉的时候，并不觉着痛苦。

和尚接了她那块肉之后，便向凤公子的胸坎之内一塞，立刻就见尸身自己动了起来，跟着又听得栖桐大叫一声道："好气闷死人也！"

大家一见公子活了转来，个个喜形于色地，忙叫公子人仍在床上躺下，一面问他现在心中可痛，一面又告知："是师父把你医治好的。"

栖桐听了，忙对和尚道："学生死而复生，感激师父相救之恩，不敢口头空说。此刻尚觉浑身乏力，不能下床叩谢，尚乞原宥。"

和尚听了道："这也是你们贤伉俪的至诚所感，偶然遇得贫僧，也算有缘。"说着，又在身边摸出两粒丸药，递与公子道，"此丸可留在身边，将来若有大难，即行服下，可免痛苦。"说完之后，将袖一掩，化了一道白光，向空飞去，一霎之间，早已无影无踪的了。

大家见了，个个大惊失色。

翠翘忙对她娘说道："此是神人搭救我们，快快先行望空一拜，以表谢意。"

大家忙向空中拜过。

贾太太便走近栖桐床前，口叫一声贤婿，道："我家不幸，害及贤婿，若非神仙相救，哪里还有性命？现在我们母女都在困难之中，何不就趁这位神人降临之日，你们朝天一拜，便算花烛之期。将来果能科名有分，那时自可扬眉吐气，未知贤婿意下如何？"

此时栖桐尚未知道翠翘割肉相报之事，所以对她没甚说话，单回贾太太道："岳母吩咐，敢不遵命！不过草草完婚，未免有些对不起小姐呢！"说着，便将眼睛看了翠翘一眼。

116

翠翘见了，忙低了她的头，假装未曾看见，只悄悄地对她娘说道："他的身体尚未复原，哪能行动？花烛之期，将来再说吧！"

贾太太听了，连叫："我真昏了，我真昏了！贤婿尚在病中，自然养息好了再说。"

贾太太说完，索性住在婿家，以便照料他们两个。

过了几天，栖桐已经能够下床，贾太太便拣了一个黄道吉日，将他二人行了结缡之喜。

这天晚上，合卺的当口，栖桐偶见翠翘臂上的创处，忙问何故如此。翠翘含羞不答。

栖桐抢着扳来一看道："我妻非但贤淑，且有孝心，这个创处，必是割股疗亲的故事。"

翠翘知难隐瞒，只得说了出来。

栖桐听了，便执了她的手臂垂泪道："贤妻这般救我，叫我凤栖桐怎样过意得去？"

翠翘听了，也拭泪道："凤郎呀，为妻仅割区区之肉，当时且不疼痛，何足挂齿？吾郎剜心救我，那才真正可感呢！"

栖桐听了，边伤感，边答道："现在百事不说，第一件，只望陈家不来纠缠；第二件，只望今科秋闱得中，也算替小姐争光。"

翠翘听了，便将桂花如何代嫁，父亲如何不认，陈家二老如何劝子，陈举人如何罚她父亲了事，统统告知栖桐。

栖桐听毕，方始略觉安心道："如此说来，只要今科功名有分，我们夫妻两个，便有出头日子的了。"

翠翘道："现在已是七月将尽，吾郎进城乡试，行期自然以早为妙。为妻想起一事，那位神仙和尚临去的时候，不是赐给吾郎两粒丹丸吗？他既说到'大难'二字，我们夫妇二人，恐怕还有一场磨折在后。城里虽近，但是你一个人出门，为妻终不放心，为妻要想跟在吾郎左右，真遇不幸之事发生，那时究在一处，彼此也有个照应。"

栖桐道："贤妻想得周到，准定同行就是。不过神人既赐仙丹，或者逢凶化吉，也未可知。"

翠翘听了道："但愿如此，便是我们夫妻二人之幸了。"

第二天起来，翠翘便将此意告知她娘，她娘听了，倒也赞成，于是帮同收拾行李书囊。贾太太又因婿家贫寒，深恐考费不足，特在手上除下一副金镯，交与她的女儿，藏在身边，以备缓急之需。

过了几天，栖桐夫妇便别了贾太太，带着那个老仆，挑了行李，来到城中，拣了一家寓所住下。其时各家寓所都有人满客挤之患，栖桐夫妇所住的那一间房间，小得不成样儿，一榻而外，已无容足之地。

他们的那个老仆，只得与一个新到考相公的家人合铺。第二天，那个家人买了些酒菜，请那老仆同吃。吃到后来，他们两个已有酒意，便互述各家主人待遇下人的好处。

那个家人又对老仆说道："我们少爷，也是带了少奶奶同来的，我们少爷乃是成贤亲王的得意门生，今科解元，必定有分。方才我们少爷在和少奶奶提起，很是钦佩你们男主人的才华，少奶奶也爱你们女主人的相貌，我们少爷甚想和你们少爷轧个文字之交，将来各人及第之后，便好一同上京，彼此皆有照应。况且我们少爷又是成贤亲王的门生，如果提携提携你们的少爷，你们少爷真是有益不浅。"

老仆听了，连连地答道："这是最好没有，朝上无人莫做官，我们少爷京里本无熟人，你们少爷果肯提携，我就请我们少爷先去拜望你们的少爷就是。"

那个家人道："这倒不必，我们少爷最没架子，只要你们少爷要轧朋友，我们少爷会来拜望的。"

老仆一等吃毕，忙将那个家人之话禀知栖桐。栖桐听了，倒也无所可否。

倒是翠翘听了，忙对老仆道："在家靠父母，出外靠朋友，我本在担心少爷考中之后，进京的时候，我又不便同去，举目无亲地孤身远行，叫我如何放心？若能预先结识几个文字之交，真是有益无损之事。至于他们的那位少奶奶，我也爱她姿色秀丽、举止温柔，她既不嫌我们寒素，我也极愿意与她轧个姊妹，将来也有照应。"

栖桐在旁见他夫人如此起劲，便对她笑说道："贤妻本无姊妹，自然岑寂，你既喜欢要轧姊妹，让我先去拜望他们便了。"说着，便命老仆拿了一个教弟帖子，真去拜望那位少爷。寒暄之后，方知他姓卞名梅，彼此相见恨晚。卞少爷乃叫他的夫人以弟妇之礼来见栖桐，见过之后，又叫他的夫人先去拜望翠翘，栖桐拦止不住，只得让她前去。

栖桐又和卞少爷谈了一阵，要想辞别回房，卞少爷坚留便饭，还要通谱。栖桐推却不得，只得应允。这晚上，他们弟兄两个谈得十分知己，仿佛已成肺腑之交。那边翠翘与卞少奶奶也是情投意合，便认了结义姊妹，卞少奶奶却与翠翘同庚，仅大月分，便做了姊姊，翠翘做了妹子。

这晚上，他们两方直谈到东方将白，方始各自归房安睡。从此弟兄姊妹，日形亲密。

等得他们弟兄二人进场之后，卞少奶奶便来对翠翘说道："做姊姊的素来胆小，一个人从来不敢独睡，所以这回同了你们姊夫来住这个寓所。"说着，又向翠翘嫣然一笑道，"今天晚上，拟请妹子到姊姊房内，做个共枕的鸳鸯，妹子千万不可推却。"

翠翘听了，也笑答道："我们姊妹如此要好，同榻而卧，正好做长夜之谈，有何推却之有？"

卞少奶奶听了，顿时大喜过望，忙将头上所戴的那支珠簪拔了下来，赠予翠翘道："此物虽不名贵，却是我们公公由内府花了重价买来的。现在赠予妹子，做个纪念。"

翠翘先不肯受，后来推却不得，只得收下。也将她娘给她的那双金镯送给卞少奶奶。

这天晚上，卞少奶奶又特地办了几样可口酒肴，和翠翘两个边谈边喝，没有多时，已将翠翘醉得靥晕红霞，心潮荡漾起来。一时收过残肴，二人都是醉醺醺的，同入绣衾，并枕卧下。卞少奶奶先以游词，继以亵语，将她自己新婚之夕的趣事尽情地说给翠翘听了。翠翘边听边想阻止她的话，一则尚在客气期间，未便过于说出重话；二则同是女流，闺房之内，要好姊妹放浪形骸一点儿，也属常有之事，所以只是微笑不答。谁知卞少奶奶越讲越逾范围，大有调戏之意起来。

翠翘心知有异，正要坐了起来，回她自己房里去的当口，卞少奶奶哪里肯放？便来用强，幸而翠翘逃得个快。一奔回房里之后，砰的一声，把门闭上，还吓得心旌摇摇地暗忖道："这个卞少奶奶，我此刻方才知道她是男子改装的。他既是男子，怎么又有丈夫？既甘雌伏，为何又做雄飞之想？我倒真正有些不懂起来了。我这两天且莫开门，一切饮食，可由窗外递进，等得我们凤郎回来，再兴问罪之师便了。"

谁知卞少奶奶第二天一早，就来敲门，在外自认酒醉失礼。后见翠翘百个不睬，他竟以危词侮蔑起来。

正是：

乔装少妇真堪杀，侮蔑贤媛大不该。

欲知后事如何，且看下回分解。

120

第十六回

是日也女化为男
非官乎人奚变犬

却说卞少奶奶正在翠翘房门外面，危词侮蔑翠翘的当口，适值她的老仆走来，看见卞少奶奶站在他女主人门外柳眉直竖，杏眼圆睁，嘴里叽里咕噜地不知讲些什么，赶快走上去问她道："卞少奶奶，可是我家少奶奶得罪了你老人家了吗？"

卞少奶奶一见凤家的老仆这般问他，恐怕因此瞧破机关，多有不便，只得改了话头，对老仆说道："你们少奶奶昨儿晚上在我房内吃醉了酒，将我和她闹着玩的言语当起真来，我此刻是在这里赔她的不是。你快叫她把门开了，让我进去，否则我们少爷出场来，就要怪我得罪他的客人呢！"

老仆听罢，忙边敲着门，边怪翠翘道："少奶奶快快开门呀！卞家的少奶奶既在此赔你的不是，你就应该出来招呼客人呀！并不是我这个做老家人的在此多嘴说你少奶奶，实因为我们少爷好容易轧着一位有益处的朋友，你不要乱得罪了人，误了少爷的事情，很是不妥的呢！"

翠翘一个人在房里，听得她的老仆在外面瞎怪她，她又不便答出卞家少奶奶是个男子的话，像昨晚上那个险些被人污辱了去的事情，更不能闹得满寓尽知，有何脸面？兼之卞少奶奶尚在门外，尤其不敢讲什么说话，恐怕再激出她不好听的言语来，只得忍气吞

121

声地闷声不响。

门外的老仆见他少奶奶总不开口，没有法子，也只得用好言将卜少奶奶劝回房去。

原来卜少奶奶本不姓卜，确是一个男子，他的真姓名叫作甄行昆，本城人氏。其父在日，曾经做过几任知县，在任上的时候，无恶不作。归田后，又横行乡里，因之众人恨之刺骨，不过因他有财有势，拿他无可如何。谁知恶人终有恶报，当下就有一个受过他害的坏人，想出一个恶毒计策。有一天，便把甄行昆骗至一处僻静所在，甘言引诱。

那时甄行昆还不过十二三岁，年幼无知，自然上了坏人之当，非但做了龙阳，而且他的臀部之内，又被塞进无数的剃下来二刀的短头发，从此受了暗病。病发之时，反去央求人家，也顾不得他这少爷身份的了。后来被他的父亲知道，要想捉拿那个坏人，早已逃之夭夭，无从究办。其父因此一气而亡，其母不久也害病而死。

甄行昆到了十六岁，财权在手，为所欲为，倒也名实相符，真的成了一位真淫棍起来。平时除了自甘雌伏之外，还要雄飞，他便异想天开起来，将他一个非常得宠的家丁，冒称卜梅，算是他的丈夫少爷。他又把自己扮作少奶奶的模样，夫妻双双地专去诱骗良家妇女。他们的计划是先由卜梅去和那班有姿色妇女的或父或夫，假以交友之虚名，做他行奸之媒介。人家的妇女因他既是一个有夫之妇，手头又有钱财，自然也情情愿愿地去和他轧小姊妹；那些贞烈的呢，还不至为他所污。闹出事来的时候，全仗他亡父的造孽钱财，弥缝了事。那班心志不坚的妇女呢，十个倒有九个上他之当，这班被污的妇女，要保面子，只得像哑子吃黄连的一般，有苦说不出来，所以甄行昆在这两年之中，奸污妇女的把戏从来没有破过案子，胆子因此愈大，奸计因此更多。他见这年正是大比之年，外县考相公携了家眷来住考寓的，很是不少，他又叫卜梅冒充考相公起来，已在别家寓中，也用对待栖桐、翠翘两个这样的法子，早又奸污过几

122

个考相公娘娘的了。

这天，偶见翠翘标致，因此就跟着住到这家寓所里来。他的用人先与凤家老仆轧起朋友，以作引线，也是他们预先串通的办法。就是这个用人，有几次也做过他的少爷过的，不过此次只能暂屈一屈他做用人罢了。至于这用人对老仆说他主人是什么成贤王的门生，以及卞梅进那什么断命的考场，完全并无其事。在他主仆三个，不过看煞栖桐是位书呆之相，易受人欺，翠翘是个寒士之妻，更好打发，不怕不能达他的目的罢了。卞少奶奶的丑史，既已叙明，现在再讲那天的事情。

卞少奶奶自被老仆劝了回房之后，又过了三天，所谓卞梅卞大少爷不知钻在哪个狗洞里面躲了两天，等得大家应该出场的时候，他也施施从外来，算是由考场之中而出。刚刚进了寓门，栖桐倒是真由场中出来，栖桐一见卞梅先已回寓，只朝他将手一拱，说声："阁下场作，定是得意，我们停刻再谈！"

说完之后，便匆匆地向他自己房里而来。及至走近，一见房门紧闭，赶忙敲门。开开之后，一进房去，见了翠翘，也顾不得问她青天白日何故关门的事情，急在身边摸出他那十分得意的几篇场作，赶忙一壁递给翠翘，一壁笑嘻嘻地说道："不是我凤栖桐在此夸下海口，我这三篇文字，只要主考大人是认得字的，我便不会名落孙山。"说着，似乎在那里立等翠翘看他文章的样子。

谁知翠翘一个人在这房里，如同坐拘留所的一般，拘了三天，再加上一肚子的冤气正在没处发泄的时候，一见她丈夫要她看那断命文字，气得走上去，一把抓在手里，便向地上使劲地一摔。话未开口，可怜她的两只眼眶之内，已是簌簌落落地淌下泪来。

栖桐见他妻子这个样儿，一时摸不着头脑，连连去拉了她的手问道："你为什么呀，你为什么呀？你可是受了谁的恶气？快快对我讲呀！"

翠翘听了，甩脱了手，方始一包眼泪、一把鼻涕地把卞少奶奶是个男子，叫她同睡，前来调戏，幸没失身，以及老仆还要帮着人家，也来怪她不是的事情一五一十地告诉了栖桐。

栖桐一听，顿时气得火高百丈，话也不及答复，一个人转身就走。奔到卞梅房里，一面指着卞梅的鼻子骂道："秃秃秃，你这恶贼，做的好事！"一面就一把拖了卞少奶奶这人，奔到客厅之上，上气不接下气地对着那班同寓的考相公道："她……她……她是一个男扮女装的妖……妖……妖人！"

那班考相公见他面孔气得铁青地，拖了一位娇滴滴的少妇，当着大众，硬说她是男的，大家都认作奇谈。内中就有几位好事的少年考相公，哄了起来，七口八舌地问栖桐道："你敢做见证吗？你要负责，我们就来验她。"

栖桐尚未答话，那班少年考相公又见这位少妇的面容失色，见她眼睛四处乱望，已经大有逃走之意，便知其中必有蹊跷。一时人多手杂，也不知是哪个为首，说时迟，那时快，顿时一拥而上，七手八脚，早把卞少奶奶的上下衣服撕得像蝴蝶般地，飞得满厅都是。大家把她一看，她的儿子就要喊爹爹，真是男的。这一来闹大了，只听得众人之中，叫打打打之声不绝于口，同时就听见拳打之声、脚踢之声、喊痛之声、求饶之声，闹得一塌糊涂。

此时寓所外面又拥进来一大群看热闹的闲人，更又加上那些大人议论之声、小儿啼哭之声、好人叹息之声、歹人吆喝之声，一班少妇又是要看，又是怕丑之笑声，几只野狗忽而朝前、忽而倒退之吠声。

正在闹得不可开交的当口，幸有一位巡官，率领十几个警察，由人丛之中挤了进来，一面驱散闲人，一面阻止各位考生："快请停手，有事在官。"

大家听了，方才将卞少奶奶夫妇，以及那个用人交与巡官，要他移县严惩。巡官自然满口应允。

等得巡官饬人抬着女犯，锁着男犯，带走之后，各位考生方各回房。栖桐也忙回到自己房里。翠翘见已出气，方始没话。

过了几天，栖桐三场考毕，因为旅费不敷，不候榜发，先行携眷回家。

回到家里，贾太太已知此事，赶忙安慰翠翘道："这桩无妄之灾，哪里说起？不过那位神仙和尚本来说过你们夫妇尚有大难，现在总算见过，以后便可平安无事的了。"

翠翘听了，还要把卞姓给她的那支珠簪毁坏。

贾太太忙拦住道："这件东西却是证物，此案尚未传讯，岂可就把它毁坏？"

果然不到几天，县里已来传质，栖桐便同了翠翘、老仆二人，以及那支珠簪，来到县衙门里。正要上堂的时候，忽见一位同窗急急忙忙地走来，对他咬了几句耳朵。栖桐听毕，顿时大惊失色，赶忙取出身边所藏的那两粒丸药，自己吞下一粒，又叫翠翘吞下一粒，还想通知翠翘几句话的时候，县官已经坐出堂来，首先便传他们夫妇两个。栖桐同了翠翘上得堂去。

那位县官一见翠翘这人，便把惊堂一拍，喝问翠翘道："你这无耻荡妇，本县看你一脸的淫相，果然不是一个安分的妇人。现在甄行昆公子控你将他诱奸之后，索诈不遂，喝众将他殴至残废，你有何说？快快供来，免得皮肉受苦！"

翠翘听毕，不禁气得面如死灰色地说不上话来。

栖桐看不过去，忙走上去打了一拱，代翠翘辩道："老父台开口就认生员之妇与人有奸，请问证据在哪里？"

那位县官一面将翠翘赠予卞少奶奶的那副金镯摔下案来，一面拍案大骂道："你的功名，本县立刻就要详革。"说着，又哼了一声道："你自己纵妇行奸，聚众殴人的罪名，本县尚未问到，你竟敢咆哮公堂，质问本县起来！"说着，便喝一声，"拖下去打！"

当时就有几个差人走上来，一把将栖桐拖了下去，掀在地上，剥了裤子便打。幸而栖桐预服丸药，虽然被笞，并无苦痛。打完之

125

后，那官也不准他再供，马上将他钉镣收监。

翠翘起先一见栖桐受那瘟官之责，一时又气又悲，又羞又急，恨不得扑了过去，和那班皂隶拼命。后见两旁的差役一连喝了几声堂威，可怜她也会吓得索落落地抖了起来。

正在无法的当口，只见栖桐已被打完，早由一大群人拖拖拉拉地押了下去。她便将心一横，竖起了双眉去驳那位县官道："大凡奸情的事情，只有男的犯女的，哪有女的奸男的？这桩案子，本是姓甄的冒充卜少奶奶，想来污辱于我，后来被我识破他是乔装，幸未被污。至于众人的打他，也是姓甄的犯了众怒，于我何干？你身居父母之官，不替我们惩办那个妖人，反在公堂之上称他公子，可知皇子犯法，庶民同罪，你还惧他的势呢，还有已得了他的钱呀？"

那位县官一见翠翘搔着他的痛处，顿时涨红了他那张猪八戒的大脸，拍案大怒道："你这犯妇，好张利口，你侮蔑本县贪赃的罪名，慢慢地再办你。本县今天先审你这个奸情案子，公子送你的那支珠簪呢？你可知道那支珠簪要值千把银子吗？你既不认奸情，为何这支珠簪你又宝而藏之起来呢？"说着，又冷笑了一声道，"你这个卖淫妇的住夜价钱，倒也真贵呀！你想拿了风也吹得起的一双金镯要换起值到头二千两的珠簪来吗？本县却是没有嫖过妓女。"说着，又去问两旁的差役道，"你们可知道真是要这般贵的价钱吗？"

弄得那班差役答又不好，不答又不好，局促万分地连连道"是是是"的。幸而那官这句话原是糟蹋翠翘的意思，不然，被他们这班人"是是是"的，还要认作真有那样贵的了。

当下翠翘见县官这般地糟蹋她，又问她要那支珠簪，气得忙在身边取了出来，大有要向那官脸上打去的样子。

两旁差役见了，忙一壁同声喝道："不得行凶！"一壁奔上去，在翠翘的手内将那支珠簪抢了下来，呈与县官。

县官接在手里之后，看了半天，方交近身的二爷道："这件赃

126

物，连同那双金镯，统统送到上房，交与太太亲自入库，不得有误。"

那个二爷便拿了珠簪、金镯两样东西，飞奔往上房去了。

那官等得那个二爷走后，便把刑签一拔，正要也答翠翘的当口，陡见公堂外面飞跑进来一只老黄狗，就向他身上一扑，顿时就觉得他的官体已和那只狗身合而为一起来。赶忙要想把他的官体挣脱狗身，哪里还来得及？同时又听得大堂之外围着在看审官司的那班百姓，没有一个不狂笑大叫道："大家快看呀，怎么坐在公案上审案的那位老爷，忽会不见了，只有一只老黄狗坐在那里呢？"

此时，两旁差役也见他们的老爷陡失所在，不知何时换上一只黄狗，神气活现地坐在上面，不禁又是好笑，又是奇怪，顿时四面地寻找他们老爷。还有几个用打犯人的毛竹大板，不问三七二十一地，拼命就向狗头上乱击，只打得那只忽发雅兴，要来尝一尝县官味道的黄狗，直声子地汪汪汪地狂吠，哪里知道这只狗就是他们的老爷。不过在三分钟以前，原是一个人面兽心的人，此刻呢，已变作一只兽面兽心的狗罢了。可见世人徒知外表，其实人面兽心的人，哪里及得上兽面人心有义气的畜生呢？这么这位瘟官何故忽与那只黄狗合而为一起来呢？

原来这官名叫史遥泉，本是一个要钱不要命的东西，他与栖桐、翠翘二人既无冤仇，与甄行昆呢，亦无恩德，无非受了行昆几千两赃款，便将他的良心昧了。他自以为清朝知县本有灭门之权，要害几个人，只在三不之下，何求不得？谁知他的狗运不通，偏偏碰着那位多管闲事的昆仑老人，却在暗中照应栖桐、翠翘两个。前回那位癞头和尚，本是他化的，这回把官变狗呢，也是他栽培的，就是栖桐的那位同窗匆匆走来和他咬耳朵，也是老人通知那位同窗，说道："官已受贿，你快去告知栖桐。"这位同窗因此来告诉栖桐的。照这样说来，那时可惜只有一位昆仑老人，若是多有几位，岂不要将骂人的那句狗官狗官的话，成了真了吗？

正是：

瘟官审案心何黑，老狗升堂毛已黄。

欲知后事如何，且看下回分解。

第十七回

主考拜门生文章吐气
县官求罪犯面目何存

却说那位县官，一见他的身子已经变作了狗，又被他的那班差役拼命乱打，他痛极了，自然只好狂吠。他一壁在叫，又一壁暗忖道："本县这样地被他们打下去，这条老命包不着杠。但是既已变了畜生，我明明地在向他们说话，他们真也可恶，只当我狗叫，一点儿不明白我的意思。我的太太，她总是我的同床合被之人，或者能够明白我的意思，也未可知。"

他想罢之后，赶忙蹿下公座，飞奔地跑至上房，朝着他的太太汪汪乱叫，又做出那种摇尾乞怜的样儿。谁知他的太太那时正在拿着那支珠簪和一副金镯看了又看，心花怒放的当口，忽见外面跑来一只野狗向她乱叫，又似乎有一种求救的状态，正拟命丫鬟把它赶出去的时候，忽见一个丫鬟拿起一支大门闩，对准那只狗头之上，扑的一声，那狗就顿时狂叫一声，遗矢满地地死了过去。太太初意，见丫鬟打死一只野狗，本不算怎么一回事情，也不去责她。

就在这此时，又见奔进来一位老年的师爷，一见狗已被打死，急得大惊失色地跺着脚连道："糟了，你们怎么不问皂白，将我这位东翁打死了呢？"

太太听了，自然不知所云，反怪那位师爷道："你怎的知道这只野狗是我们老爷？你莫非痴了不成？"

那位师爷忙把方才外边的情形告知太太。太太听了，尚在将信将疑的当口，陡见那只死狗忽在地上一滚，扑地站了起来，真的变为他们的老爷起来。太太此时如入梦境，正要去问她的老爷的时候，却见她的老爷已在吩咐师爷，一面严守秘密，一面且请几天病假，息息头上的伤痕。

又见师爷回道："那个犯妇已经暂收女监，且等东翁贵体痊可再审。"

老爷点头称是。

太太到了此时，方知她的老爷真的变过狗了。这且不提。

单说翠翘一进女监，就有那个女禁子前来问她索取例规。翠翘身无分文，只得求她暂时欠着，改日补付。那个女禁子本是靠山吃山、靠水吃水的东西，没钱给她，哪肯放过？当时就狠狠地给了翠翘一顿刑罚。翠翘幸已服了丸药，未受痛苦。那个女禁子把她无可如何，也只得罢了。

翠翘既知栖桐在男监里，也有丸药保护他的身体，不致受苦，又知那个狗官伤未痊愈，一时不会坐堂，倒也安心在监中等候。只望榜发，栖桐若得及第，便有救星。

现在不提翠翘这边之事，再讲栖桐那位同窗，姓文名叫占魁，文理虽是平常，却重义气。因和栖桐性情相投，更是十分莫逆。那天，他从考场里出来之后，闻知栖桐寓中那件事情，本想前去看他。后来听得已将姓卞的送官究办，栖桐场后又回家，便将此事丢开。

有一天在路上，忽然遇见一位癞头和尚，对他如此如此说了几句，他听完，就赶到县前，告知栖桐，后来栖桐上堂被责，县官变狗，那些事情他都亲见，只因自己没有权力，不能相救栖桐夫妇，也只望他自己和栖桐两个人之中，只要有一个得中，那就无碍。幸而天从人愿，等得榜发之后，栖桐中了第二名亚元，他自己也中了倒数上去的第一。他就知道那班报子一定在那儿寻不着那位亚元公，他急去代为开发喜封。

等得众举子同赴鹿鸣宴的那天，正、副主考点点他们的门生，却少了一位名叫凤栖桐的亚元，便问大家道："诸位贤契，今天是大典，我们那位凤门生栖桐，为何不到？可是有病吗？"

文占魁听了，慌忙挤出人丛之中，走至两位主考老师之前，打了一拱说道："凤栖桐是门生的知己同窗，因为一件案子，已被此地首县史遥泉史令刑讯收监，哪能前来？"

两位主考听了，忙问是何案子。

文占魁听了，忙将自始至终的事情详详细细地告知主考。

两位主考听了，尚未开口，满堂的一班同年举子顿时鼓噪起来。大家各把所戴的一顶大帽除下了，送至他们主考老师面前道："照这样说来，门生等也不要这个朝廷的名器了。那个狗官，虽然受过天谴，变过狗，现在依然复了人形。办那狗官的事小，我们这位凤同年夫妇二人出狱的事大，要求两位老师，上体朝廷重视文人之至意，下纳门生等公意之请求，要请两位老师亲自率领门生等，去到县监，将我们那位凤同年夫妇二人迎接出来，方算重视科名。"

两位主考听毕，一面忙将各人的大帽送还各人，一面答道："各位贤契同年谊重，很是可敬，不过这种办法，于例似乎不合。"

众举子听了此言，不待主考把话说完，大家又哄了起来，互相说道："我们老师既不答应众门生的请求，我们何必还要吃这个倒霉的什么鹿鸣宴？我们快快去大开明伦堂，召集全省的秀才，从此罢考便了，要这个断公举人何用？"

大家听了，个个赞成这个办法。

两位主考听了，大吃一惊，恐怕这个风潮愈闹愈大，虽然有那句秀才造反，三年不成的老话，可是一经罢考，照例做主考者，便有大大的处分。慌忙答应大家道："各位贤契，千万不可如此大动干戈，我们二人准定服从公意就是。"

大家听了，方才喜同雀跃，各人把各人的大帽戴上，于是正主考在前，副主考在后，各位新科举人又在后，前面开锣喝道，后面的轿子犹如一字长蛇阵的一般，幸而贡院离开监狱还远，还可以让他们像迎龙灯似的在街上迎了过去。若是路近一点儿，恐怕前面的龙头已经到了那个监里，后面的龙尾巴尚未出贡院呢。闲话少说。

单说这天，那位史县官的伤已将愈，这时刚刚起床，忽接家人通报，说是两位正、副主考大人带同各位新科举子，已经将到监门，仿佛拜客的样子，不知拜谁，快快请老爷前去伺候。

那位史县官一听，只吓得索落落地发抖道："自从盘古分天地，哪有主考拜犯人？这还了得！"他嘴上边说，边去抓了一件外褂披在身上，也顾不得再看是否穿错，顿时慌慌张张连跌带爬地奔至监门之外，已在地上，自报衔名道："卑职史遥泉，在这里跪接二位主考大人。"

此时两位主考和众举子已经下轿，两位主考忽见一个官儿，穿了一件女人的外褂，伏在地上，在那儿口称史遥泉，便知就是那个狗官，也不去睬他，只带了众举子，直往监里而去。

那位史县官慌忙又爬了起来，追到两位主考面前，挡住去路，先请了一个安，上气不接下气地道："卑……卑……卑职……职……职回……回……回大人的话，这监里面，很是醒酲，不敢亵渎大人的宪驾，可否请到卑职衙内？大人要见哪位犯人，卑职便亲自去请那位犯人出来就是。"

两位主考听了，便朝他微笑了一笑道："贵县还要口口声声地喊着犯人，本主考却不能拿他们夫妇二人当犯人呼唤，贵县请便，不劳招呼。"

此时旁边便走上来一位举子，一把将史遥泉的前胸抓住道："你这狗官！我们大家自有请问你的时候，此刻不忙，你只同了主考大人和我们众人先去见凤栖桐风举人再说。"

史遥泉听了，方知凤栖桐已经中了举人，就知这场事情闹大了，心里虽然吓得要死，但又不敢不陪同前去。只得诺诺连声地答应道："下官前来引路。"边说着，边已来至栖桐那所号内。

大家因为不认识栖桐，当下就由文占魁指着一个少年囚犯，对两位主考道："这位便是凤栖桐同年。"

两位主考忙走近一步，接了栖桐的手说道："凤贤契，你真正受屈了……"

主考此话未了，早有本县典吏慌忙跪着把栖桐所戴的脚镣、手铐卸去。

栖桐便泪流满面地先对两位主考磕头道谢。磕完之后，又高举双手，四面一个团拱，对大众道："各位年兄，凤栖桐不及一一拜谢，各位先受我一礼。"

大家都边还礼边替他叫屈。

两位主考又对栖桐说道："凤贤契一切的话，出狱再谈。你的夫人呢，为何还不请来？"

话犹未了，就见一位美貌的少妇飞奔过来，见她也不及和众人招呼，奔上去一把就抱着栖桐，号啕痛哭起来。凤栖桐见他妻子哭得如此凄恻，一面忙先安慰她，一面又将此刻的事情告知她听。

翠翘听了，便也含了眼泪，谢过两位主考以及众位。

栖桐又对两位主考说道："这个狗官，门生夫妇二人非但受他刑讯，真有性命之险。两位老师若不重办这个狗官，门生夫妇誓不出狱……"

谁知他话未了，只见史遥泉那个狗官，披了一件女人的外褂，扑的一声，跪在他们夫妻二人的面前，一壁连连地磕着响头，一壁高叫："凤大人、凤太太！你们二位老大人总要高抬贵手，饶恕下官一条狗命。下官就有一百分的不好，已经老天爷罚我变过一回老黄狗的了，你们二位老大人不看金面看佛面，不饶人命饶狗命……"

翠翘不等他说完，就咬了牙齿，请问他道："你这位史遥泉的史老爷……"

史遥泉单听这一句，便赶忙岔口说道："太太这般称呼，下官不敢，太太尽管唤着下官的名字就是。"

翠翘也不睬他，只又说道："我虽然受那个男装女扮姓卞的欺骗，并未失身，天日可誓，你竟敢血口喷人，硬要认我与那个妖人有奸。女人只以名节为重，生命倒还次之，你就是受他贿赂，也不能这般昧了良心害人的呀！"

史遥泉听了，又大磕其响头道："太太，下官也是一时受人之愚，现已知罪，让我回衙，马上立拿甄行昆那个首犯，连同其仆卞梅等人到案，按法严办，以消太太之气就是。"

两位主考也岔嘴上来，向史遥泉喝道："你还想回衙再去审人吗？这是不能够的了。你快到臬司衙门前去候审，倒是正经。"

史遥泉听了，更加吓得满头大汗的，仍是只向栖桐夫妇两个叩头如捣蒜地求饶。

两位主考便一面吩咐手下之人，先将史遥泉拿下，一面又劝栖桐夫妇二人道："这官当然从重治罪，我们已将他拿下了。贤契夫妇，快请分坐我们二人之轿，到了贡院再说。"

栖桐夫妇忙答道："恩师之轿，门生夫妇哪敢妄坐？既然恩师大人如此吩咐，门生夫妇另叫小轿，伺候恩师回去便了。"

两位主考又说道："这是各位贤契敬重贤契夫妇的盛意，可以毋庸推辞。"

栖桐听了，先一个人暗想道："我妻名节要紧，且让她坐了此轿，也好恢复她的名誉。"想完之后，便答应了。

他们夫妇二人坐上那轿之后，那班同年又去把那个狗官史遥泉锁在翠翘的轿后杠上，特地要使这位年嫂吐吐冤气。等得抬过街上的时候，一班看热闹的老百姓，只见头一乘绿呢大轿之内，就是坐的新科亚元凤栖桐，没有一个人见了不是额手相庆。

内中有一位老年的教读对大家道："这样看来，真正是万般皆下品，唯有读书高的了。这位凤举人若不高中，试问谁来救他？不过冤沉海底罢了。"

又有一个小伙子，对这位教读说道："你这位老夫子且慢评论，你快看后面凤夫人轿子上的怪物吧！"

那位教读赶忙停下话头，抬头一看，又见第二乘大轿之中，坐了一位千娇百媚的凤夫人，端正静淑，令人可敬。及至看到轿后，只把他笑得眼泪也落出来了。原来凤夫人的轿杠之上，锁着一位现任首县史遥泉，身披女人外褂，衣仅及膝，项套一根黑索，倒是甚长。其形恶劣，已是令人失笑，还要加上满脸眼泪鼻涕，那个苦相，犹如没有糖吃的孩子一般。左足的一只官靴已经与他尊脚脱离关系，落在路上，右足上的那只靴子呢，也是拖泥带水的，哪还成靴样？一班顽童又跟在他的身边，拍手高叫："大家快看这位打面缸的老爷呀！"满街的笑声，于是又哄了起来。

现且不讲街上众人的闲话，再说栖桐夫妇来到贡院，两位主考先命大众饮过鹿鸣之宴，跟着一同来至皋署，眼看把那个史遥泉办了长监，又将甄行昆等人定了死罪，这件事情，方才结束。

两位主考，以及各位举子，仍同栖桐夫妻回到贡院，大家又设公宴，替他们夫妇二人压惊。酒席之间，各人问起那位癞头和尚的本事，栖桐也不相瞒，便将取心医病、割肉化心的事情统统讲与大家听了，只把大家听得惊骇不已。

文占魁也把和尚不知如何，竟会知道人家的秘密事："即以这个狗官得贿而论，这是何等秘密之事？那位和尚便来通知于我，他又何以知道我和凤年兄两个是知己的朋友？这真正奇怪了。"

两位主考也说道："我们在京的时候，就知京城里到了一位剑仙，名叫昆仑老人，带了两个徒弟、一个师弟，住在白云庵内，做出了不少稀奇古怪、除暴安良的事情来。有人说成、科两位亲王的那两桩案子，都是这位老人做的，此事倒也很像。后来因为太后封了他们四个的道号，他们不受，便悄悄地离了北京。难道这位癞头和尚，就是那位昆仑老人所化的吗？"

文占魁道："我们这里辰州地方，有一座西山，虽然没有泰山那么高，却也不低。那座山里就有两位剑仙，一名玄玄子，一名西山子，报说他们二人所炼之剑，飞在空中，竟将月色掩得暗淡无光起来，究竟未知真假如何。"

两位主考道："古来的飞精蹑空，便是剑仙。世界之大，很多高人异士，可惜他们只知在山中修炼道术，不肯来管人世的闲事。我们深望那位昆仑老人把天下的贪官污吏、土豪劣绅统统杀尽，那就好了。"

大家谈论一阵，方始各散。

栖桐夫妇两个回到家里，贾太太见了他们二人，悲喜交集，谈谈前事，说说现在，没有一件事情不是那位和尚相救，便去供了那位和尚的长生禄位，早夕焚香，算是答报他的大恩。

谁知这位老人本已寿与天齐，何用这个长生禄位？因为此时正在西山和玄玄子、西山子斗法，没有工夫来叫贾太太取消罢了。

县中怪案方才了，山上奇文顷刻来。

欲知后事如何，且看下回分解。

第十八回

舌剑战唇枪专工戏谑
心珠碎气弹大触霉头

却说昆仑老人不是在北京的时候，曾与吴人龙讲过，只救他的妻子柳含春，不愿与玄玄子、西山子二人斗法的吗？何以此刻又说他在和他们两个斗起法来了呢？其中自有道理，且让做书的慢慢地道来。

原来老人同了人龙、佳果、孤女几个，来至湖南省城之后，便化了那个癞头和尚，去医翠翘之病，又因翠翘之病，而救栖桐之命，这是在七月中旬的事情。后来又化了和尚去通知那个文占魁，叫他去告知栖桐，说那个狗官贪贿，以及把一只老黄狗与那个狗官身体合而为一，使他变狗，都在八月底的那一天的事情。因为一支笔，不能够分开写两边，只得把以后之事提前一叙，以便完结凤栖桐夫妇身上的事情。若是有人驳我未叙中秋那天在山斗法的事情，就先叙八月底的事情，那就未免学着栖桐鼓瑟之见了。至于老人何以忽与玄玄子、西山子斗法来呢？这是那时连能知过去未来之事的昆仑老人自己都没有防到有这一招，叫我做书的一个小小凡人哪能先会知道的呢？请观下文，自然明白。话既叙明，书归正传。

再说老人于医活栖桐夫妇之后，因思中秋之前，省中没有他的事情，便带了人龙、佳果、孤女几个，一路游山玩水地来至辰州地方，就在玄玄子、西山子二人所约定的那座西山脚下，一座古庙之

137

中，各拣一室，住了下来。

　　这天已是八月十四，老人一个人却在自己房内暗忖道：“我何妨就把人龙的妻子柳含春摄来此厢，将她交与人龙之后，那时随他们夫妇跟我在一起也好，各干各的事情也好，我总不愿和玄玄子、西山子二人斗法。因为一斗法，便有高下，万一他一败于我手，岂不是伤了同道的情义？但不过我若把柳含春摄了回来，那玄玄子、西山子二人当然知我所为，岂有不寻上门来之理？那时仍与我的初意不符。”他边这样地想着，边也自己失笑起来，自问自答地说道：“老人，老人，这一件左右为难的事情，也把你弄得没有双面光的法子了吗？”

　　他正要再想别个妥善法子的时候，忽见一道红光从空而下，那位吴人龙的师父碧霞子已经站在他的面前，朝他笑容可掬地道：“师兄，怎的一个人在此似有所思呀？我的徒弟吴人龙，以及你那一对儿得意的高徒，他们三个，可是出去游玩了吗？”

　　老人听了，忙请她坐下，话未开口，便哈哈地大笑着，开她的玩笑起来道：“师妹，你此刻贸然而来，我倒未曾防到。他们三人都出去游玩了，承你问起我那一对儿顽徒，男的那个倒还罢了，独有女的这个，真把我受累不堪。我因她是一个女子，未免略事纵容她一些，也是有的，谁知她竟将我做起她的乳妪来了。师妹今天来得正好，请你把她带去，我这一个老头子，见了你们脂粉队中人物，便毫无办法了。”

　　碧霞子听了，也大笑道：“师兄，你怎的还不改这个坏脾气？一见了我这人，正事不谈，便开玩笑。幸我的脸皮还厚，不然就要被你说得脸红了呢！”说着，又微瞪了老人一眼道，“我倒请问你，怎的叫作脂粉队中人物？我倒要请教请教，我们脂粉队中的人物，又哪一样事情不及你呀？”

　　老人听了，又笑着就在身边摸出一颗形似龙眼、名叫心珠的珠子，给她看道：“就是这件法宝，你可拿得出来呀？”

碧霞子见了此珠，果然不识，忙问道："师兄，此是何物？你怎么说它是法宝呢？你这人专事打谎哄人，所以你说的话我不甚相信。"

老人听了，连连地摇着头道："这就叫作唯女子与小人难养也……"

碧霞子也不待老人说完，急接口答道："老而不死……"

碧霞子刚刚说了半句，忽见她的徒弟吴人龙从庙外走了进来。人龙一见师父在此，慌忙跪下就拜。

碧霞子只好丢下和老人戏谑的事情，对她徒弟说道："你且起来，为师有话问你。"

人龙听了，起来垂手侍立道："师父有何教训？徒弟为了玄玄子、西山子的事情，本要来寻师父。"说着，把眼睛看了老人道，"后来师兄叫徒弟不必，所以没有来寻师父。"

碧霞子一听她徒弟称老人为师兄，很为诧异，忙问人龙道："你何以称师伯为师兄？甚无规矩！"

人龙听了道："师父不准徒弟叫他师伯，徒弟没有法子。"

老人忙接口对碧霞子说道："这件事情，你却不知道了。你们这位徒弟，有一天，偶然遇见我们师尊，我们师尊爱他聪明，曾经赞起他一声道：'你这孩子，如此聪明，倒有些像我的徒弟。'老人说至此地，又对碧霞子笑道，"这是我遵师父的意思，你也不必怪你徒弟，我也不和你客气，恕不叫作师叔了。"

碧霞子听了，方才知道这副的原委，也笑着对老人道："这是师兄为尊敬师尊起见，我倒不好说什么了。"说着，又问老人道，"他们二人既要和我们见个高下，我们难道惧惮他们不成？"

老人听了，方将他们二人摄去人龙的妻子，以偷了他们师父法宝种种的事情，告知碧霞子。

碧霞子听毕道："师兄虽是好意，有此法宝，还不肯去伤他们，我自然也遵师父之教，回避他们就是。最好叫他们把人龙的妻子送

139

还我们，我们各不相犯，更为妥当。"

老人道："师妹一见我，就说我似有所思，方才我就是为的此事。"

碧霞子道："明天我一个人前去拜望他们，师兄不必同去就是。"说着，又问人龙道："你的妻子，也懂得一点儿武艺吗？"

人龙道："不懂武艺，文学倒还罢了。师父今天到此，还是专程来看师兄的呢，还是无心遇见的？要请师父明示。"

碧霞子道："我何曾知道师兄在此？就是他们二人要和我比试的事情，我也毫不知道。方才我由郴州访友路过此处，遥见此庙之上，剑光灿烂，上冲云际，始知这里必有同道在此，偶来看看，不期遇见师兄。"

人龙正待答话，忽见佳果、孤女两个也从庙外进来，他便忙去告知佳果、孤女："这位就是我的师父。"

佳果听了，先去拜见碧霞子。孤女因有私事，须往自己房里一转之后，方可出来，等得事毕，赶忙走至师父房里。她与佳果二人都是初见碧霞子这人，一面参拜，一面偷眼去看碧霞子的脸貌。只见碧霞子长得红添两颊，真如二月之花，黛画双眉，宛似三春之柳，玉立亭亭，风吹可倒，柔情脉脉，雨洒将破。虽称红线之流，千般武艺，却似绿珠之相，万种温馨。孤女将她边看，边又暗忖道："我自己以为我这个人文质彬彬的，不像学过剑术，岂知我与这位师叔一比，她真是娇娜得已达极点，我粗鲁得也达极点。"度她至此地，不禁由钦佩而爱慕，由爱慕则亲昵，忙诚诚心心、亲亲昵昵地坐到碧霞子的身旁去细谈去了。

碧霞子学道多年，已至剑仙地位，虽然不及老人，像玄玄子、西山子他们两个，哪里是她的对手？可是素来收的都是男徒，从无一个女徒。男徒对于师尊敬而疏，女徒对于师尊亲而昵，女师对于男徒，虽是位至剑仙，虽是亲如母子，究因性别关系，也有未便之处。如果对于女徒呢，那就无论言语举止，一切的琐事，自然无隔

140

阁的地方了。况且孤女姿色既是秀丽，性格又是温柔，于是陡然引动碧霞子的慈爱之心来，便去拉了孤女的手，问长问短，谈得津津有味，乐得胡帝胡天。

老人见碧霞子这个样儿，又笑了起来道："师妹真的欢喜我这个顽徒，准定由你带去管教。不过将来被她闹得头昏脑涨的时候，不能怪我。"

碧霞子听了，便要老人和她击掌为信，不许反悔。

老人听了，正待答话的当口，忽见由窗外飞进一张红帖，落在地上，忙去拾来一看，只见上面写的是：

二位既已如期惠临，敝人等今夜子刻，准在西山顶上，敝庐不夜城中候教。

下书玄玄子、西山子同且。

老人看毕，一面将那张请帖递与碧霞子去看，一面笑着道："准定师妹一人去吧，我是不敢领教的。"

碧霞子边看边答道："师兄既知他们自恃法宝厉害，一时目中无人起来，未知他们的究是何宝？与师兄的此珠，法力如何？我要知其底蕴，方好防备。"

老人听了道："他们的那件法宝名叫气弹，原是他们师尊三清仙尊的浩然之气所炼就的。那颗气弹，也吸了不少乾坤的蕴蓄，收了无数日月的精华，大概凡骨肉体的人，被它一击，便成灰烬，也算一件法宝。说到我的这一颗珠子呢，名叫心珠，此珠乃是我们师尊的一颗良心变成的。我们师尊在未成仙以前的时候，他老人家本是一位忠臣，这一颗心便是忠心；他老人家又是一个孝子，这一颗心便是孝心；他做事只知正道，这一颗心便是正心；他接物皆以诚意，这一颗心便是诚心。这是他老人家做凡人时候的那一颗良心，后来修道以后，这一颗心便为玉帝所许，众仙所敬，久而久之，就成九

141

天之中的第一等法宝了。虽是只以自卫为宗旨，不肯随便伤人，然而这颗心珠也曾经降服了不少的法宝。这么说它自卫，为什么事情又要去降服那些法宝呢？因为奉了玉帝敕旨，不论天上金仙，哪管人间魔怪？只要他们所有的那些法宝一有邪意，便要被这颗心珠击坏，所以每在斗法的时候，只有邪正之分，实无胜负之意。此珠的好处，就在这个上头，此珠法力，也在这个上头。"

老人说完，便将心珠拿了出来，放在桌子中间，任它四面地滚去。说也奇怪，它只向直道而行，不向邪路而去，非但把人龙、佳果、孤女三个看得啧啧称奇，就是这位碧霞子，她是已有八九分玄功的了，所见过的各种法宝，本也不在少数。她见了心珠，也会满口称赞这颗心珠真的是光明正大，洵为万宝之宗起来。

老人收了心珠之后，忽又踌躇起来，道："师妹一个人前去，你的剑术自然胜过他们十倍。我此刻的意思，是怕他们不讲情理，万一因为剑术斗你不下，他们竟用那颗气弹伤害你起来，那就非常危险了呢！我又不敢轻以此珠付你，恐怕你一时意气用事，恃有此珠，生出胜负的观念出来，那就不妙……"

老人此话未完，骤然听见窗外有人向他们冷笑一声道："你们不必自夸法宝厉害，须要见过高低，方好夸口……"

老人听了，不待此人词毕，急忙推开窗棂，往外一看，想要答话，已见空中一道剑光，飞向着山顶之上去了。

老人见他们已走，便对碧霞子太息道："他们既是如此存心，师妹就不便独往的了。"

碧霞子听了，顿时双眉直竖道："师兄只是顾怜他们，不肯伤了同道之谊，无如他们偏要寻上门来，我们不去，他们也会来的。照我的意思，要请师兄同去，我们存心事事退让，单救柳含春归来那倒可以。"

老人听了，一想自己不去，他们也要来的，无可如何，只得应允同去。

142

碧霞子又对孤女说道："你们都去，也让你们大家去会会他们。"

孤女起先听她师父说那颗心珠好处的时候，已经觉得闻所未闻，此刻一听碧霞子准他们大家同去，岂有不跃跃欲试之理？等得大家弄好晚饭，吃过之后，老人便和碧霞子两个，各率徒弟，缓步来至山顶。早见玄玄子、西山子两个已经候在门口。相见之下，倒也客气。到了里面，分别坐下，自有道童端上茶来。

当下玄玄子先开口对老人和碧霞子两个说道："承二位道兄不弃，如约而至。"说着，便将手向后面的那道围墙一指道，"那边便是晚辈的休憩之处，随便取了一个不夜城的名目。那里颇有空旷之地，晚辈等要在二位道兄之前，献一献丑，尚望指教。"

老人听罢，先答道："我们此来，乃是为的柳含春这人，若肯将她交还我们，那就感谢之至。比试一层，万难遵命。"

西山子道："道兄不必谦虚，我们二人相待已久，今夜是总须见过高下，方能让你们等人下山。"边说边已露出杀气。

碧霞子在旁听得，已是忍耐不住，便插嘴道："现在剑术这一门，只有尊处的辰州派，连同我们天山派，与我们师兄的昆仑派，总共只有这三派，大家连连地互相维持，已嫌寥若晨星的了，哪好再事自相抑制？快快交还柳含春这人，免得伤了同道的义气。"

西山子听了，便冷笑道："你们要柳含春这人，本极容易，不知你们可有本事带她下山的呢？至于道姊方才所说免伤同道义气，我倒有些不怕，有本领尽管拿出来便了。"

说完，便将他们五个人领到不夜城中的空地之上，也不再和他们搭话，早把他的口一张，立时吐出一道剑光，就向老人与碧霞子的脑门之上飞来。

此时老人只得吐剑自卫。碧霞子呢，她却由鼻孔之中哼出一道剑光，直向西山子的那道剑光击去。玄玄子在旁也吐出一道黑色的剑光，加入搏击起来。

此时正是子时，天上月亮的光彩照着他们的四道剑光，飞来飞去的，真是好看。孤女、佳果、人龙三个，虽知自己的剑术不及他们四个，但是既在斗剑，加入进去，总是有益无害的事情，于是各吐飞剑，加入其中。七道剑光，盘旋空际，就像七条毒龙，在空中恶斗的样子。

玄玄子本知老人的剑术厉害，不敢久斗，便将那颗气弹祭起空中。这颗气弹，真也有点儿法力，只见它在空中顿时化为一团极大的黑气，分开七道剑光，直向老人等五个人的头上压来。老人此时让无可让，只得也将那颗心珠向空中一抛，说时迟，那时快，陡听得一声晴天霹雳，那颗气弹所化的一团黑气，早已被心珠击散，宛如落雪的一般，纷纷四散地飞了下来。

正是：

良心便是仙家宝，邪气难将法力施。

欲知后事如何，且看下回分解。

第十九回

不夜城神仙嘉伉俪
中秋节夫妇庆团圆

却说那颗气弹所化的那团黑气，既被心珠击散，它的本身，自然碎得不能复原。碧霞子见了，便勇气百倍起来，她的那道剑光，直把玄玄子、西山子两个的剑光击得真个只有招架之功，已无进攻之力。

碧霞子正想将他们二人那两道剑光击坏的当口，忽见云中落下一位仙尊，只把手上的那根拐杖轻轻地向她的那道剑光一隔，便把她的剑光挡了回来。她慌忙收了剑光，跳出圈子，正想问老人这是何人的时候，只见老人已经一面收了剑光，一面与那位仙尊行礼。同时，又见玄玄子、西山子两个吓得跪在地上，只朝那位仙尊叩头不迭地，绯红了脸，一句不敢说话。

又见那位仙尊也不去睬玄玄子、西山子两个，只与老人两个走进内室，自己坐下，也命老人坐下。又见老人哪里敢坐？恭恭敬敬地侍立其侧，称师伯道："外面那个女徒，名叫碧霞子，可否准其进来叩见？"

又见那位仙尊把头微微地一点，老人便来叫她。又悄悄地对她说了两句："这位就是三清仙尊，他的道法，还在你们师父之上呢！"

碧霞子边听边已来至室内，也口称："师伯在上，女徒碧霞子参见。"

145

仙尊便将手一扬，命她起来，又对她说道："我那两个不肖的门徒，如此为非作歹，竟敢偷我的法宝，伤害同道。"说着，又指着老人对他道，"幸而他有他师父给他的那颗心珠，带在身边。不然，你们大家岂不是都遭了他们的毒手了吗？"

说着，便将手向空一招。只见起先已经击碎的那一团黑气，零零落落地飞进屋来，落在仙尊的面前。又见仙尊只将他的口一张，那些零零落落的散气便自己飞进仙尊的口内去了。

仙尊收了那气之后，又称赞碧霞子道："你炼剑的年数虽然未及我那两个不肖的徒弟那么久远，可是你的剑光已有这般功夫，却也可嘉。只要好好儿再去用功，你的剑术……"仙尊说至此地，又指着老人对她道，"便有他的玄功了。"

又见老人也对仙尊谦逊几句之后，方向仙尊替玄玄子、西西子二人求恕。仙尊听了，方命老人将他们两个引至仙尊面前跪下。

仙尊便责问他们两个道："你们两个逆畜，你们偷了为师的法宝，其罪已大，你们还想伤害同道，这是什么道理？快快自己说来！"

玄玄子、西山子两个都垂泪道："徒弟等有罪，只凭师父处治。不过我们辰州派的人物，往往被天山派欺凌，实有不甘，还要请师父做主。"

仙尊听了，怒目对他们两个说道："你们说辰州派每被天山派所欺，这是要怪我们派里自己的人不好，何能去怪人家？你们两个如此存心，真是有辱师门。"

说着，便将手指向空一指，顿时只见天上降下两位金甲神人，忙来参见仙尊道："上仙召小神至此，有何差遣？"

仙尊道："两位尊神，速将我这两个不肖门徒押入南天门悔过所内，候我将这颗气弹几时炼成原形，几时再放他们出来便了。"

两位金甲神人便领了法旨，忙把玄玄子、西山子两个锁拿之后，一同驾云而去。

仙尊等得发落完他们两个之后，方对老人和碧霞子道："外面的男女三个，大概是你们二人的门徒了，其实门徒总以少收为是，你们看看，我这两个门徒，岂不是丢我之丑吗？"

　　老人听了，忙对仙尊道："师伯也不必全怪我们那两位道兄，昆仑派里头人数极少，徒弟又时时刻刻地在四处纠正他们，所以尚无与人意气用事的人物。"说着，指指碧霞子道，"她们天山派里头千百人之中，未免总有个把不守师训的门徒，因此辰州派有激使然，也是有的。"

　　仙尊听了，连摇其首道："话虽如此，但是我总觉得我们这一派之中出来的人物，太不纯正，让我且停几时，当与你们二人的师父，大家商议商议，总要想出一个根本解决的办法才好。"

　　老人听了，又请示仙尊道："徒弟与女徒的三个门徒，可否准他们前来参见？使这班小辈得聆几句教训，真是胜过自修十年。"

　　仙尊听了，便命进见。老人、碧霞子两个，忙去各带徒弟进内。

　　参见仙尊之后，仙尊看了他们三个一眼，便对老人、碧霞子两个说道："你们二人的这三个门徒，面色都尚正派，心地自然纯良。"说完，又将孤女唤至面前，吩咐她道，"尔的眉心已现纯阳之气，腹中定有男孕，此胎乃为接续两姓的香烟起见，也是孝心。以后不必再在人伦之处着想，因为精气若耗一分，进功就要迟缓百分。你与你丈夫二人，颇有仙骨，须要万般保重要紧。"

　　谁知仙尊此谕虽是修仙的要诀，孤女到底是个女子，她的功夫仅仅升堂犹未入室，听了仙尊此言，自然把她羞得满面通红。仙尊之前，又不敢拿出她的顽皮性来，真将她弄得恨不得寻着一个地洞钻了下去。

　　仙尊见了她这个局促不安的样子，也会哈哈地大笑起来。

　　碧霞子自己是个女流，当然知道妇女们的难处，便走上去指着孤女对仙尊说道："此徒脸嫩，尚未悟稳仙家的那个色即是空，空即是色的精义。女徒要求师伯改训别桩道法。"

147

仙尊听了，真的又教了孤女好些闻所未闻的剑术秘诀。此时孤女方始喜之不尽。

碧霞子候至仙尊讲完，方又对仙尊说道："女徒门徒吴人龙的妻子名叫柳含春，曾被两位道兄摄至此地做质，硬逼女徒与昆仑师兄来此比试剑术。女徒此来，本是为的柳含春这人，女徒要求师伯同至这座不夜城的里面寻找，万望赦我冒昧。"

仙尊听了，只气得把足一跺道："这两个逆畜，真是败类！"

说完，便站起身来，带同他的两个师侄、三个徒孙，缓步走至楼上。一进楼门，就见一块金字大匾，上书"不夜城"三个大字，高悬壁间。又见梁上垂着一颗极大的夜明珠，方知不夜城的意义便是由此而来，连连地太息道："这两个败类，如此繁华绮丽，哪里还有半点儿剑仙的气象？"

老人见仙尊口口声声地只怪他的徒弟不好，倒弄得反不好说什么话了，只得跟了仙尊，再入密室。

正在跟着走的当口，忽见仙尊一跨进那间密室之门，便把他的脚退了出来，连连地对老人说道："里面那班妖娆的妇女，究竟甚等人物，你快去问来报我。"

老人听了，赶忙走进密室，抬头一看，原来是红香绿艳的，共有十几个少妇，已是吓得花容失色，柳腰发颤地躲在那儿。经老人一个个地问明来历之后，方知都是良家妇女，被玄玄子、西山子两个用法摄来做姬妾的。

老人便一面叫大众："不必害怕，见过仙尊之后，自会将你们放下山去。"一面又问她们，"可曾看见有一个名叫柳含春的少妇？"

当下内中就有一个妇人答道："这个后边，还有一间密室，里边却有一个抱孩子的少妇。但不知是否名叫柳含春的，你这位老人家，自己进去一问便知。"

老人听了，便一个人来至那间密室，敲门进去，就见有一位少妇，抱着孩子在那儿看书。问明之后，果是人龙的妻子，忙将她领了出来。又把众妇统统叫至仙尊面前，通明原委之后，仙师听毕，便将他的袍袖张开，命那班妇人次第钻入袖内，自会各到家中。众妇自然欢喜不尽，大家便争先恐后地钻进仙尊袖内去了。

仙尊用法术将她们送回家内之后，方问柳含春道："那两个逆畜，可曾有事于你？"

柳含春听了，边跪下磕头，边答道："含春本至京师寻夫，那天刚刚要进城门的时候，忽然只觉一阵头眩眼花，便不知人事。及至醒来，身子已在方才的那间密室之中。没有多时，那两位玄玄子、西山子师父便来对我说，叫我不必害怕，衣食一切，自有人送来给我。又对我说，他们不过以我这人做质，要逼着什么昆仑老人、碧霞子等人来此斗法，无论谁胜谁负，那时便将我这人放下山去。我在那间房内，一住数月，一切尚承他们优待，并无什么事情。"

仙尊听了，便命碧霞子将她带下，快让他们夫妇团圆。

柳含春一见人龙，百事不提，拉了便哭。人龙因已听见含春禀明仙尊的话，见他妻子并未被人糟蹋，此时师祖、师父又在面前，不敢动他儿女之情，只简单劝了含春一番。

仙尊因见含春也有仙骨，便吩咐碧霞子道："柳含春满身仙骨，更胜其夫，你何不收她为徒？她将来果成正果，你做师父的也有好处。"

碧霞子听了，她本在羡慕老人的女徒，一听仙尊之言，适中下怀。

人龙此时更是喜出望外，便命含春："快快跪下，拜见师父。"

含春听了，忙一面叩拜师父，一面说道："师父在上，女徒满身俗态，不知玷辱师门否？"

碧霞子受礼之后，便令她起来，吩咐她道："仙尊已经说你身带仙骨，学起剑术来，自然容易。初步的功夫，尔夫尽知，尔可随时跟他练习。为师往后自会教你玄功。"说完之后，又带她去拜谢仙尊，以及参见昆仑师伯、佳果师兄、孤女师姊。

孤女一见含春人才出色、举止安详，这般的一位师妹，便把她喜得忘其所以地，拉了含春的手道："师妹，学剑术的事情，真比学文艺有味百倍。不过你怀中的这个孩子，摆在身边，未免太不方便。"

人龙听了，便悄悄地趣笑孤女道："师侄，你难道忘了仙尊方才之言吗？你腹中的男胎将来养出之后，真有不少麻烦的事情在后头呢。"

含春听了，忙轻轻地问人龙道："师姊也有了孕了吗？"

人龙点点首，便将仙尊方才说孤女的说话告知含春，含春听了，顿时扑哧扑哧地笑了起来。

孤女一见含春在笑她，立又把她的那张嫩脸红了起来。

佳果忙也去悄悄地对他们三个说道："仙尊在此，你们怎么尽讲此等言语？难道不怕亵渎仙尊吗？"

佳果这般一说，又把含春说得也脸红起来。

他们四个人正在私下说话的当口，只见仙尊又将人龙唤了过去，吩咐他道："尔称昆仑师伯为师兄，虽是他因尊重师言起见，命你如此，到底于理不合。你今天就在我的面前，仍旧称他师伯吧！"

人龙听了，慌忙叫了一声老人道："师伯，这是仙尊师祖吩咐的，徒弟从此改口，师伯再不可推却了。"

老人听了，只得笑着答应。

此时天已大明，仙尊见各事已了，便命老人等跟他来至昨儿大家斗法的那块空地之上。大家刚刚站定，忽见仙尊将他的手指向那一座不夜城的房屋一指，陡见仙尊的指上，飞出一柄三尺来长的神剑，平悬在空中，一动也不动。又听得仙尊道一声疾，那柄剑尖之上，又飞出一团火来，直向不夜城的屋内钻去。仙尊方将那柄神剑收回指内，那边房屋早已噼啪噼啪地烧得化为灰烬。

含春见了，忙对人龙道："屋内还有我的一个包袱，烧了倒还事小。我知道里面很有不少的仆妇与道童呢，难道都将他们烧死

150

不成？"

人龙尚未答话，忽见男男女女的仆妇、道童，各拿随身东西，跪在地上，都在那儿求着仙尊，放他们下山。又见仙尊将他手一扬，那班人纷纷地离山而去。仙尊呢，顿时脚下现出一朵白云，便冉冉地升到天上去了。

当下老人为首，率领众人等跪在地上，恭送仙尊。

等得仙尊上天之后，老人等回至山脚之下的那座庙里，老人便向碧霞子笑道："师妹本来只想一个女徒，现在是有两个了。我问你打算何往？快快将我这个女徒带走，我是要往苏州救人去呢！"

碧霞子听了，只把眼睛望了一望孤女的脸色，已知孤女又要跟她，又舍不得丢了老人的心思，便对老人笑道："你的女徒又想跟我，又放不下你，好在我也无事，就同你到苏州去走一趟，也无不可。"

她的此话一出，顿时把孤女、含春两个人的心花喜得怒放开来。因为她们姊妹二人，大家都在相见恨晚的时候，哪里舍得分开？今见碧霞子应允同到苏州，这就自然在一起的了。当下碧霞子便问老人何时起身。

老人听了，笑道："今天是中秋佳节，天上的月亮固是团圆，人龙夫妇今儿也让他们团圆团圆。三清仙尊对于我这女徒所说之话，我是不甚赞成，我说大凡未成仙以前，俗鲁凡胎，哪能免去人伦之事呀……"

老人此话未完，早将孤女、含春两个羞得逃出房去。

碧霞子便咬了牙齿笑怪老人道："天下哪有你这样一位不老成的师父呀？此等淫意，虽然含有至理，但是总不应该对着一班女徒弟说的呢！"

老人听了，但笑不言。

过了一刻，老人忽问人龙道："你现在信我说的话了吗？含春那个中秋一到便团圆的诗句，早已断定日子的了。"

人龙听了，便将含春路上作诗的事情讲与他师父听了。

碧霞子听毕，对老人道："难道真是事有前定的吗？"

佳果插嘴道："徒弟素恶迷信，但是因果之事，一定有的。否则世界之上，善人岂不吃亏，恶人岂不便宜？即如这回的玄玄子、西山子他们两个而论，他们若不去偷了仙尊的法宝，断不敢有恃无恐，也断不至于像如此的结果，害人自害，这才叫作老天有眼呢！"

老人听了道："此话甚是，有因必有果，有果必有因。"

大家谈论一阵，这天晚上，佳果、人龙两对儿夫妇，是否人月双圆，毋庸细叙。

正是：

应知天上团圆镜，惯照人间离别情。

欲知后事如何，且看下回分解。

第二十回

龟奴仗义追赶恩人
鸨母无情殴伤病客

却说老人等于十六那天由西山起身，来至省城，已是下浣，便拣了一家清净客寓住下。碧霞子问老人省城有何未了之事，还要耽搁。老人始将医治凤栖桐夫妻之病的事情告知了她。

碧霞子听了，笑对老人道："世界之上，像他们夫妇那般的事情，何啻恒河沙数，师兄一个人也忙不过来呀！好在我又没事，这几天之中，师兄尽管去办对付那个狗官，我可以带同孤女、含春两个四处走走。如遇那班好人，若是应该要救他们的事情，我替师兄代劳就是。"

老人听了，也笑道："你开口便错。"

碧霞子道："我怎么又说错了呢？难道帮你的忙，反帮错了不成？"

老人道："这些奖善罚恶的行为，不论谁何，都可以做的。师妹说是替我代劳，岂非像煞这种事情，是要我一个人包办，你们似乎不应该做的了吗？"

碧霞子听了道："你这个老头子，倒真有些难说话了。我说代你去做，无非因你一个人只有一双手，不能硬叫你拿脚来做，预知事情一多，当然不能兼顾。你抓了一句半句的漏洞，马上咬文嚼字地训斥起来。照我说来，你就是做了一千桩、一万桩的好事，总抵不

153

过你那个要下拔舌地狱的罪孽呢！"

老人听了，又哈哈大笑道："不讲正理，开口骂人，这才要下拔舌地狱。等你下了拔舌地狱之后，为兄当看同门之谊，那时再来救你便了。"

碧霞子听了，便不去理睬老人，单笑对孤女、含春两个说道："我没有闲空工夫和人斗嘴，你们两个快快跟我出去，寻些事情干干。"

孤女、含春听了，正想跟着碧霞子出门的当口，老人忙又阻止她们三个道："你们这班人，此刻何往？"

碧霞子道："怎么？我方才和你说了半天，你怎的此刻反问我们何往起来呀？"

老人听了，复仰天狂笑道："她们两个总算年轻，没有阅历，原要你做师父、师叔的教着她们，这是省城地方，不比那个西山人迹罕到之处，随你们放肆。你自己去拿镜子照照尊形看，你这装束，打花鼓不像打花鼓的，捉牙虫不像捉牙虫的，像这种样儿，哪能去管闲事？不被县里捉去挨打，已是大便宜的了。"

碧霞子听完，真去向镜子里照了一照，见自己与孤女、含春三个，都是武士装束，背刀插剑的，出去私行察访，真个不便，忙与她二人一同改换了教员与女学生的模样，方才出门而去。

老人去办狗官的事情，十六回中已经叙明，无须再述。

单讲碧霞子、孤女、含春三个，来至大街之上，正在闲逛的当口，忽被一个男子当胸一撞，一个不留心，几乎被那人撞倒。

碧霞子忙一把将那人抓住责他道："你这个人，走路可曾带着眼睛？幸而我是体操教员，不致被你撞倒，这是什么道理呀？"

那人听了，连连地赔罪道："你这位女教员千万要原谅一点儿，我因为身有要事，急于追赶一位恩人。"

碧霞子一听"恩人"二字，便知有生意经了，便接口对那人说道："这么你要我不怪你，你须将为何要追赶恩人的缘由对我说明，方可罢休。"

那人听了，只急得跺足道："这件事情，本可对你说的，但是我此刻急于追赶我那恩人，如果追赶不着，便有两条人命进出呢！"

碧霞子听得有两条人命进出，更要逼着问他。那人哪里肯讲？只是想挣脱身体，往前追去。

孤女便插嘴对碧霞子道："师……"刚刚叫出一个师字，知道叫错，连忙改口接下去叫道，"先生，我们何不帮他追赶？等得追着之后，再问不迟。"

碧霞子听了，甚以为是，便放了那人道："我们师生几个素来爱管闲事，现在帮你追赶你那恩人如何？"

那人听了大喜道："这是再好没有。"说完之后，顿时拔脚飞跑。

她们三个真的跟了那人就追，谁知一口气追到城外，碧霞子站定，用手做了天棚，盖着眼睛朝前一望，仍无那人所谓恩人的影子，忙又拖住那人问道："你怎么知道你那位恩人是走这条路上的呢？万一不是，请问你往哪儿去追呀？"

那人听了道："我的恩人，他是要往北京去找同窗朋友去的，自然非走这条路不可。"

碧霞子还要再问的当口，忽见那人把他的那双眼珠子盯着路旁的一座树林之中在望，又见那人望了两眼，就飞奔地向那个林中跑去了。

碧霞子也不管那人在望什么，忙同了孤女、含春两个，也向那座林中跑来。及至走近一看，却见那人已经拉了一位落魄公子，在那儿大哭。

碧霞子便走上去问那人道："这位相公，难道就是你所说的恩人吗？"

那人已是哭得透不过气来，忽见碧霞子在问他，只得边揩眼泪边答道："这位公子，正是我要追的那位恩人。"

碧霞子听了，便去问那公子姓甚名谁，究为何事。那位公子只是低头垂泪，并不作答。

那人便插嘴对公子说道："这三位女客，都是教员，她们自己说的喜管闲事，她们三位好意帮同我追出城来的。公子，你将你的事情讲给她们三位听听，或者能够有助你一臂之力的地方，也未可知。"

那位公子听了，方始抬起头来，朝她们三个有气没力地望了一眼道："承你三位对于我事虽然十分热心，但是我已到了无可救药的地步，说也无益。"

碧霞子听了，忙安慰他道："一个人活在世上，只要不干杀人放火的事情，岂有不可补救之理？我们师生三个，家境虽然不裕，却喜做那扶危救困的事情。金钱方面，既可略事资助，其余之事，也可从旁援助。我看执事，品貌端方，将来必要高发，何必这般灰心呢？"

那位公子听见这位女客说他必要高发，心里便有些活动起来，只得站了起来，请大家席地而坐之后，方才说道："我名颜如玉，本城人氏，父母双亡，亦无弟兄姊妹。初时家境尚好，我因为太爱朋友，肥马轻裘与朋友共的事情，我也做了不少，谁知那班朋友都是酒肉之流，一看我已中落，大家便各走散，倒还罢了，内中很有几个还要当面奚落我起来。我一气之下，便去纵情酒色，借纾我胸中的郁气……"

说至此地，便指着那人道："后来在他们的班子里，结识了一位名叫水灵芝的姑娘，这位姑娘也是官宦之裔，因为卖身葬亲，便进了他们的班里。他家的老鸨，只认得钱不认得人，大凡做老鸨的，本是如此，我也知道。不过如此凶恶，倒是我所不防的。后来我与水灵芝的情意日深一日，她虽然情愿跟我为妾为婢，无奈他家老鸨当她是一株摇钱树，口称若无万金的身价，断断不准她去嫁人。我那时手中渐窘，缠头之资尚可勉强敷衍，这个万金身价，我当然力不从心。

"有一天，他家别的一个姑娘接了一位强盗客人，被那位史遥泉老爷自把他们班子里上上下下、男男女女，统统捉去，问了窝藏强盗之罪，虽然不至身首异处，充发极边的罪名，那是没有二话的了。我因水灵芝的关系，不能不替他们设法，曾经托了几位同案去和那位史遥泉说情，谁知那位史遥泉真是死要钱的，他倒老实说，有钱便有法想，无钱不卖人情。

　　"就在那时，可巧我有一位父执，经商此地，我就托了一位朋友去问那位父执，商借几千银子。那位父执说，本要资助我的膏火之资的，马上就送了我五千两银子。我就拿了这个五千银子，一起送给了史遥泉，他们阖班子里的人个个死里逃生地放了出来。

　　"那时他们老鸨满口答应将水灵芝嫁给我为妻，以报我恩。我因为水灵芝既是我的人了，将来到我家来之后，开门七件，总要替她筹备一点儿基金，于是又亲自再去向那位父执设法。岂知那位父执大不为然，他说，前次所赠之银，原是送我作读书赶考之用，我既拿去垫了无底之洞，这是成了下流，非但不肯再事通商分文，并且从此不认我是他的故人之子。我那时被那位父执责得无口可开，只得含羞抱惭而回。谁知福无双至，祸不单行。

　　"我那天受了我那位父执的闷气之后，来到水灵芝那儿，水灵芝见了我，只朝我哀哀地痛哭。我当然问她何事伤心，她又一声不响。睡到半夜，我起来小便的时候，不料水灵芝已经高高地挂在那儿了。我那时的一吓，恨不得和她同死。后来好容易将她救活，她方才告诉我，她的老鸨限她三天之内，要她将我赶走，她知事无可望，只得一死，以明她不忍绝我的意思。我当时听了她的言语，见了她的苦况，一急之下，顿时一病几至不起。后来三天期限虽到，因我已是奄奄一息，那个老鸨未便将我病人赶出门外。

　　"又过了几时，我的病体稍有转机的当口，我那水灵芝便抱了我大哭。她说，她情愿我生病，不愿我病愈。我当时不解她的意思，反去怪她没有情义。等得她说明之后，连我也情愿生病了。为什么缘故呢？因为我若病卧在床，那个老鸨尚不至于马上赶我出去，我们二人心中虽是十分痛苦，各人的眼睛里面尚能彼此看见；若是病一好呢，我这人万难再在她家，死别生离的苦况，自然就在眼前。谁知我的那场病，偏又不如人意，平时有病的时候，延医服药，忙个不了，那病一点儿不肯就好。那个时候呢，这个病体会自说自话地好了起来。那时，我的病已经好了十之七八，尚有二三分，不过是四肢乏力、精神尚没复原罢了。

"谁知到了昨天晚上，那个老鸨奔进房来，指着我的鼻子骂我装病，那些无礼之言，此时也不必细述。我实在忍无可忍，自然要提前头的那五千两银子的事情了。那个老鸨一时恼羞成怒，奔上来就将我饱以老拳。"

说着，又指指那人道："若非他来相劝，我此时哪里还会和你们三位诉述我这个苦史呢？当时等得那个老鸨出房之后，我便决了心对我那水灵芝说：'我今天被你们这个鸨母如此痛殴之后，还有什么面目再在此地？我已打定主意，走到京师，找我一个最要好的同窗，名叫平亚雄的，听说他现在北京很是得意，业已娶了名叫何国华的一位女侠做妻子。这位何国华的长兄，名叫国光，现任御前侍卫之职，次兄国藩，官居洗马，都与我有一面之交，不过没有平亚雄的交情深就是了。若是亚雄肯帮我的忙，我们便有团圆之望，否则你尽管另觅良缘，不必再将我这一个人放在心上。我那时找个自尽，也决不再活在这个苦恼的世上了。'

"当时水灵芝听了我言，哭得死去活来，她说：'平亚雄如肯帮忙，自然是一天之喜，否则仍要回来，再思别法。'我见她是心肝都挖得出来的好意，我就答应她的办法。说虽说定，她还对我哀哀地哭了一夜。及至将要天明的当口，她又反悔起来。她说，她料定我有钱自然留京，没钱必不回来，她想到这，一定不准我走。我等她睡熟之后，忙偷偷地写了一封信塞在她的枕下，溜出班子，回家一转，凑集几两银子，便出城来。谁知走至此地，一阵头眩，砰地倒在地上。及至苏醒转来，双脚酸痛非凡，真是寸步难行。我一时越想越伤心起来，回想从前，若是不交歹友，浪费金钱，万把银子，也不稀奇。如今身染重病，又少川资，何能步行至京？而且我与平亚雄也有数年不通信息，人情更比秋云薄，世事应如水月看。平亚雄譬如不肯帮忙，或嫌数目太大，都是意中之事，与其去死在北京，何不死在家乡？"

说到此处，就指着系在树上的那一根裤带道："我本早已投环的了，不知怎的，忽又舍不得水灵芝起来，不肯就死。其实呢，也不过在此地挨挨时候罢了。你们三位女士，虽说可以资助一点儿银钱，我的事情，不是三百五百能够成全我的，不要说天下断无非亲非故，凭空就送万把银子给一个素昧平生的人物，就是三位女士真肯如此慷慨仗义，我又如何收得下来呢？所以我说我是死症，万无救理。"

说完，去对那人说道："你方才对我说，却是奉了你们小姐之命，前来追赶我的。你如此多情多义，不忘我从县衙门里救你出来，但是叫我回去，于事无益。你们的女老板，若有你这一片好心，我和你们的小姐，就不至于如此的下场了。"

那人听了，忙向碧霞子三个说道："我们的女老板，也与这位县官的姓名一样，死要钱就是了。你们三位若能暂借我们颜公子三五百两银子，让他有脸进我们班子之门，以后再大家从长计议便了。你们三位女客以为怎样？"

颜公子插口阻止他道："这倒不必，我迟早总是一死，就是几百两银子，我也不愿意再去抛雪填井的了。"

碧霞子起先一句不插嘴地，尽管听颜公子说。一直听完，心中早已定了主意。此时听见那个人叫她暂借公子三五百两银子的那句说话，便向公子说道："颜公子，你今儿无意之中遇见我们三个，真算巧极的了。你方才所说的那位平亚雄先生，他就是我这个学生的结义妹丈呀！"

颜公子一听此言，顿时跳了起来道："此言当真的吗？不是怕我寻死，特地让我快活快活的吗?"

碧霞子正要答言，忽见那人扑的一声，急忙站了起来，对公子说道:"我们灵芝小姐亲自赶来了。"

正是:

刚刚契友佳音至，又见情人亲自来。

欲知后事如何，且看下回分解。

第二十一回

一场黑幕丈母嫁东床
千两黄金少爷游北里

却说那位颜如玉公子一听见那个相帮说他小姐亲自赶来，慌忙抬头往外一望，果见水灵芝一个人满面愁容，手提一个小包袱，慌慌张张地向他们这里走来。

他便两脚三步地迎了上去，一把捏着灵芝的手问她道："你怎么一个人追到这里来的？你的娘又怎肯让你单身出来？"

只见灵芝未曾开口说话，早已双眼之中像断了线的珍珠一般，簌落落地滚出来道："你这个冤家呀，你倒狠得起心，丢了我就走。我是哪里狠得起心，让你一个有病之人出这样的远门呢？你能不走，仍旧同我回去，从长计议，这是我最希望的事情。否则我这个包袱之内，略有几件首饰，你带在身边，也好当作路费。"

如玉听了，直感激得心如刀割般地对灵芝告饶道："好妹妹，你莫怪我，我今早上的不别而行，原是为我与你二人的事情，除了到北京去寻那平亚雄之外，委实一无法子。我留下的那一封信，均已写得明明白白，我若与你讲明，怕你不放我走。"说着，又指着碧霞子三个道："她们三位，对于我的事情很是热心。"说完，又单指着孤女一个人道，"这位姊姊，她说平亚雄的夫人就是她的结义妹子，我正待向这位姊姊打听平亚雄近状的时候，因为见你来了，尚未请教她们。"说着，手指着灵芝对碧霞子她们三位说道："这位便是水

161

灵芝小姐。"

此时碧霞子等人因听见如玉和灵芝问答的话，已知他们二人确有真正爱情，心里极愿赞助他们。

碧霞子便走近灵芝面前，对她微笑道："小姐之事，方才这位颜公子已经约略述过几句，我们非常钦敬小姐，本拟亲来拜望，以便商量对付那个鸨母。此刻小姐既已赶来，我们何妨就在此地研究起来呢？"

灵芝听了，便问碧霞子贵姓。碧霞子因孤女方才错口而出，曾经叫过她一个"师"字，便对灵芝承认姓师。灵芝又问孤女、含春二人，孤女假说姓邵，含春假说姓刘。

灵芝听了，便与大家席地而坐道："承你们三位的好意，萍水相逢，便来帮我们二人之忙，真是感激不尽。你们三位虽听颜公子说过我的事情，但是仅知以前的事情，谁知我们那位鸨母还有种种黑幕在后头呢，让我来细细说与三位听吧！今天早上，我一醒转来，见了颜公子留在枕边的一封信，我就知道他这个人一身傲骨，说得出便做得到的。我想他人既有病，身边又没川资，如何好让他单身进京去呢？于是我便偷偷地差了我们这个相帮，一定要将他追了回去。"说至此地，便又停下话头，去问那个相帮道，"阿贵，你是什么时候，在什么地方，方始追着公子的？"

阿贵听了，便将他走路太急，以致几乎撞倒这位教员，以及她们三位仗义帮同追赶，直到这里，方才追着公子的事情，讲与灵芝听了。

灵芝听毕，便点点头道："阿贵，你倒不像你们那个老板娘娘那样的嫌贫爱富的，我小姐将来若与公子有团圆之日，必不忘你。"

阿贵听了道："公子花了几千银子，从衙门里把我们救了出来，他就是我阿贵的大恩人。我们老板娘娘，她虽然忘恩负义，薄待公子，我总是凭我的良心做事，这世里不幸做了龟爪子，也想望望来世呀！"

碧霞子听了阿贵之言，便也插嘴进去，夸他很有义气，好心必有好报。

灵芝等得碧霞子等将话说完，方又接下去说道："我们那位鸨母，天天要赶走公子，我起初还以为她因公子拿不出一万两银子，所以不肯把我许配与他，她虽然忘却救她出狱的好处，单以鸨儿爱钞的那句老古话来说，尚在情理之中，我也不敢十分一定怪她。岂知她这个人，无耻已达极点，竟去看中此地盐法道的少爷，拿我这个人做了钓鱼之饵，她的意思是爱上那位少爷门庭显赫、相貌标致，连她自己也要一同嫁他做妾。你们三位想想看，天下哪有丈母同了女儿合嫁一个人的呢？他们既有这段黑幕在里边，自然把这位颜公子当作眼中之钉的了。

"今天早上，她一见公子已走，马上就换了一副嘴脸待我。她还怕我不答应嫁那位少爷，以及不愿同嫁一夫，她对我说，等得过门之后，因她马齿稍长，情愿与我姊妹称呼，一切事情，也肯退让。我当时听了她那样的无耻之言，心里虽是誓死不愿，面子上却没有表示反对。为什么缘故呢？因为那时我尚未知道公子已被我们阿贵追着，我一个孤身女子，在她压力之下，若不假意服从她的命令，万一她们用起强硬手段来，我便要吃她们之亏。不如假意敷衍，以便从长计议。

"当时她见我既不反对，以为她的目的已达，很来对我敷衍，所以我今天假说出来购物，她非但不加禁止，而且不来限我时间。你们三位，不知有何妙计，可使我与公子团圆？平亚雄平大人既和这位邵家小姐是亲戚，邵家小姐，可知他的手边一时能否拿得出万把银子来救我们二人？"

碧霞子听了道："照我之意，姓平的那边，现在不必问他借钱，这条门路，你们留作将来结缡之后，好去寻他。颜公子不要见气，你目下的家境不裕，灵芝小姐嫁了你，不能叫她去喝西风，往后过日子的事情，不可不预为之备。"

163

如玉听了道："师教员的话，顾到后来，这自然是正理，还有何说？不过眼前的事情，还没有办法，似乎尚说不到后来的事情呢。况且方才灵芝小姐说，那个老鸨既要逼她同嫁一人，急难之事，已经临头，我的灵芝小姐，如被那个盐法道的少爷夺去，就是将来平亚雄他肯把他的职位让与我做，我也不希望的呀！"

　　碧霞子听了道："颜公子，你莫性急呀！我们若不将你们二位的婚姻办妥，这又何必谈到后来过日子的问题呢？"说着，便将她的计策，打算如此如此地告知如玉、灵芝二人。

　　他们两个听毕，真把他们乐得连称"妙的，妙的"。连这个相帮阿贵也笑得手舞足蹈起来。

　　他们六个人商量既毕，一面暂请如玉公子回家静候好音，一面又叫灵芝同了阿贵先回班子，对于那个老鸨，百依百顺，不要起了她疑心，以致不能行她们所订的计划。如玉、灵芝、阿贵三个自然唯唯承命，于是各人别了她们三位，各自回家。

　　现在先说灵芝、阿贵两个，先后回到班子之内。那个老鸨以为灵芝已经应允她同嫁那位少爷，正在心花怒放，忙着料理她自己与灵芝两个嫁妆的时候，哪里还有闲空工夫防到灵芝、阿贵两个追赶如玉的事情？

　　当时一见灵芝已经购物回来，便笑嘻嘻地走来问她："喜期已定九月初一，你爱何等妆奁，就办何等妆奁，因为他是盐法道的少爷，有的是钱，答应每人给一万两身价不算外，所有一切妆奁之费，都归他来担承。"

　　灵芝听了，便假装要长要短，免起她娘疑心。那个鸨母听了，自然奉如圣旨，顿时命人分头办理。

　　谁知没有几天，忽见那位少爷的家人急急忙忙地前来送信道："少爷忽染重症，势已垂危，性命既是难保，婚约只好取消。"说完之后，也不等那鸨母答复，便如飞地去了。

　　可怜那个鸨母，一个晴天霹雳，只把她急得几乎厥去。还是灵芝来劝她道："娘呀，你莫担忧，这是生病的事情，不是变卦的举动，只望那边好了起来，大不了迟几天办喜事罢了。"

那个鸨母听了，垂泪对她道："你年纪轻，知道甚事？像这位少爷，是潘驴邓小闲五个字都占全了，不要说像这般才貌双全的人物世上已是少有，即使再有个把我们看中他们，他们却不看中我们，也是枉然的呀！幸而这位少爷既看中你，也不讨厌我，这个真正是千载难遇之机会，这个机会一失，以后就是打着火把，也没处寻觅的了。"

灵芝正要答话，忽听见阿贵在外边高喊一声有客，跟着就走进来三位王孙公子。

那个老鸨见有生客进来，只得揩干眼泪，帮同灵芝招呼客人。及至细细地将他们三位生客一看，便把这位半老佳人看得呆了，忙一个人暗忖道："我从前见了那个姓颜的穷鬼，以为他的相貌已是千中拣一的了，后来看见这位盐法道的少爷，似乎又要比那个穷鬼高一等，所以我费尽心思，前去巴结他的，总算天从人愿，达了我的目的。谁知一病不起，这事十分之中，已有九分九的没有巴望的了。谁知此刻这三位生客，非但还要比他们两个长得标致，而且各人手上戴的那两只钻石戒指，没有几万银子，哪里买得到呀？难道我们母女二人的婚姻，注在他们身边不成？照我此刻的如意算盘打来，这是我又情愿那位少爷的毛病不必好了呢！"

她想到此地，又知："自己已是徐娘，不能打动客人，且让灵芝去狐媚他们，只要他们与灵芝有了交情，便好进行婚事。我那时再坐地分赃，有何不可？"她想完之后，忙与灵芝咬了几句耳朵，要她去迷住他们。又说："这是重生的宋玉、再世的邓通，万万不可放过。"

灵芝听了，便当着她娘之面，用出十分迷功，居然将这三位客人奉承得十二万分的满意，摆酒行牌，照例的事情，都已做过，便问住夜之资，什么价目。

那个鸨母一见三位之中，最标致的那个看上了灵芝，真是把她喜出过望，忙接口上去问那位最标致的道："这位少爷贵姓？"

那人听了，边把眼睛眯着看她，边答道："我姓师。"说完之后，又去笑问灵芝道，"这位大概是我的丈母娘了？她的年纪虽是比你略大三五岁，其实你们二人大可做姊妹称呼呢！"

那个鸨母一听见姓师的说她与她女儿可称姊妹，当然是赞成他的表示，心里虽然万分满意，还恐姓师的是个吝啬之徒，万一有钱而不肯用，仍旧不算完人，要从他肯不肯用钱，看出他有没有家财。便又去对姓师的说道："师少爷，我看你人物风流、举止豪爽，必是一位花柳场中的行家，我们这班子里的小姐，虽说不多，比较别家起来，也就不少的了。独有这位灵芝小姐，虽非我十月怀胎，却是我二十年抚养。她的才、她的貌、她的性情、她的行为，不要说省城之中寻不出第二个来，就是上海、北京两处大地方，也好推为第一。说到夜度之资，请师少爷自己吩咐，只要不辱没我这个女儿的身份，我也没有别话。"

只见那位姓师的微笑道："美人身价值千金，一千两黄金，也要两三万银子，我们尚是初交，我打算送一千两银子，你这位丈母老太太，以为何如呢？"

那个鸨母一见他出手就是这般阔绰，忙含笑道："遵命，遵命！并非我做她娘的在此地斤斤较量，要知师少爷能够看得起我女儿，师少爷自己方不失身份呀！"

姓师的听了，便叫灵芝派一个妥当的相帮，到他所住的寓中去将他们的行李箱笼统统搬来，似有久住之意。灵芝听了，便命阿贵跟去。

过了一刻，已见阿贵押着十几个挑夫，一担担地挑进她的房内。付过车力之后，姓师的自己去打开一口箱子，先拿出五十两一只的元宝，二十只来，交与鸨母。再去拿出二十只，算是吃酒打牌，以及男女相帮的赏钱。这些事情办好之后，又在箱子之中拿出黄金千

166

两，交与灵芝替了收存。那个鸨母见了，只把她的舌头吓得伸了出来，缩不进去。

到了晚上，姓师的又对灵芝道："我们这两个朋友，因为路上略受风霜，你可另寻一间房间，让他们前去安睡。"

灵芝当然照办。这天晚上之事，不必细叙。

第二天一早，灵芝便去对她娘笑道："娘呀，你可知道这位姓师的是什么人呀？"

那个老鸨听了，也笑着答道："你这个痴丫头，你和他睡过一晚上了，怎的反来问我做娘的起来呢？"

灵芝听了道："这位师少爷，乃是师中堂的独养之子，因为在家无事，来到各省闲游。因为要娶两位如夫人，所以带了两个要好朋友，只在北里之中，物色他的小星。现在他已看中我了，我当时就对他说道：'你要娶我做妾，我自然十分愿意，不过我娘与我有约在先，有人若要娶我，必须将我的娘一同娶去。因为并非生母，大家一同嫁一夫，诸事便当。'"

灵芝说至此处，那个鸨母急忙插嘴问她道："这么他怎么说呀？他怎么说呀？他可要我呢？"

灵芝听了道："他说娘的年纪比他整整地大了十岁呢。"

那个鸨母一听此言，似乎很着急地道："你这痴婆娘，你怎好把为娘的真年纪对他讲的呢？我此刻老实对你说一声，姓师的若不娶我，你也休想嫁他！"

灵芝听了道："娘呀，你难道还不知道你女儿的心思吗？我既肯答应你，与你同嫁那位盐法道的少爷，岂有不愿意你同嫁这个姓师的呢？娘呀，你为何早不对我讲明白呢？现在是迟了，那个姓颜的早已到北京去了，不然，一同嫁他，不是很好的吗？"

那个鸨母听了，便半真半假地骂灵芝道："你还在想着他吗？他是一个穷鬼呀！他的脸蛋虽也不错，可是双肩扛一口，除了这一样之外，真可以说他是身无长物的了。你要知道，单是脸蛋标致，是

167

不能当饭吃的呢!"

灵芝听了,正要答话,只见姓师的奔进房来,一把将她拖了就走。

正是:

不是老娘施压力,焉能娇女做媒人?

欲知后事如何,且看下回分解。

第二十二回

梦里天堂开颜片刻
人间地狱饮恨终身

　　却说那个鸨母，见灵芝被那位姓师的拖回房去，又暗忖道："姓师的他厌憎我比他大了十年年纪，这样说来，年轻的人，究竟没有什么经验。要知道夫妇之间不是单靠面孔标致了事的，我总共只有这一张颜面不如灵芝呀，除此以外，灵芝这个小东西，哪里及得上我的一根毫毛呢？"

　　她一个人边这般地想着，边走到着花镜前一照。只见她自己的尊颜现有烟瘾之容，朱唇戴铁，开口露多财之相，皓齿飞金，屬罩重霜，宛似孤孀之貌，腰如断木，难逃媒母之称，不禁看得也吓了一跳。慌忙重施脂粉，再换花衫，装饰了之后，再去照照镜子，自己看看，似乎也还过得去的了。因为此时灵芝在那边替她说项，不便亲自过去探听成否的信息，只得守在自己房里等候。

　　过了好半天，方见灵芝笑容可掬地走了进来，她本是一个老狐狸出身，一见灵芝的神气，便知事已如意，忙笑问道："他已经答应了吗？"

　　灵芝听了，也笑答道："替娘道喜，他已经完全答应。不过他是一个急性子的人，最好三天之内，便要成亲。"

　　那个鸨母听了，顿时现出一副似愁而喜、似羞而笑的脸色，对灵芝道："他既答应，这时为娘马上就要改口叫你妹妹的了。为娘的小名，本叫仙芝，这个'芝'字，仿佛是预定的排行，你就叫我一声仙姊便了。至于说到三天之内就办喜事一层，岂有来不及之理？我们二人的嫁妆、要紧的物件，前几天早办妥了的。"说至此地，又悄悄地去咬了灵芝耳朵道，"不是我做姊姊的，对于这样满意的郎君尚存二心，因为银钱这样东西，总以放在自己手头为妙。我与你两个的身价银子，你可和他提过？"

灵芝道："提是不是我提起的，倒是他自己说的。他说就拿交给我替他收藏的那项金子作为你我身价之银。"

仙芝听了，自然大喜。

灵芝又说道："他还说要叫仙姊马上将这所班子收歇，所有已买绝与未押满的小姐们，统统让她们自由。"

仙芝听了，忙答道："依他，依他！他现在已是我们的男人了，说出来的话，哪好违背他的意思？况且这个主张，也是你我的场面，不然，一个堂堂中堂家中的姨少奶奶，娘家还在那儿开妓院，岂不是要被人家笑掉了牙齿了吗？"

灵芝听了道："这么仙姊就办收歇班子，以及打发各房小姐出去的事情，我去叫他快租新公馆去。"

过了三天，仙姊这边的事情刚刚办妥，那边的新公馆也已租定。她们姊妹二人进门那一天，拜过祖先，也朝师公子拜了两拜。

公子笑脸还揖之后，便领了她们姊妹二人去看新房，先到仙芝的那一间房里，真收拾得像个天堂一般，富丽堂皇、繁华齐整，固不用说。单是各处的帘子，都是用精圆珍珠穿成的，各样的器皿，都是用十足黄金打就的，一派亮光，几乎把她姊妹二人的眼睛照得睁不开来。灵芝看了，不过含笑而已，只把这位仙芝小姐直喜欢得连问灵芝："我们可是做梦？我们可是做梦？"

等得再到灵芝的房里，也与仙芝的房里一式无二。

他们夫妻三个闲谈了一阵，已是午餐时候。因为师公子一则身在客边，不愿发帖请客；二则娇养惯的，若一请客，便要麻烦，所以这天并无外客，只在内厅之中，摆上一席家宴，夫妻三个，幽幽静静、甜甜蜜蜜地吃了起来。

吃过之后，师公子忽笑她们姊妹二人道："你们两个，可要洗澡？"

仙芝听了，首先笑答道："我们姊妹两个，今天早上，在换吉服的时候，早已洗过。少爷此刻，怎么无缘无故地又叫我们洗起澡来呢？"

师公子听了，也笑道："我叫你们洗澡，倒非无缘无故。我因今天早上，偶然在箱子之中翻着一包叫作易容粉的，这个粉，却是老佛爷赐予我们老太爷的。我的母亲今年已是五十岁的人了，她老人家自从用此粉洗澡之后，非但容光焕发，连额上的皱纹也会立时消去，她与我妻、我妹比较起来，竟白嫩得真如姊妹一般。就连我的皮色，本是糙而带黄的，一经此粉洗过，便变成现在的颜色。你们两个再去洗它一洗，真个还要标致十倍呢！"

仙芝听了道："怪不得太后娘娘七十多岁的人了，人家都说只像四十几岁的样儿。"说着，又对师公子笑道，"我们这位灵妹妹本已十分标致，我说洗不洗，倒也无关。因为她的皮色，白嫩得已经无以复加，即使再洗，也不见得再白嫩到什么地方去。只有我年龄已经比她大了几岁，满身的皮肤又是黑而且粗，我只希望洗过之后，有你们两个这般的白嫩，我也心满意足的了。"说完之后，急叫公子快将那包易容粉去拿来给她看。

公子听了，果去拿了一包似乎扑脸用的宫粉，递给她们。

仙芝赶忙接到手内，对灵芝笑道："好妹妹，这个粉，你就让做姊姊的一个人洗吧！"

灵芝尚未答话，师公子急阻止仙芝道："不能，不能，这一包东西，十个人也洗不完它呀！只因它的性质来得十分厉害，譬如一浴盆的水，只能撒上一二分，即有奇效；若是多撒了，非但没用，而且有害。这一包东西，你们二人各分一半，留着慢慢地用就是。"

仙芝听了，只肯分给一小半与灵芝，她自己却拿了一大半，忙走到房里洗澡去了。她在洗的时候，起初倒真的只撒了一二分在浴盆里面。后来因为此粉实在灵验不过，洗到什么地方，就白嫩到什么地方，她便暗想道："我一生一世所缺憾的事情，不过就是厌憎我自己的皮肤不甚白嫩，现在这个易容粉，既有这般奇效，我何不把这大半包东西统统撒了下去？若照起先那样的奇效，比例起来，我的白嫩便可以算世界之上的白嫩大王了，那个专房之宠，舍我其谁呢？"她边这样地想，边把那个粉真的一齐撒在盆内。等得洗毕，光着身子，急向镜里一照，只把她快活得直同雀跃。为什么缘故呢？

　　原来她全身的皮肤，立时白到十二分、嫩到十二分，连桌上所摆的，那一个真正羊脂白玉花瓶的颜色，与她的皮肤比较起来，也会黯淡无光的了。谁知就在此时，陡觉她的全身皮肉一起奇痒起来，慌忙用力去搔，不料越搔越痒。痒到后来，又觉万分疲倦起来，站在地上，似乎要瘫化下去的样子。她便忙向床上一横，顷刻之间，早已呼呼地睡去。

　　及至一觉醒来，已觉痒止，便走下床来，正想去穿衣裤的时候，忽见她上身、下身的皮肉统统变作黑炭一般，不禁吓得跳了起来，急忙再奔至着衣镜前一照，顿时吓得砰的一声倒在地上。

　　此时灵芝早已洗毕出来，等了许久，还不见仙芝开门出来。正在门缝里去偷看仙芝的当口，陡然之间，听得砰的一声，忽见一个黑鬼倒在地板之上，她的仙芝姊姊这人却不知到哪里去了。赶忙去把公子请来，又命用人拨开房门。及至走近那个黑鬼身边一看，何尝是个黑鬼？却是从前做她母亲、现在做她姊姊的那位仙芝小姐。此时的仙芝，早已吓得晕了过去，直挺挺地倒在地上，不知人事。

　　灵芝因见房内并无外人，只有她与公子两个，便轻轻地朝公子指指道："你的计策真好呀！"

　　只见公子一面以目示意，叫她不得漏风，一面和她两个将仙芝抬到床上，用薰汤把她灌醒。

172

仙芝醒来，睁开眼睛一见公子，便想坐起身来，要与公子拼命。谁知四肢无力，越想爬起来，越爬不起来。她便边哭着，边骂公子道："你这个狠心的贼，不知在哪里弄了这种害人的毒药，前来害我。我今天老实对你说一声，你赶快还我的本来面目，万事全休；若是不然，我就做了鬼，也不饶你的。"

公子听了道："我原对你说过，此粉厉害，不能多用，你不听我的话，怎好怪我？现在百事不说，赶快送你去进医院，或者还可医治。"

仙芝无法，只得带了那只藏金子的首饰匣子，进了一家医院。公子、灵芝两个便拜托医生尽心替她医治。

现在暂且丢下仙芝在医院里的事情，先讲公子和灵芝二人回到公馆，就将颜公子请来。

如玉一见公子、灵芝两个，忙先向公子谢道："师恩人，你的这种本事，到底在什么地方学来的呢？这也是我颜如玉的运气。"

公子听了，也笑道："现在大功已经告成，你此刻就带了灵芝小姐进京去寻平亚雄去，不要被那个老鸨撞见了，虽不怕她，究属麻烦。"

灵芝听了，也以为是，忙去收拾她自己的东西。

公子见了道："老鸨的东西，本是你替她挣的，这个公馆之中，除了我的东西，原是幻术所变。没有用处之外，其余不管你自己的也好，那个鸨母的也好，统统拿走就是。"

灵芝听了，忙去收拾完毕之后，便与如玉二人谢了师教员成全之恩，带着阿贵，去到京师，寻着平亚雄，以及何氏兄妹等人。说起师教员相救之事，平、何诸人听了，便疑心是老人等人所为。如玉、灵芝自然不知老人等人是谁，平、何诸人又将老人等人在京所为之事，统统告知他们夫妻两个。他们两个深悔没有见着老人。后来如玉由北闱高中，连捷成进士，夫荣妻贵，结过不提。

再讲仙芝在那家医院之中，昏昏沉沉地过了月余，非但满脸、满身的颜色不能恢复如旧，而且生出一身毒疮，连医生也莫名其妙，只得谨谢不敏。

仙芝无法，便差人到公馆里去请公子、灵芝二人，谁知差去的人回来对她说："你们公馆早已易了主人，打听邻居，方知姓师的就在你进医院的这天搬走的。"

仙芝一听此言，方知姓师的是个拐子，忙去看那金子，说也奇怪，金子竟会变了石头。

原来凡是剑仙，都有点石成金的本领，功行最深的，他所点之金，在世上可用五百年之久；功行最浅的，他所点之金，三五天之后，就变还石头了。碧霞子所点的呢，虽然只有一月之久，便要还原，但是拿它来骗骗那个鸨母，这个日期，真是恰到好处。至于她给那个鸨母，以及用人的那四十只元宝，倒是真的，一则她没点石为银的本领；二则孤女身边本来还剩几十只元宝，正在嫌它带着行路十分不便；三则此银除了阿贵等人应领的下赏外，虽是十成倒有八成归那个鸨母所有，好在一转移间，仍归灵芝所有。有此三层缘故，所以不必另用假银子去骗那个鸨母了。

当时那个鸨母一见金子变了石头，这一吓，方才真把她吓得比较皮色变黑、遍体生疮的两桩事情还要厉害，她以为只要有钱，拣男人呀，医毛病呀，都还可以仰仗钱可通神的力量，将它弄好。若是没有钱呢，顿时可变为叫花婆，永无出头之日。所以她的那一吓，吓得极有道理。不过她虽然吓得极有道理，可是变为叫花婆的事实，依然不能免去，没有几天，省城之中，便发现一个全身黑如焦炭、遍体患着奇痒的中年丐妇，有认得她的，或是嫖过她的，见她可悯，起初倒也布施几文，后来因见她身上的每个小疮孔之中均有一条细虫在吮她的毒血，奇臭不堪的气味尚是小事，一经闻着此气，就要传染，这一来，可是没有人再去布施她了。可怜这位仙芝小姐，她做鸨母的时候，也曾享受过来的，现在竟弄得饥寒交迫，凄惨非凡，简直在这个活地狱之中过她的生活，索性死了，倒也免去这些苦恼。

谁知那位死神和她最有感情，不肯马上降临，一直过了十几年，还有人看见她在各处乡镇之上，滚着叫花。善有善报，恶有恶报，碧霞子这样地惩治她，虽觉未免刻毒一点儿，归根结底，仍要怪她自作自受的呢。

当时碧霞子办结了此事，回到寓里。老人一见她之面，便指着她笑道："我倒看你不出，竟有这般的狠手段，那个鸨母，遇着你这位魔王，真是她倒霉。"

碧霞子听了，也笑答道："师兄你老实说说看，我这件事情办得妙不妙呀？"

老人听了道："这件事情，既能成全颜公子的亲事，又将恶鸨惩治得十分痛快，不能说你办得不妙。不过尚有一件遗漏之事，到底不是老手。"

碧霞子听了，不服道："两方之事，办得妥妥帖帖，哪有遗漏之事？你不要瞎驳。"

老人听了，便把眼睛盯住碧霞子道："真的没有什么遗漏了吗？"

碧霞子笑道："任你把眼睛鼓得牛眼般大，没有遗漏，终是没有遗漏。"

老人听了道："这么那位盐法道的少爷，那一场大病，不是冤枉了吗？"

碧霞子听了，只得服输道："这件事情，真是我的疏忽，我把那位少爷忽然叫他害病，乃是要绝恶鸨的念头。不然，我就是进他门去，他也没有这样欢迎的呀！"碧霞子说到此地，又扑哧地笑了起来，道："此人尚无什么坏处，一场大病，已是飞来之灾，怎好不去将他弄好的呢？"说着，又对老人道，"我这两天又要冒充教员，又要冒充公子，真也吃力。你既然想着此事，请你费一费神吧！"

老人听了，便笑着用指向空一指道："谁叫他想干这件一箭双雕的事情呢？照我说来，这场病，乃是应该的。"

碧霞子听了，又笑道："你既一指，就将他指好了，你等着他还要重谢你呢!"

老人听了,大笑道:"我这里的事情已经办毕,没有工夫在此老等谢礼。我们准定明日起身,由旱道向苏州进发吧!"

大家听了,忙去收拾行李。

正是:

长沙有意援佳偶,溧水无端助好官。

欲知后事如何,且看下回分解。

第二十三回

大茅山共赴尖刀宴
小涧洞分尝熔铁汤

却说老人等离了湖南省城，早行夜宿地，一天到了清江浦地方，正想去找寓所的时候，忽见对面走来一个人，头裹白布，似乎受有重伤的样子，只听见那人忙招呼他道："道长，你们何时出京？怎么会到此地来的？"

老人听了，忙将那人一看，原来却是汤杰，便笑答道："我们在此地碰见，真也巧极，令兄想来也在这里的了？执事的头上，怎么伤得如此厉害？"

只听得汤杰叹了一口气答道："我们别后的事情真是一言难尽，尊寓何处？我们到贵寓再谈吧！"

老人听了道："我们刚到此地，尚未去寻寓所。"

汤杰听了道："晚辈同了新授溧水县知县吴大老爷，就住在这里城外的连元客栈，那家客栈倒也干净，你们诸位何不就住到那里去呢？"

老人听了道："我们本来随便的，汤师父既住在那里，我们趁个热闹，准定住到这家客栈里去。"

说着，大家跟了汤杰，重又出城。来至连元客栈，老人便拣了两间房间，一间给碧霞子、孤女、含春三个人住，一间他自己与人龙、佳果同住。

刚刚收拾停当，只见汤杰已经领了一位老者进来，介绍与老人道："这位便是吴大令。"

　　大家互相一揖之后，坐了下来。

　　老人将那位吴知县细细一看，忽对他笑道："尊官今年夏天，不是曾经住在北京高升客店第八号房间的吗？"

　　吴知县听了，忙答道："下官正是住过那儿，道长何以知道？"

　　老人尚未答言，汤杰忙插嘴对吴知县说道："我们这位老师父，他本是能知过去未来之事的。"

　　老人听了，便接口笑道："这倒不是，贫道今年夏天……"说着，指着人龙道，"本去看他，因见第八号房间也是住的姓吴的，因此看见过这位尊官。"说完，又问吴知县道，"尊官荣任溧水，已经到过任了吗？"

　　吴知县听了，忙恭恭敬敬地答道："下官早已接印，只因邻境大茅山中聚集不少的强人，那些强人还不是普通的强人。"说着，就指着汤杰道，"他的令兄汤俊先生，也算有本领的人了，不幸竟会被那些强人所戕，真是可惜。"

　　老人等一听汤俊已被强人所害，想起朋友之情，大家很是伤感了一阵。

　　老人忙问汤杰道："如此说来，汤师父头上之伤，也是遭他们的毒手了？"

　　汤杰听了，点点头道："说来说去，仍要怪我们的本领不够，若有诸位十分之一的能耐，便不怕那些狗强盗了。现在既在此地无意中遇见道长，以及诸位，也是晚辈之幸，务求看先兄死得可惨，要请诸位去把那些强人全部捉来，千刀万剐，方消我胸中之气。"

　　说完，似乎要向老人下跪的样子。老人慌忙将他拦住。

　　吴知县也忙恳求老人道："下官无德无能，所以邻境的那一班大盗竟会扰乱敝邑。老师父以及诸侠士，若肯替地方除害，下官真正感戴莫名。"

178

老人听了，又问汤杰道："这么他们山中，还是以武艺的，还是以法术的？"

汤杰听了，忙答道："有武艺的也有，有法术的也有，北京摆擂台的那两个妖道也在那儿。如果单是武艺，我们先兄也不至死于非命，晚辈或不至受伤的了。"

老人一听那两个妖道也在其内，便一口应允。吴知县、汤杰二人自然大喜。

吴知县又对老人道："下官此次是到这里来请一位异僧的，谁知此僧已经云游去了。现在既承老师父慨然相助，又有诸位同去，这是更比那位异僧要好得多了。"

老人道："此僧何名？"

吴知县道："此僧并无名字，人家都称他为带发和尚，未知老师父可认识此僧？"

老人听了，点点头道："就是他嘛，曾经会过几次。"说着，便对人龙说道，"此僧就是你看见他与玄玄子、西山子两个斗剑的那人。"

人龙听了道："如此说来，此僧的剑术并不高明呀！"

老人道："这是不能怪他的剑术不高，实因为玄玄子、西山子两个已有八九玄功，他们若能不染酒色财气四个字，连我也要退避三舍呢！"

汤杰又对老人述了吴知县从前许多的治政，又说："吴知县到了溧水，不到三个月，治得境内已是路不拾遗。无奈大茅山的那班强人异常厉害，这位吴大令现在还受着革职留任的处分呢！"

老人听了，也答道："我一见这位尊官，便知他是一位清廉邑宰，否则我也不愿担任此事了。"

吴知县听了，自然客气一番。

大家又谈论了半天，才各自回房休憩。

第二天，老人等果与吴知县、汤杰同行，到了溧水县城。吴知县便将老人等留入衙内，就在这天夜间，老人等正拟睡觉的时候，各人忽见各人的枕畔都有一份请帖，抽出一看，只见上面写的是：

谨于十月十五日午刻，特设尖刀宴，恭请光临！

下具"大茅山众弟兄拜订"，旁注"席设小涧洞本厅"字样儿。

大家看毕，忙问老人道："今天正是初上，离月半那天很有不少的日子，他们何以约得如此之早？我们才到，他们已知我们的姓名和人数，难道也有玄玄子、西山子那两个的道术不成？"

老人道："世上很多能人异士，凡事总以虚心为妙。至于说到预约一层，他们必然想设什么毒计，一时赶办不及的缘故。"

碧霞子道："我们何不预先前去，杀他们一个措手不及，岂不爽快？"

老人听了，连连地摇首道："大丈夫明来明去，何必如此性急？"

佳果、人龙两个请老人的示道："这么可要我们前去保护吴知县呢？"

老人道："现在何必呢？他们既以日期相约，这是明明要显手段的意思。若要防他们来暗杀这位吴知县，这也等不到此刻了，他们在送这份帖子的时候，有几个吴知县不好暗杀呀……"

老人话犹未完，只见吴知县同了汤杰，手内也是各执一份请帖，慌慌张张地奔来对老人说道："老师父你看，这班强盗胆大不胆大？竟敢下起帖子来请我们。"

老人听了，微笑道："他们岂止请你们二位？"说着，便将他的一份请帖收拢来，递与他们两个看，道，"还约我们几个相陪你们呢！"

吴知县见了这许多请帖，不禁大骇道："这样说来，他们那边必有高人异士，若来暗杀下官起来，那又怎样防备呢？"

碧霞子听了，便将老人方才的话说与吴知县听了。吴知县听毕，仍是害怕。

老人道："尊官既是胆怯，那天也不必去赴宴。"说着，又对汤杰、含春二人说道："汤师父伤痕未瘥，含春本领不够，你们二人就从今天起，随时随地保护吴大令就是。"说完，又命佳果、孤女，将他们的那两柄短刀交与含春，以作防身之器。

原来含春这人，既有仙骨，又有人龙日夜悉心传授，老人也给了她一粒运气保命丹，碧霞子更与了她一道隐形符，她虽然练气没有多久，因有种种的方法相助，她的剑术程度，可是已不亚于汤杰的了。

当下汤杰、含春二人听了老人吩咐，何敢怠慢？汤杰不过暗中留意而已，独有这位含春，因是初次出手，马上拿了那两柄短刀，就站在吴知县的身边去了。

孤女便去开她的玩笑道："含春姊姊，你此刻就巴巴结结地站到吴大令的身边，我对你讲，日子很多呢，你莫要弄得后来打瞌睡，那就要误事的了。"

含春听了，便一本正经地答道："你放心，若说去赴那个什么尖刀宴，我老实说，自然吃不消的。单叫我在衙门之中保护这位吴大令一个人，我负全责就是。"

于是大家又闲谈了一阵，也就各自安憩。

在下编至此地，也来学一学那个旧小说派，叫作有话即长，无话即短。转瞬之间，已是十月十四，这天晚上，吴知县便办了一桌酒席，请老人坐了首位，其余的人挨次坐下。

吴大令亲自斟过一巡酒，方对大家说道："你们诸位，明天就要去赴那个尖刀宴了，下官今晚上的这席酒，并非是饯行酒，却是得胜酒。诸位喝了此酒，就可饮敌人之血了。"

老人等听了，同声答道："我们仗尊官的虎威，定可杀尽此獠。"

汤杰道："先兄是被一个叫作金钱豹的所伤，诸位最好将此盗活捉来城，以便晚辈去祭先兄的灵位。"

大家听了，自然一齐答应。等得席散，老人等就连夜起身，次日午刻，已抵大茅山的小涧洞外。当下就有几个强人出来，将老人等五个迎入洞内。

　　老人见他们为首的四个，两个便是在北京摆擂台的妖道，一个满脸都是刀疤，大概便是所说的金钱豹了，还有一个，老人却认得他是剑侠中的败类，自称飞剑仙师的。四人之中，此人倒是一个劲敌，便一面暗中通知诸人，不可大意，一面始笑着对他们四人说道："贫道等尚未前来拜谒诸位，就承赏赐这个尖刀盛宴，却之不恭，只得受之有愧了。"

　　那四人听了，便同声答道："昆仑老人之名，久已如雷贯耳，又同诸位光降，不必客气！"说罢，忙将老人等引至厅内。

　　大家挨次入席之后，起先尚以酒菜相敬。及至吃到一半的当口，忽见那个飞剑仙师先向身边拔出一把用毒药制过的尖刀，捏在手内，对老人说道："洞内没有佳肴，道兄多吃几样，方使主人过意得去。"说着，便用那把尖刀戳了一片肥肉，就往老人口内飞快地戳来。

　　老人见了，也不答话，只将他的大嘴一张，对准那把尖刀，迎了上去。说时迟，那时快，只见老人一连吃了几十尖刀，嘴上非但没有碰出血来，看他样子，反而还在嫌慢，大有不够吃之状。

　　此时金钱豹与那两个妖道在旁看得老人这般吃法，果是名不虚传，一面口中忙赞老人的食量真好，一面手里也各用尖刀，纷纷地向老人嘴上戳来。起先的几下，尖刀之上，尚有点把小菜戳在上面，意思意思，到得后来，哪里还有什么东西？但见四把雪白的尖刀，仿佛像射箭般地，嗖嗖地，只向老人的嘴内戳来。谁知老人也不管尖刀之上有小菜没有小菜，只将那四把尖刀的刀尖拼命地乱吃，吃了半天，他的嘴里陡然响起哔剥哔剥，像嚼东西的声音起来。这尖刀上既没小菜，当时那种哔剥哔剥的声音究竟在吃什么东西呢？

　　不要说阅者不懂，连当时的那四位主人也在那儿莫名其妙。阅者不懂，自然没有法子，他们四位主人莫名其妙呢，当然忙把各人的尖刀仔细一看。说也可笑，原来那四把尖刀的刀尖，早被老人嚼得咽到肚子里去了。

那四位主人不禁吓得暗吃一惊道："凡是剑仙，都有嚼铁如泥的本领，原不稀奇。不过我们这四把尖刀曾经用毒药炼过，这种毒药，不是寻常毒物，它的厉害，不论仙凡人等，一经见血，便要封喉，谁知这个老人只是在那儿吃得不够。此种玄功，竟与玉虚宫的太上老君无异，岂止剑仙的道术而已？他既如此厉害，倒要小心一二。"

他们想罢，因见各人的尖刀已没用处，无法去请碧霞子等人再吃，便命那班喽啰："快将定心汤抬上！"说罢之后，果见十几个喽啰，满头大汗地抬上一大锅汤来。此汤他们虽然美其名曰定心汤，其实是一大铁锅生铁熔化了的铁汁，内中已加上些狗血毒药之类。这锅滚开的铁汁，凡是血肉之躯，果真吃到肚内，岂不是要变作铁心肠了吗？

当下老人等见了那只铁锅摆在桌上，锅的底下仍用炭火烧着，大似吃菊花锅的神气。

老人便笑对四个主人说道："贫道素来嘴馋，起先承赐的那几把尖刀美味，已经一个人受用了，不过害得我这几个师弟和门徒等人未免枵腹。此刻不劳主人再来动手，让我们大家自己来吃吧！"

说着，他就先用主人预备的那只钢匙，一面匙来就吃，一面吩咐碧霞子等人道："主人既是这般盛意，你们也不必客气，快快抄着吃吧！"

只见碧霞子等人听了老人之言，各人拿起匙来便吃。不到一刻，竟把那一铁锅的铁汁，顿时吃得干干净净。

此时他们四个主人，已知这五个客人确有特别法术，不是等闲之辈。说时迟，那时快，四个主人噌的一声纵至梁上，跟着只听得屋的外面，噼噼啪啪，如同下雨一般的枪弹，就向老人等身上打来。谁知老人只将他的手指向那些乱飞的枪弹一指，那些枪弹仿佛会听他命令的，却纵向在梁上那四个主人的身上飞去。他们四人平时虽有避弹功夫，不知今天怎的，念起避弹之咒，竟会无效。顷刻之间，四个主人的头上各人已经中了几弹，幸而他们尚可支持，急忙各吐所炼之剑，直向老人等五个人的头上飞来。老人等也各吐飞剑敌住，于是九道剑光，便在空中战了起来。

老人的剑光复在空中，以一变十，以十变百、变千、变万的，只把飞剑仙师、金钱豹、两个妖道的剑光包围得不能发展。没有多时，忽听得飞剑仙师等的四道剑光宛如雷震地响了一声，扑地由空中掉了下来。老人等一面各收各的剑光，一面已将他们四个活活捉住。

屋外的一班喽啰因见首领被捉，顿时一齐跪下，口叫："老法师饶命！"

老人便命人龙、佳果二人立刻将他们全行遣散，自己口吐三昧真火，把那小涧洞的房子烧去之后，押了他们四个，来至溧水县衙门。

汤杰一见了他的仇人，真是活的捉到，忙去告知吴知县，要取这四个人的心肝，活祭他的亡兄。此时的吴知县喜得无可不可，尚有何事不肯答应？

正在高兴之际，忽见他的家丁慌慌张张地奔来报告道："老爷不好了，老爷的官印失掉了！"

吴知县一听失掉了官印，顿时急得手足无措。

正是：

盗心虽把同胞祭，官印缘何不翼飞。

欲知后事如何，且看下回分解。

第二十四回

缉捕得力吴大令升官
溺爱不明魏乡绅失教

却说吴知县忽听见家丁报告，失掉了官印，顿时吓得手足无措，连挖取盗首心肝去祭汤俊灵位的事情也顾不得亲自去办，单交汤杰一人草草办过，他只来恳求老人，替他设法寻找官印。

老人听了，便掐指一算之后，忽然自笑道："这个贼秃，他也要来开玩笑起来！"说完这句，也不和吴知县搭话，一个人扑地站起身来，往外就走。

吴知县自然不懂他的意思，正想追上去问个明白的时候，只见碧霞子朝他摇摇手道："吴大令，你莫去追我们师兄，他既出去，必有道理。候他回来，自然明白。"

吴知县听了，虽然不便再去追赶老人，可是心里着急，早已唉声叹气起来。碧霞子等人向他百般譬解，他终是摇头不答。幸而没有一刻，已见老人和一个带发和尚，手挽手、笑嘻嘻地走了进来。

吴知县一见那个带发和尚，赶忙奔上去迎着他问道："大和尚是几时到敝县来的？下官上个月还专程到清江浦去找你去的。"

那个和尚正想答话，老人却出其不意，用掌向他的头上击了一下，笑对吴知县道："尊官还要问他是几时来的！"说着，一面在袖内摸出一颗官印，递与吴知县手里，一面说道，"这个贼秃，便是偷印贼呀！"

吴知县听了，也边接了那颗官印，边笑着问老人道："这颗印，真是他盗去的吗？"

　　那个和尚方才笑对吴知县道："这是我和尚吓吓你们的，谁知这个老头子竟在你衙门里充侦探。我因为要叫他亲自去迎接我，所以将这颗东西摄了去，不怕他不去迎接我。"

　　吴知县一见有了官印，也不去细听大家闹着玩的话了，便左手拉了老人，右手拉了和尚，来至里面。

　　老人又将碧霞子等人介绍见了和尚，和尚一面与大家寒暄，一面又单问碧霞子道："贫僧久闻师妹的剑术已是登峰造极，和尚几时倒要请教请教！"

　　碧霞子听了，也微笑答道："我的剑术尚未升堂入室，怎敢在大和尚面前班门弄斧？"

　　老人插嘴对他们二人笑道："你们二人，鲁卫之政，不相上下，何必比较？"

　　人龙也来对和尚提起，那次玄玄子、西山子两个的事情。

　　和尚道："那两个败类自恃剑术厉害，专与飞剑仙师这班人为伍。现在死的死、押的押，到底天地之间，总不能使这班败类逍遥法外的呢！"

　　吴知县又问和尚道："我与你别了多年，你肯在我这里住它一年半载吗？"

　　和尚道："只要这个老头子在此地不走，我也可以奉陪。"

　　老人听了道："此地是不给你再住的了，要么同到苏州去玩玩吧……"

　　老人言犹未已，只见一个家丁奔进来与吴知县道喜道："老爷大喜，老爷升署苏州府，电报已在签押房里了。"

　　吴知县听了，便也笑容满面地对老人、和尚二人道："怪不得老师父方才对大和尚说，同到苏州去玩玩，真是有先知之明。"

　　和尚听了道："我说可惜世上只有一位昆仑老人，若能多有几

186

位，那班恶人也好断种。"

吴知县道："闲话且慢慢地谈，下官要先请老师父再替下官算上一算，此行凶吉如何？"

老人听了道："尊官心地纯良，办事谨慎，莫说此去一路顺风，异日位至兼坼，毫无意外之事。即使小有惊吓，也会逢凶化吉，遇难成祥，不必担心。但是到任之后，府监之中有一位已定死罪的犯人，贫道要求多嘴，请太尊平反这场冤案才好。"

吴知县听了，忙答道："下官存心，虽是想做好官，无奈学问不够，听断不明，清夜扪心，无时无刻不在担忧。老师父乃是天上神仙，偶来游戏尘世，喜将劝善罚恶的事情引为己任，这是替天行道之事，怎么说起'多嘴'二字？总之只求老师父事事教诲，下官无不遵办。"

说完之后，便命家丁将那份电报取至一看。只见上面写的是：

吴方城明府鉴：

执事缉捕得力，已奉抚宪饬司将执事升署苏州府知府，限期上任毋误。

下具"藩印"二字。吴知县看毕，知道这份电报是藩台打来的，忙饬各科办理移交。县印交给本县粮厅看守，办毕之后，就同了大众到苏州府署接印，第一件公事，是问老人，该犯何名，究受何种冤枉。

老人听了道："这件案子，说起来倒有半天好说，且让贫道来细细地讲与太尊听就是。"

大众听了老人此话，倒还平常，独有碧霞子、孤女、含春三个，一见老人要讲那件冤枉案子，忙去移了凳子，坐在老人身旁去听。

老人见了，便哈哈地笑对她们三个道："你们这般样儿，仿佛当我是说大书的看待了。"

碧霞子也笑答道："我在山中修炼，对于尘世之事，委实少见少闻，只要一听见人讲过这些事情，就觉比听说书还有滋味。师兄快快讲吧，莫要打岔。"

老人听了，方才将这桩案子的始末从头说起。

此地的新桥巷中，有一家姓魏的乡绅，老妻死后，单留一个弱女，名唤掌珠。这个"掌珠"二字，真是十分切贴，这位魏乡绅既不续弦，又没儿子，自然拿这位掌珠小姐当作活宝般地看待起来。在五六岁的当口，自己就亲自教她识字。到了八岁那年，魏乡绅家里，有天来了一位昔年姓姜的同窗，魏乡绅因他很有学问，便请这位姓姜的在他家里设帐，单教掌珠小姐一个。教了两三年，这位掌珠小姐已是博通经史，出口成章。她又长得异常标致，一时已有女才子之目。

这年的春天，那位姜先生忽然死了老伴儿，因为家乡一无所有，便把他那个名叫希尚的儿子带到魏府，在馆中伴读。谁知那位希尚年纪虽较掌珠小一岁，他的学问还在掌珠之上，相貌既长得美好如女子，性情又生得温柔如姑娘，把个掌珠小姐爱得如同亲兄弟一般，寝食行动，无时无刻不在一起。这位魏乡绅爱女情切，忽见有这样的一位才貌双全的孩子来馆伴读，岂有不喜之理？便命掌珠小姐，只叫希尚作弟弟，不必带上那个"姜"字。这位掌珠听了父命，正中她的下怀，从此益加亲昵。

不料第二年，那位姜先生一场急痧，就此归天，临死时候，可怜已经不能开口，还对魏乡绅父女二人指着希尚这人下泪。

魏乡绅已知其意，便对那位先生说道："老同窗，你尽管放心，你的儿子就是我的儿子，好在我只有一个女儿，要这些家财何用？"

魏乡绅讲完此话，那位姜先生听了，自然瞑目而逝。掌珠、希尚两个也以为魏乡绅此言就是指的他们二人的婚姻，从此非但更加要好，而且无论何事，也不避嫌疑起来。

魏乡绅当时见他们姊弟情深，倒也不禁止他们。这样地又过一两年，掌珠已经十三岁了，希尚也有十二岁了。魏乡绅因要赴京，去讨一笔巨债，便将家事交付一个老家人管理，自顾自地便往北京去了。掌珠和希尚两个仍旧照常白天读书，夜里谈心，只有欢乐，并无不快。

有一天晚上，希尚忽然拿了一本《红楼梦》给掌珠来看。掌珠见了，便笑对希尚说道："此书我是早已看过，不过这位林黛玉小姐既是自己愿嫁宝玉，理应对于贾母有所表示，就是女儿家害臊，也该授意紫鹃代为转达，哪好闷声不响，以致酿成王熙凤的那个李代桃僵之计？后来弄得焚诗而绝。依我说来，仍是她自己误了自己，不能怨人。"

希尚听了，忙击掌赞掌珠道："姊姊这番议论，非但表出是一个多情人物，且有办事的经纬，好在我们的婚姻之事，这里的伯伯已与亡父说过，断不致像那位林黛玉小姐，有不幸之事发生。"说着，便将他的那张雪白粉嫩的小脸儿凑近到掌珠的脸上来问她道，"姊姊，你说说看，我的话对不对呀？"

掌珠听了，不禁把她的脸微红起来，俯首不答。希尚本是和掌珠动手动脚惯的，一见掌珠含羞无语，便把他的身体犹如扭股糖的一般，只去倒在掌珠的身上，厮缠着她，要她答话。掌珠见他这个样儿，也好笑起来道："你要叫我答什么话呀？"

希尚听了，仍是不依掌珠道："姊姊，我一提我们二人婚姻的事情，你只红了脸，一声不响。你若不好好儿地答我一声，我今儿晚上便不和你一床来睡。"

掌珠听了，便一壁将希尚推开，一壁对他说道："你提起一床睡的话，现在我们二人的年龄一年大起一年，不比小的时候，不甚要紧，早晚我们爹爹回来，就要将我挪到里面去睡了。"

希尚听了，一吓道："姊姊，你怎么说要到里面去睡呢？你既是我的老婆，何必分床而卧呀？"

掌珠听了，便扑哧地一笑道："你起先说的几句话，倒还像个成

189

人的口吻，此刻的说话，完全又是小孩子的言语了。我们将来就算夫妇，在没有花烛以前，哪好不分男女，长此这样下去的呢？"希尚听了道："依你怎样呢？"掌珠道："依我嘛，我自然在里面去睡，你一个人在书房里睡。"

希尚听了，自言自语地道："我不怕，我会偷偷地到你里面来的。"

掌珠听了道："你只要不怕爹爹打你，我总不来撵你的。"

希尚听见掌珠说了不去撵他的话，方始不和掌珠歪缠。

过了几天，魏乡绅已从北京回来，还买了不少的皮货，分给他们二人。

又有几月，有一天，魏乡绅将掌珠叫到面前对她道："你现在的年纪一天一天地大起来了，希尚这人虽是亲若同胞手足，男女之嫌到底不可不避，况且为父也是一个缙绅，这等说话，传了出去，岂不被人耻笑？"

掌珠听了，自然不便反对。就从这一天起，白天仍至书房，和希尚一同念书，晚上自回上房去睡。有时希尚真个悄悄地跑到她的房里，要想同睡，总被她用好言骗了出去，倒也并未发生什么事情出来。这样地春去秋来，日子很快，掌珠已是十八岁了。

有一天，魏乡绅由外面赴宴回来，便来对掌珠说道："为父今天在席上，看见一位公子，比你也小一岁，真有潘安仁之貌、曹子建之才，为父暗暗打听旁人，方知他就是蒋盐商的儿子。蒋盐商一家七兄弟，各人有百把万的家产，总共只有这位宝贝儿子，这样讲来，此人长大，便有七八百万的家财。为父就示意同席的一位朋友，请他执柯。岂知那位朋友早已受了蒋盐商之托，原是要来做媒的了。你看此事巧也不巧？"

掌珠听完，便对她的父亲表示不愿，只愿仍嫁希尚。

魏乡绅听了，大惊失色道："你疯了不成？为父几时将你许与希尚的？"

掌珠听了，也诧异起来道："爹爹不是曾对我那去世的先生说过的吗？"

魏乡绅听了道："我何尝对你那去世的先生提过你的亲事？我不过说过他的儿子就是我的儿子，因为我只有你一个女儿，既有偌大家财，将来替希尚垫点儿本钱，或官或商，都无不可，这是你错会了为父之意了。你是很聪明的一个人，你要想想看，希尚这人既无隔宿之粮，又没立锥之地，任他学富五车，这个学问的东西，没有金钱去帮助它，依然是无用的呢！为父那时若看中希尚做我女婿，我怎好命你称他为亲兄弟的呢？"

掌珠听了，细细一忖，方知果是她自己误会乃父之意，没有话去驳她父亲，只得撒娇道："爹爹既是没有此意，为何准女儿与希尚二人寝食与俱的呢？现在再去另许他人，似于女儿的名誉攸关，反不如将错就错，只要女儿情愿，就是没有家产，也不碍事。"

魏乡绅听了，大摇其头道："屁话，屁话！你所说的都是狗而屁之的话，希尚既算你的亲弟，同寝同食，乃是正理，天下岂有一位千金小姐，去与未婚夫同卧之理的呢？至于说到希尚家寒，你虽情愿，为父却不情愿。你要知道，为父只有你这一点点的亲骨血，哪肯让你去挨寒受饿？就是我多给你一点儿妆奁，到底为数有限，岂不害了你的终身？我现在既与蒋府上说妥，父母之命，媒妁之言，乃是三从四德之一，你快快不要违背为父之意，为父主意已定，万难更改。至于希尚这人，为父必使他成家立业，不负你那去世的先生便了。明天那位媒人就要与蒋公子同来，你不妨和他谈谈。"说完之后，便命掌珠回房。

第二天，那位蒋公子果然来了，掌珠奉了父命和他谈了一阵之后，一则父命难违，就是要反对这件婚事，难达目的；二则这位蒋公子的才貌举止，也与希尚不相上下；三则她父亲已允帮助希尚，将来成家立业，也算不负死者。有此三层道理，她便无法反对这桩亲事了。

魏乡绅见他女儿顺从父意，自然高兴非凡，所有嫁妆，格外办得考究。掌珠因为自己已是姓蒋的人了，不便再与希尚见面，单请她的父亲去与希尚说明误会之事。

希尚听了，宛如一个晴天霹雳，但是已由伯父说明误会，又口口声声地答应帮助他成人，无话可驳，只得唯唯而已。等得魏乡绅走后，他便一个人倒在床上，放声大哭起来。哭了一阵，他又暗想道："这件事情，哭也无用，只有掌珠出来反对，我们二人还可破镜重圆。且让我如此如此地一办，只要此计办成，掌珠当然帮着我说话了。"

他想完这个计策，就在那天晚上，等得夜静更深的时候，他便脱去鞋子，光着袜底，悄悄地走到掌珠房内。一见掌珠已经睡熟，他忙轻轻地脱去衣裳，就向掌珠的绣衾之中一钻。

正是：

因想诱动多情女，不惜来为犯法人。

欲知后事如何，且看下回分解。

第二十五回

养虎伤身新房临恶煞
投鼠忌器阿姊顺凶神

却说掌珠一个人正睡得芳梦沉酣的时候，所以希尚钻进她的绣衾，并未觉着。及至希尚去解她的衣服，方始惊醒转来。睁开眼睛一看，见希尚正在解她的衣纽，慌忙一壁推开希尚，一壁逃至地上，责希尚道："你讨死吗？怎的这般大胆！你解开我的衣纽，你想怎样？"

希尚一见掌珠发怒，恐怕她喊叫起来自己便不能在魏府上存身，只得边走下床来，边央求掌珠道："姊姊，不要动气，我有几句私话，要与姊姊讲讲。"

掌珠听了，又边淌泪边答道："你有话要讲，白天难道不好讲的吗？为何深夜钻到我的床上，若被我们爹爹听了，大家莫想活命！我此刻对你说，你快快出去，一切的话，明天白天再说。不然，我就要叫喊起来了。"

希尚听了道："我的话，只有你一个可以听的。"

掌珠听了，又啐了希尚一口道："放屁！什么说话不好当着众人讲，单要我一个人听？我爹爹已经对你讲明，将来自会照应你的。你不要自讨没趣，弄得爹爹恼了起来，那时你就悔之晚矣。"

希尚道："姊姊呀，我姜希尚这人纵有百样的不好，也承蒙姊姊的几年优待。现在姊姊虽是蒋姓之人，但是姊弟之情，依然存在。

193

你此刻连一句话都不准我开口，岂不是白心痛了我一场吗？"说毕，便呜呜咽咽地哭了起来。

掌珠听了，一时回想前情，也禁不住叹起气来道："咳！只怪你自己不好呀，我问你到我房里来干什么？你只要肯守着做兄弟的规矩，我就是嫁到蒋家之后，我在爹爹跟前，仍好替你说项，将来替你好好地娶一房亲事，成家立业，也不枉我们姊弟一场呀！"

希尚听得掌珠的言语，已经有些和婉转来了，忙又说道："姊姊呀，你现在不久便要到蒋家去了，我们的亲事，这里伯伯将来替我所娶之人，断不会如我之意的。我的主意是，一定要娶一个与姊姊长得一模一样的人物，方才称心。"

掌珠听了，不觉被他引得发笑起来道："你又在讲痴话了，莫说做姊姊的长得并不怎样，像我这般的相貌，有何好处？就算你赏识于牝牡骊黄之外，天下哪有同样的人物呢？"说着，忽又笑道，"要么只有隔壁杨家的那位小燕姐，你也曾赞过她和我长得很像，除非请爹爹替你娶了她吧。不过此人的名誉不好，娶了过来，也非美满姻缘。"

希尚听了，连连地摇头道："此人的相貌，虽然有些像姊姊，我见她张牙舞爪的，哪里像个千金小姐的身份？我是无论如何不要她的。"

掌珠听了道："你且莫推辞，她们也是一家财主，未必肯给你呢！此事交给做姊姊的就是，你快出去。"

希尚还想答话，忽听房外有脚步之声，只得悄悄地溜了出去。

第二天，掌珠便将希尚夜里跑进房来之事告知她的父亲，又说："最好叫蒋家早点儿拣个喜期，不是做女儿的舍得离开爹爹，因为希尚既在此地，与其弄出口舌，不如避开了他，省得淘气。"

魏乡绅听了，甚以为然，忙去通知媒人，推说自己还要赴京，婚期越早越妙。媒人听了，便去告知蒋家，不久便把掌珠小姐娶了过去。

花烛那天，因为蒋家七房只合一子，岂有不大闹排场之理？这天的热闹，毋庸细表。

单讲掌珠小姐这天是做新娘，自早至晚，并无点水下肚。当时一个人坐在新房里，正有些肚饥的当口，忽见新郎一个人踱到新房里来，一见各位伴姑都不在房里，便有意思没意思地走至新娘身边，猝然问她道："姊姊，你吃过东西吗？肚子可饿吗？"

掌珠听了，只羞得低下头去，哪敢搭腔？

只见新郎又把头凑近她的耳边，悄悄地对她说道："现在房里没人，我有几样好东西，藏着来给你吃的呢！"

掌珠听了，虽然未便将她的脑袋躲开，依然不敢答话。同时又见新郎忙在袖内取出不少的糕点与水果，一样样地摆在她身边的桌上，摆完之后，因见她只不睬他，似乎也有些怕难为情起来，一个人只站在地上发怔。

此时，忽见新房外面拥进一大群伴姑来，一见新郎站在新娘的面前，桌上又堆着许多吃物，立时起了一阵扑哧扑哧极轻微的笑声。

新郎正在进退维谷的当口，又见外边进来一位他幼时的乳媪，一见了他，便笑着道："少爷在新房里了，我们的各位太太正四处地在找人呢！"说着，走近新郎的身旁对他说道，"少爷，太太吩咐的，你是早睡惯的，加之今天你也忙了一天，太吃力了，你就不受用的。快快让我服侍你在新床上先睡，新娘停刻也要上床来睡了。"

那位乳媪说完之后，也不等新郎答话，便把他脱去衣服，送他钻入被中。办毕之后，又朝各位伴姑说道："各位小姐们，也好请回房安置了。你们大家在此地，我们这位新少奶奶，她是不肯睡的呢！"

大家听了，真的各自笑着出去。

那位乳媪又对新娘笑道："新少奶奶，就请安置吧！明儿还有的忙呢。"说完，就将新房之门反带上了，自去报知各位主人去了。

掌珠一个人又坐了半天，听得钟上已敲十二下了，正在偷眼去

195

看新郎已否睡熟的当口，谁知此时忽然觉着她的脚下似乎有一只狗爬子在抓她的样儿，她想："新房之内，何得有狗？必是裙佩碰着她的脚上。"想站起身来的时候，又觉起先那狗仍在抓她的脚，而且抓得尤其厉害。她因为自己是靠着床边坐的，此狗必然躲在床下，忙先抬头看看新郎，知已睡熟，她方始身向床下去看。岂知不看犹可，这一看，真把她吓得几乎叫喊起来。

原来床底下并非是狗，却是她情愿早到这蒋家来，要想避开的那位姜希尚兄弟。说时迟，那时快，早见希尚已从床底下蛇行而出，轻轻地站了起来。

此时的掌珠，已是吓得神智昏迷，心房乱跳。正想鼓起劲来，去质问希尚的时候，只见希尚一脸起了横肉，宛如一位煞神一般，手里还提着一大串形似香橼的东西，突出一双圆眼珠子，朝她狞笑道："你若叫喊，这就是炸弹，大家休活性命。"

掌珠一见他的凶相，已经吓得不敢作声，再听见是炸弹，因知炸弹这样东西，顷刻之间，就可以将人的身体与房屋一齐化为灰烬的。可怜她此时只将一双眼睛呆呆地望着希尚的脸，真的不敢哼声。

此时希尚已去把房门窗户统统关得严严密密，又来对她说道："我今晚上要做的事情，很多很多，你若哼一哼，便先将新郎炸死再说。"

掌珠听了，慌忙答道："他家七房只有这个宝贝，求你不要乱来，我一定不叫喊就是了。"

她讲了这句，又见希尚冷笑一声道："你想保全这个小鳖蛋，你须听我的命令，我是已把性命交还阎王爷爷的了。"说着，便奔至新床上，一把将新郎从梦中拖下床来，先用一只手将新郎的嘴闷住，然后在身边摸出一大团花絮，狠命地塞进新郎嘴内，又一壁用一条绳索把新郎绑在床架之上，一壁拿炸弹给他看道："你不准有一丝一毫的动弹之声，若有半个不字，我用这个炸弹送你归天。"

可怜那个新郎此时口塞花絮，当然闷得着慌，一听"炸弹"二字，只吓得连连地点着头应允，哪敢有一丝毫的声响？

掌珠在旁看了，恐怕把新郎活活闷死，急替他央求希尚道："你既然说，有话和我要讲，我看你这样的凶相，大概还有什么大动干戈的把戏在后面，不过若将新郎闷死，你也未必有好处。我今天晚上，只求你听我一句话，你快把新郎口内的花絮拿出，再谈别事。"

希尚听了，宛如怪鸟叫地答道："这也可以，你要先依我一件事情。"

掌珠听了，忙问何事。

希尚又作狞笑道："我今天拼了命来，原是为的你，长久夫妻纵做不成，短头夫妻是要做一做的了。"说着，便逼着掌珠快脱衣服。

掌珠听了，自然不肯。希尚就把手上挂着的那个炸弹两手捧着，高高举起，似乎立刻就要向地上摔去的样子。

掌珠见了，顿时吓得心胆俱碎地拦阻道："你莫摔，你莫摔，此地究属不便，我和你两个，此刻逃走再说。"

希尚听了，也不理她，只将炸弹又向新郎头上摔去。此时的新郎，绑在床下，口内虽然闷得不能讲话，可是双手尚能作势。希尚、掌珠二人的言语，他都听得明明白白，一想："新娘倒是一位好人，口口声声地只在帮我。她若不允这位凶神的要求，我第一个便没性命。"他一边想着，一边忙用手做样子，要叫新娘快快答应这位凶神，好救自己性命。

此时掌珠正在生死关头，大为踌躇的当口，忽见新郎两只乌溜溜的眼珠只朝她在望，又以双手作势，明是叫自己答应这个恶煞的意思。既要保全新郎性命，只得忍辱俯允，一时又想自己身为千金小姐，不知前世里作了什么孽，弄得此刻生活都难，顿时泪下如雨。又见希尚拿了炸弹，凶巴巴地朝着新郎，一刻不待一刻地要摔下去。新郎又在合掌拜着催她。她没有法子，只得将心一横，一面向被内一钻，一面又叫着新郎道："蒋郎，蒋郎，今晚上的事情，是你亲眼所见的，我将来死后你若是辜负我的一片苦心，我就是做了鬼，也

197

不瞑目的呢!"

新郎听了,可怜又答不出话来,只得用脚轻轻地跺着,算是表示将来决不负新娘的意思。

希尚此时一见掌珠钻进被去,自然心满意足,慌忙爬上床去。正要发泄他那兽欲的当口,忽被掌珠向他用力一推道:"你这个人,究竟有无心肝?你既当面糟蹋人家的妻子,你也该先把人家口里的东西取了出来。"

希尚听了道:"我未尝不可依你?但恐一经将他口内的东西取出,我的好事未成,他已大喊起来,我岂不是白死了吗?"

掌珠听了,便在床栏上问新郎道:"我若叫他将你口内的东西取出,你可不能叫喊,不然我总是一死,不必说它,你们七家的香烟,便要由你一个人而绝的了,岂不可惨?"

新郎听了,一面流泪,一面合掌拜她。拜了之后,又用手作势,表示绝不叫喊的样子。掌珠便倚恃自己已经应允希尚,索性自作主张,将新郎口内的花絮统统取了出来。

新郎忙先透上一口长气,始一面拜着掌珠,一面对她说道:"好姊姊,你是好人,你是救我命的人,你无论如何被人糟蹋,我一定仍旧要你,最好请这位大王事了之后,马上出去。只要我不说出来,大家都好。"

掌珠一听新郎之言,顿时又想替新郎保全她那个清洁之身起来,几乎要去与希尚翻脸。谁知一见希尚手内的那个炸弹,为了要救新郎,好减轻自己的罪孽,只得失身于那个恶贼。不料希尚因为此举乃是用生命拼来的,还要不肯立时罢休。

掌珠此时一心只望他了事之后,就好依照新郎的主意,叫希尚快快出去,或有破镜重圆的希望,故而一任其为,不敢惹动其火,仍旧害了新郎。

等得事毕,掌珠便握了希尚的手,对他说道:"好兄弟,我奉劝你好死不如恶活,新郎既已答应放你我二人一条生路,你既然有人不知鬼不觉的本事进来，自然有人不知鬼不觉的本事出去。只要此刻快快出去，我们二人真个还有一线生路呢！"

希尚未开口。

新郎也悄悄地来对掌珠说道："好姊姊，我是七家人家公有的一个儿子，说出话去，多少总有些效力，这位大王肯走，我以性命保你们没事便了。"

掌珠听了，心里不觉一喜，赶忙催着希尚快走。

谁知希尚一个人暗忖了半天，又把眼睛向掌珠一瞪道："哼哼，新郎此话，不是过桥抽板之计，便是一厢情愿之谈，他就是肯放我们过去，他的父母叔婶等人，岂肯罢休？就算他们家里之人统统依了，还有你的父亲，还有彼此的亲戚，怎肯不来寻着你我？甚至于还有地方官，也要干涉的。我已种种想遍，只有拿姓蒋的小子来做暂时的保险品，且让我快活一点钟，就算六十分钟，快活一天，就算两个半天，我已经拿了我的生辰八字，在和阎王老子拼的了。你还想活命不成？"

掌珠听了希尚这些亡命之言，只气得把心一横，咬了牙关与希尚拼命道："姜希尚，我魏掌珠与你这人，究竟何冤何仇？你为什么活活地要害我性命？你想想看，我们姓魏的父女，哪一件事情亏负了你？这且不说。这个蒋家，他并未得罪你这个人面兽心的畜生，你糟蹋了他的新妇，他甚至情愿忍辱含羞地放你生路。你竟要拿他做保险品起来，还想再来糟蹋我的身子！哼哼，我早晚总是一死，你敢再来碰我一碰，我就要大声叫喊了！"

希尚任她去骂，只是冷笑，一句不答。直等她骂完之后，始狞笑着问她道："你骂完了没有？你既骂完了，我也不用你叫喊。"说着，便奔到新郎身边，把手上的那串炸弹照着新郎的脑门便要捧去。

新郎见了，只得急喊掌珠道："好姊姊，好姊姊，你快请这位大王莫捧这个炸弹呀！一百样的事情，总好讲的。"

掌珠听了新郎这话，又只得重把她的心肠软了下来，反去求着希尚莫捽。

希尚道："你只要好好儿乖乖地睡到床上去，我便让这个小子再活片刻性命。"

掌珠方要答言，陡见窗上已现白光，鸡声已在报晓，顿时朝着希尚哀哀地痛哭起来。

正是：

纵使郎情深似海，怎禁官法酷如炉。

欲知后事如何，且看下回分解。

第二十六回

泼水难熔人心似铁
燃香可闷官法如炉

却说新郎一见掌珠对了那人这般痛哭，实在凄惨不过，便知她是急的。天已亮了，一有人来，见了这种丑事，非但丧了个人的廉耻，且恐难保性命，这样的急，也是应该急的。忙去问她道："姊姊，你可是因为天已亮了，此事就要败露了吗？"

掌珠听了，一时哭得透不过气来，只得将头点了一点。正想再听新郎的说话，岂知又被希尚一把抓到床上，继续兽行起来。

希尚在无礼歪缠的当口，忽听得新郎的那位乳媪边在敲门，边说道："新少奶奶，请你快来开一开门，我们少爷是每天清早要呷一杯参汤，少奶奶也陪他呷一杯，吃了不妨再睡。"

掌珠听了，不敢自己主张答话，忙问希尚，怎样对付人家。

谁知希尚这人，本是一位温文尔雅的读书公子，实因心爱掌珠过度，一见已许蒋姓，自己的婚姻毫没指望，这样地一急，就急偏了他的心，于是就有魔鬼前来缠绕，所以想出来的主意，便出于人情之外。他也不顾性命，偷偷地混入新房，只顾图达他的兽欲，一切的名誉生命，早置度外，就是他拿炸弹威吓新郎、新妇两个，也无非想借此与掌珠这人多缠绕一次便是一次。至于拆了这一场破天荒的大烂污，在下可以替他立誓，并未想到事后的办法，既无筹备，此刻掌珠问他，甚至答不出什么话来。唯知闯下滔天大祸，只把那一句除死无大难的老话当作护身之符，索性奔下床来，把手上提着的那一大串炸弹分了两个去挂在新郎的项上，逼着他告知乳媪，无论如何，不准破门而入，只要门外有一丝一毫的响动，他就掷这炸弹，立时可使新郎这人化为灰烬。

可怜这位新郎，要想活命，自然只得遵从他的命令，隔房把此事大略告知乳媪，快请父母前来软求，万万不可硬做。

那位乳媪听了，只得两脚三步地奔入上房，告知蒋氏二老，可怜话未讲完，早已吓得跌翻在地。蒋氏二老一听见他儿子的新房里出了乱子，也顾不得去管乳媪的了，一面哭着我的心肝肉呀，一面连爬带跌地奔至新房窗门外面，遵着那个凶神之命，不敢大声说话，只得轻轻地用舌尖舐破一个纸洞，慌忙朝里一望。一见他们的宝贝儿子身缚床脚，项悬炸弹，面现死灰之色，形如待斩之囚，已是急到十二万分，吓到十二万分。及见新床之上，帐幕低垂，帘钩振动，其中丑事，不言可知。

蒋夫人到底是位女流，一时惊吓不起，陡然眼前一阵眩晕，已倒栽葱地跌出天井外面去了。蒋盐商究是一位挣家当的人物，遇了大事，尚能镇定，忙一面命人扶起夫人，劝她急也枉然，凡事总有办法，一面便低声唤着新娘道："新少奶奶，我们儿子既说你是好人，你且先替我们两老劝住那位先生，百事好说，万万不可拼命行事。我们两老偌大家财，如此年纪，只有此子，只有第一样保全我们儿子的性命，一切之事，只凭那位先生吩咐，无不依从。"

掌珠一听见蒋盐商的话，句句仁至义尽，还以为此事尚有转圜之望，真的忙去劝希尚道："好兄弟，你可听见没有？蒋太老爷既有这番话，你可肯让我下床去和他们商量一个妥善的办法出来？第一样不来办你的罪名就是。"

谁知希尚一听掌珠之言，反而扑的一声，自己跳下床来，手里高举那串炸弹，一面装出要向新郎掷去的形状，一面突出眼珠，凶巴巴、恶狠狠，朝着窗门外的蒋氏两老说道："我姜希尚，自知所做之事，已在不赦之条，万无补救之法，商量一层，免开尊口。你们要我不伤你们儿子，快快依我一言……"

此时蒋夫人已经爬了起来，一听这人之言，也不待他言毕，赶忙接口答道："请你这位先生，快快吩咐，莫说一句，就是一千句、一万句，皇天在上，我们无不依从。"

新郎也来插口，对他父母说道："爹爹、姆妈，你们快快依了这先生的话呀！"

掌珠此时已将衣服穿好，一听希尚开了金口、发了命令，心里一喜，忙也下床来，也顾不得羞耻，便隔窗对蒋氏两老道："你们快快听他说呀，我是求了他一晚上的了，他总不肯说出办法，现在可好了。"说完，又催希尚道，"这么你快吩咐出来呢，大家依你可好？"

希尚听了，却狞笑着向掌珠道："大家依我呀，依我的事情，乃是叫他们快快地搬进好菜好饭来让我吃。"

掌珠听了，一怔道："单是这样的一句话吗？"

希尚听了，边去香她的面孔，边答道："自然是只有这一句话。"

掌珠一面把头避开，一面又问希尚道："你真的疯了不成？怎的百话不说，亏你还有心肝吃得下去！"

蒋氏两老一听这位姜先生肚皮饿了，慌忙吩咐用人道："快去办来，快去办来！"

希尚又接口道："你们菜饭里面，只管多放毒药，可知道要你们的儿子先吃的呢！"

蒋盐商忙答道："哪有此意？我们儿子和新妇二人一定饿了，也要吃的……"

谁知话犹未了，只见兄嫂弟妇统统得了信息，大家一齐赶来，口里嚷着："谁人得罪了这位姜先生？我们先与谁人拼命！"

蒋盐商听了道："这话对呀，我们大家敬重这位姜先生，这位姜先生自然要大发慈悲起来，放出我们儿子。"

说着，菜饭已经送到窗外。

希尚还恐怕他们乘机而进，忙又逼着新郎道："禁止诸人，不准乱动，否则仍是害你自己。"新郎听了，赶忙照他的说话，告知父母叔婶。

蒋夫人听了，先答道："我的好儿子，你莫急，决不能害你性命的。"边说，边将菜饭由窗洞里，一样一样地递了进来。

希尚便命掌珠，每样逼令新郎尝过，方始肯吃。

掌珠道："既是如此，新郎一定真也饿了，我们索性大家同吃怎样？"

希尚道："只要外面的人明白投鼠忌器的道理，不来乱动，我也可以准他同吃。"

新郎听了道："姜先生，我不饿，我实在吃不下去。每样东西，我准定尝一尝便了。"

希尚听了道："你饿不饿，我却不管，你只要尝过就是。"说完，他一个人便大嚼而特嚼起来。

蒋氏诸人一见希尚吃得很觉自在，更知他一定下了决心，新郎的性命，真的悬在他的手内。只得用善言劝他道："姜先生，你既然爱上这位掌珠小姐，我们可以做主，准定把她奉赠与你，还可以送你两万银子，以作度日之资，你看如何？"

希尚听了，边吃边答道："这些话都是诱敌之计，世上绝没有这般的好人。"

蒋夫人听了，又对他说道："姜先生，你如果还不放心，我们可以请了魏乡绅来，请他签字。"

希尚听了，复摇头摆脑地答道："我仍旧不肯相信，我老实对你们说一声吧，我已统统想过，我在房内，有你们儿子作抵，自然我凶；一出房外，便是你们凶了。我倒不如多亲近我们这位姊姊几次，死也甘心。"

蒋家的叔婶等人也来接口对他说道："姜先生，你何必横了心肠，只拼一死？你要知道，我们姓蒋的也是一份良善人家，又是七房只合一子。你若要放出新郎，我们全家已是喜之不尽，再不会做那过桥抽板之事。你是一位读书人，岂有不知道二害相并，择其轻者的道理吗？”

希尚听了，仍是摇头不允，单把菜饭吃完之后，又去逼着掌珠，再到床上。此时掌珠知道窗门外面人上堆人地在那儿看他们，岂肯再干这桩畜生队里之事？希尚见她不允，又要去摔炸弹。

新郎见了，仍是发急地求着掌珠应允，方能保全自己。蒋家等人也在外面央求掌珠不必拒绝，事情要分轻重。掌珠听了没法，只把她的牙关一咬，将脚狠命地一跺，便往床上一钻。

蒋家等人一见姓姜的如此举动，那位新郎在他身边，实在万分危险，只得立将魏乡绅请到。先在外边，就与他约定，只能软来，不可硬做。

魏乡绅听了，也只得叹气应允。来至里面，便在空外叫着希尚的名字道：“希尚贤侄，我已经和蒋府上商量妥当，我此刻就认你做女婿，你既是我的女婿，自然可以大胆放心出来了。若再有人害你，我的女儿将来又靠何人呢？你若再不答应，我就要去请县里来了。”

希尚在帐子里面听了，答道：“魏家伯伯，你认我做女婿，可惜已经迟了几天。此言若在你的府上对我来说，那时我岂有不感激之理？此刻事已至此，你就是画上一刀给我为凭，我也不相信的了。这件事情，归根结底，却是你自己害你女儿，不必怪我！”

掌珠一听见她的父亲来了，真羞得没有地洞好钻，只得闷声不响，尽让他们两个特别的翁婿去说。魏乡绅见希尚仍是不允，还要当着众人之前，做此畜生行为，既羞且气，很是对人不住，便悄悄地出去报官。

及至那位长州县带了差人进来，蒋姓诸人反而一吓，忙与县官约定，仍要用软功，不能用硬功。那位县官听了，自然照办。等得走至窗下，也只得收起了那个官架，只低声下气地隔着窗子对希尚说道："姜希尚，你的难处，本县已经知道，你不放心他们，也在情理之中。好在本县是一位父母官，凡是婚姻的事情，断合断离，都在本县做主。现在本县就在此地，当着魏、蒋两姓之前，准定将魏掌珠断与你做妻子，案子由官断过，无论何人，不能反悔。姜希尚，你可放心了吗？"

希尚一见官来，也有些害怕起来，但是事已至此，知道万无救药，他也不去理睬县官，只与掌珠二人躲在床上，一声不响。

那位县官又好好地劝了希尚一番。希尚虽然绝口不答，仍是暗地通知新郎："不准放人进房，要死要活，你自己做主。"

新郎听了，反去怪那县官多事。那位县官没有法子，便寻思了一阵，忽然想着一计，忙悄悄地与那班差人咬了几句耳朵。那班差人奉命行事，那位县官还恐怕希尚动疑，仍旧苦苦地相劝。谁知就在此时，忽见新房里面，陡现一股异香，床上的希尚、掌珠，床下的新郎，顿时一闻香味，马上人人晕倒。说时迟，那时快，那班差人早已破门而进，几个去捆希尚、掌珠，几个去把新郎抱至外面，先用冷水将新郎喷醒。

蒋氏两老方知县官是用的闷香，此时的高兴，真是死里逃生。当下急将他的儿子扶至上房，灌参汤呀，吃补药呀，忙个臭死，哪里还有工夫来管外面的事情？

魏乡绅呢，也因此事，虽然不能怪她女儿，但已这般被人糟蹋，自己有何颜面？便也不辞而别，溜回家去。

那位县官一见新郎已经安全无恙，始令差人："快把姜希尚、魏掌珠二人用水喷醒，锁回衙门，按律分别惩办。"谁知行到大街的时候，忽然拥上一班游手好闲之徒，嚷着："快快打死这一双淫妇奸夫！"顿时不由分说，先将姜希尚这人拳打脚踢了一阵，又把魏掌珠的全身衣服撕得粉碎。幸有差人吆喝阻止，等得带到衙门，姜希尚因被众人打得鼻肿口歪，魏掌珠也被众人撕成一个裸人。那位知县立时升堂，先把姜希尚提上堂去，因为眼见他那般凶恶行为，一是强奸处女已成的罪名；二是行凶良民未遂的罪名，这二桩罪名已是死有余辜，所以不必问他口供，就把他立毙杖下，拖下尸体。

再提掌珠，那位县官生平最恶风化案子，所以也不去问掌珠的口供，立命行刑。原来清朝的法律，妇女犯罪，例不笞责，独有奸情案子，就可褫去下裳行刑，因为她自己既不重名节，法律上也不能再保其廉耻的了。当下一班差人一声堂威之后，便将掌珠这人揪头揪脚地褫去下衣，行起刑来。正在大笞特笞的当口，忽见蒋盐商的家丁慌慌张张地走来，递上一张状纸。那位县官接来一看，一面立命停刑，一面将魏掌珠取保释放。

掌珠哭哭啼啼、一跷一拐地出得衙来，她一个人暗忖道："我的这场冤枉，从何说起？希尚那个死鬼，固是罪魁祸首，污辱了我一生的名节，怎么这个瘟官也不问问案由，就将我笞责起来？我这一来，岂非反而坐实是奸情案子了吗？一个女人，名节为重，性命为轻，我此时一死，岂非遗臭万年吗？蒋家的那张状纸，想来定是替我求情来的。不然，那个瘟官怎的一见状纸，便将我释放了呢？这件事情，我只有上控再说。但是我这个人，现在住到何处去呢？爹爹那里，我是没有这张脸去的了。蒋家呢，当然万无再去之理。"

她想至此地，更加伤心起来，便暗暗地叫着自己的名字道："魏掌珠呀，魏掌珠，你也是一位千金小姐，吃了这一场大冤枉，还不算外，竟至弄得无处存身。天呀，天呀！你也太没有眼睛了。"她一壁这样地伤心着，一壁信脚走去。走了半天，抬头一看，已经到了她自己的门前。她正想回身另投别处的时候，忽听得有人喊她，忙把那人一看，却是她的一个粗做娘姨。她见了这个娘姨，倒也有些害臊，反而默默无言。幸而这个娘姨尚有良心，赶忙奔过来将她一把拖住道："小姐，你此刻不能进去，老爷正在家里发雷霆，我暂且送小姐到隔壁杨小燕小姐那儿去住下再说。"说完，也不待掌珠答应，便将她扶着往小燕家里行来。

正是：

屋漏已遭连夜雨，行船又遇打头风。

欲知后事如何，且看下回分解。

第二十七回

红颜薄命急雨逐飞花
白璧微瑕狂风摧败柳

　　却说掌珠本已无家可归，又因下身的杖伤疼痛，正在不能支持的时候，所以她的那个粗做娘姨叫她到隔壁杨小燕小姐家里去暂住，只得答应。

　　及至见了小燕，小燕已知其事，忙一面打发粗做娘姨回去，一面安慰掌珠道："珠妹妹，你这场冤枉，真是飞来的横祸。现在蒋公子总算平安无事，你呢，虽然受了那个瘟官的责打，究竟还可上控，将来控准之后，便可恢复名誉，是非总有公论的。你也不必伤感，倒是伯父那里，须要托个人去疏通疏通，先要恢复父女之情，然后好办别事。"

　　掌珠听了，珠泪盈盈地答道："姜希尚那个杀坯，这般狠恶的手段，不知与我是哪一世里的冤孽，他自作自受，虽被立毙杖下，我还恨不得咬他的一块肉下来。蒋家方面，已经知道我不是坏人，所以赶来替我递了那张冤状，不然，恐怕那个瘟官也要把我活活打死，也说不定。现在总算留了我一条性命，还有上控的机会，我若不想恢复我的名誉，姊姊呀，我哪里还有这张脸面活在世界上呢？姊姊说，先要恢复父女之情……"掌珠说到此地，便又将她的头摇了两摇，复长叹了一声道，"咳！这件事情，恐怕不能的了。为什么缘故呢？我们爹爹的脾气，百事可以吃亏，最恨的事情，就是怕我失他的面子，这件事情，虽然不能怪我，归根结果，总为我的身上，使他如此丢人。他不来弄死我这个人已算天大幸事，若要他再来将我收留回去，这是免开尊口。"

小燕听了，正想答话，忽见起先的那个粗做娘姨慌慌张张地奔了进来，对掌珠说道："小姐，快快躲一躲开，老爷不知怎的，晓得你在此地，拿了刀来杀你来了！"那个粗做娘姨刚刚说到这里，只听得外面擂鼓般的打门之声，忙又急对掌珠道："这就是老爷来了，这就是老爷来了！"说完这句，急由后门，一溜烟地逃走了。

掌珠这一吓，非同小可，忙连连地叫着小燕道："姊姊，姊姊，我此刻躲到哪儿去呢？"

小燕听了，也顾不得答话，慌忙先将掌珠这人藏到衣橱里面，用锁锁了之后，方去开门。开门一看，果见魏乡绅手执一把利刃，气得满脸发青，一句话也不说，直向她的卧室之中奔去。小燕要想拦阻，哪里还来得及？只得飞步跟着追至房内，已见魏乡绅一面四处地在寻掌珠这人，一面又忙问她道："有人看见我那个不要脸的丑货，方才走进这里，此刻为何不见，难道已经闻风逃到别处去了吗？"

小燕听了，假装不知道地答道："魏伯父，你老人家凶巴巴的要杀谁呀？清平世界，杀了人是要抵命的呢！"

魏乡绅听了，也诧异起来道："怎么，难道我那个不成器的女儿，真的没有来过吗？"

小燕道："可是掌珠妹妹呀？她不是在吃官司吗？这里并未来过。"

魏乡绅听了道："这是我误听人言，惊动贤侄女了。"

小燕道："这倒无碍，不过侄女还要奉劝伯父，果真寻着了掌珠妹妹，也不可加害于她。因为这件事情，都是姓姜的一个人不是，掌珠妹妹当时若不顺从他，蒋家公子这人早与那个炸弹同归于尽的了，还能够活在世上吗？照我说来，我那位掌珠妹妹，真是蒋家的大大功臣，伯父就应该鉴她的苦衷，帮她恢复名誉才是。伯父若是真的不问皂白，杀死我那位妹妹，伯父岂不是自己情愿要做这个老乌……"小燕说到此地，忙将那个"龟"字缩住，又改了话头道，"伯父想想看，一个人活在世上，名誉是第一要紧的呢！"

魏乡绅此时正在气头之上，哪里肯听？因见他的女儿既不在此，便又急急忙忙地出了小燕之门，往别处去寻找了。

小燕等得魏乡绅走远，方去把大门关上，开开橱门，将掌珠这人唤了出来。谁知掌珠见她父亲如此无情一时想起了她那位过世的亲娘来了，扑在小燕的身上，哭得昏天黑地的，只说情愿不想恢复名誉，死了也罢。小燕听了，忙又真心诚意地劝了她一番。掌珠听了，方始住哭。

小燕又对她说道："珠妹妹，你现在究竟还是先办伯父那面的事情呢，还是先办上控的事情？"

掌珠听了道："我魏掌珠也有一口气的，就是我那个老不明白的爹爹请我回家，我也情愿在外面讨饭的了。我的意思，马上就想办上控的事情。不过既是上控，先要在这个苏州府的衙门告过，他若不准，方始可到抚台衙门去告，不然，越控是不准的。但是我现在手头分文俱无，上控的案子处处都要花钱，我现在是告贷无门，如何是好？"

小燕听了答道："衙门八字开，有理无钱莫进来，凡是告状，第一样是钱，我没有钱，你是知道的，并非我不肯。"小燕说至此地，踌躇了一阵，忽然笑了一笑，对掌珠说道，"我有一个主意，未知妹妹是否赞同。"掌珠听了，忙问什么主意。

小燕道："我是好意，说出来之后，你可不能怪我，也不能笑我。"

掌珠急答道："姊姊，我和你二人虽属异姓，情胜同胞，且这是你帮助我的事情，顶多我不赞成罢了，何至怪你、笑你呢？"

小燕听了，方始含羞说道："我本来有三个男同窗，一个是我们

211

那位表兄赵高士，一个是钱春风，一个是孙秋月。这三个人，都有倚马之才、如花之貌，我本看中我那高士表兄，他因为去年惹上一场人命官司，出狱未久，百事灰心，不谈姻事。后来我又拣中春风，我因为既是春风的人了，他所有要求的事情，我自然未便拒绝。谁知失身于他之后，他的才貌虽好，手段未免太辣，我于是渐渐地与他疏远。那个秋月，便来乘机而进，我因秋月这人事事胜过春风，我又与他有了关系，岂知春风探知此事，天天地和我来歪缠，甚至于表示要去加害秋月。幸有我在其中调和，还算未出乱子。昨天春风忽来提起你的事情，不然，我坐在家里，怎会知道你的事情呢？春风对我说，他很替你抱不平，你若肯嫁他，他便替你报仇雪恨。我当时听了，因为没有地方寻你，自然只得丢开不谈，现在你既是一个孤苦伶仃的女子，谁人肯来爱怜于你？我说何不真的嫁了春风，你们二人，才貌相当，门第相对，还有什么缺恨之事？就是将来伯父知道了，一则木已成舟，不能反悔；二则他本要杀害你的，自然不好再来管你嫁谁了。说到春风这人，虽然手段辣了一点儿，但是帮你上控，真是一个头等的军师，你看如何？"

掌珠听了道："姊姊也莫生气，姊姊的事情，妹子早有所闻，我从前不敢来问你，因为各人有各人的性情，婚姻的事情，第一要本人情愿才好，旁人何必多嘴？至于承你替我做媒，我是早已打定主意的了，只待上控之后，我便削发投入空门，以修来世，这是我主张如此，并非反对春风的行为。"

小燕听了道："妹妹既是主张不要嫁人，我当然不好劝你，这笔钱的问题，又怎么解决呢？"

掌珠道："姊姊既与秋月先生很是要好，可否求姊姊转托秋月先生，替我设法多少借一笔钱，将来加利奉还就是。"

小燕听了，摇头道："秋月近来为了我这个人身上，早已背了一身的急债，一定没有地方可以替你转借。要么我去问问高士表兄看，我那高士表兄，本是一个疏财仗义的人物，今年新科状元平亚雄，从前没有他维持，早已饿死。不过他吃了一场人命官司之后，显得灰心，然而一见人有冤枉，仍肯帮人之忙。只要他晓得你受了冤屈，或者能够帮你一臂之力，也未可知。"

掌珠听了道："我现在只希望有人借钱给我，以便吐我胸中的冤气，不管谁人所借，都是一样。"

小燕听了道："这么你在这里等我，我此刻就替你去办。"

掌珠听了，自然感激非凡。等得小燕走后，掌珠一个人坐在房里无事，便去寻了纸笔，一挥而就做成一张上控状纸。刚刚誊毕，只见小燕已经同了高士进来。掌珠因与高士曾经见过几面，便把自己这回的事情细细地告知高士。

高士听毕，便满腔义愤地说道："魏小姐，一个人活在世上，本来是死生轻于鸿毛，名誉重于性命，若不上控，天下还有公道吗？所以方才舍表妹来替小姐借钱，我已质当寒衣，凑了二百块钱的钞票在此。但不知可够用吗？"

掌珠听了，忙边谢边答道："我本是一位大门不出的闺女，上控起来，究要若干银钱，真是毫无把握。既有这笔银子，只得用了再看。但不过蒙君慨助，叫我如何报答大恩呢？"

高士听了，忙答道："小姐不必客气，赶紧去办大事，如果不够，再为设法。"说完，并不与她们闲谈，单是自顾自地走了。

小燕送走高士之后，回进房来，刚刚坐定，忽见春风不知在何时进来的，一个人站在房门外面，只管朝她扮着鬼脸地傻笑。小燕便去把他拖了进来，指着掌珠对他说道："这位便是此次受着冤枉的魏府上的掌珠小姐，你们可曾见过面的吗？"

春风听了，忙与掌珠见礼道："这回的事情，小姐真是受了无妄之灾。现在打算怎样呢？"

掌珠听了，只得含着羞地告知大概。春风听了，微笑道："小姐既有那位很漂亮的高士先生来帮忙，自然用不着区区前来摇旗呐喊的了。"说完，便把小燕这人一把拖往外房而去。

掌珠一则心中愁苦万分，二则又知春风和小燕本有来往，所以并不去留心他们两个所讲何话。过了一阵，忽听见小燕在和春风口角，她一想，小燕待她既很热心，哪好让她与人口角，不去相劝之理？忙站起身来，走至外房一看，谁知只见小燕一个人伏在茶几之上，在那儿暗暗地哭泣。春风那人早已不知去向。掌珠便将小燕扶进房里，问她何事悲伤。

小燕听了，又边流泪边对她说道："天底下怎么竟有这般不讲理的人？你的不肯嫁他，乃是你的自主之权，他一开口便说我在从中作梗，是我的主意，要把你介绍与高士表兄。你想想看，是不是人讲的话？这还罢了，他还要冤枉我与高士也有私情，因此把他置诸脑后。说到后来，又怪到秋月身上去了，他竟成了一只疯狗，四处地乱咬人起来。我当时实在忍无可忍，自然责备他几句，他便一怒而去，口称先去寻着秋月，再与高士讲理。他这个人，说得出来，便做得到的，我此刻也有些担心。我只怪我自己不生眼睛，竟去失身于他，现在倒弄成了一个大大的累赘，岂不恼人？"

掌珠听了，自然劝解一番。

这天晚上，小燕便在她的后房设了一张床铺，且让掌珠安睡。掌珠睡至半夜，忽然听见小燕的床上似有轻微的笑声。

过了一刻，又有男子说话的声音，她便知那个男的不是春风，便是秋月。可怜她自己发愁都来不及，哪有心思再去听人家的私语？

又过了好半天，复听得有人开门之声。她因小燕依然一个人睡在床上，不起来去开门，她只得自己起来，走至前房，问小燕道："姊姊，你怎的不去开门呀？"

她这样地在问小燕，未见小燕答应，她便暗暗地好笑道："怎么就睡得这般的熟了呢？"她边想着，边去揭开小燕的帐子一看，谁知不看犹可，这一看，真把她吓得三魂落掉了两魂。你道为何？原来小燕早已被人杀死。

当下掌珠虽然吓得目定口呆，她却知道那个凶手必是春风、秋月他们二人之中的一个，她又料定开门出去的那人，谅未走远。她便丢下这里，赶忙追了出去，要想把凶手追着，方始对得起小燕。谁知她奔出门来，从新桥巷中一直追到道前街上，非但未见凶手的影子，连走路的闲人也没一个。她只得站定，四处一望，只见各家的铺门都是关得静悄悄的，唯有一家极小的客栈，似乎刚刚有人进去，尚在那儿闩门。她便走上前去，把门一推，里面那人随手把门开开，问她可是前去借宿。掌珠的初意，疑心起先进去的那人或是凶手，后见里面那人问她可是借宿，她因为不敢说出凶手的字样儿，一时无话可答，只得承认是来借宿。那人听了，把门闩上，开了一间单人房间给她，将门带上，便去睡觉了。

掌珠等那人去后，不禁自己好笑起来，道："这倒好笑，我明明是来追凶手的，怎么鬼混地会在这里借起客栈来？那里放着小燕的尸体，谁去照料呢？我还是回去的好。"她想至此地，忽又另转了一个念头道："我此刻哪儿回去？小燕虽没上人，还有别的用人，用人一见她的主人被人杀死，岂有不到我们家里去告诉我们爹爹之理？此刻我的爹爹一定早在那儿了，我若回去，岂不被我的爹爹撞见？这场恶气，何必送上门去讨呢？况且我已是惊弓之鸟，现在世上，哪有什么公理？甚至于疑心我是凶手，也未可知。好在这二百块钱的钞票在我身边，等得明天，我一壁办我自己上控的事情，一壁暗中替她留心凶手，也是一样。"

她想完之后，上床安憩。

谁知第二天醒来，下身的杖创溃烂起来，非但寸步难行，而且痛如刀割。忙命茶房去请外科，她已改了姓名、籍贯，所以那位外科并未识破她的庐山真面目，不过见她是一位标标致致的小姐，何以全身受官刑起来？那位外科虽然有些奇怪，但是事不干己，只管医病，不问闲事。等得那位外科走后，掌珠一连地痛了几天，直到第五天头上，方始有些止痛。

她一止痛，便惦记小燕的事情，忙命茶房买了一张报纸，要查小燕的新闻。及至看到苏州通信的那一张，上面果然载有杨小燕被人谋害的一段新闻。等得看完，不禁把她看得呆了起来。

正是：

分明人在家中坐，真是祸从天上来。

欲知后事如何，且看下回分解。

第二十八回

好色医生思通魏女
爱财店妇力任王婆

却说掌珠一见那段新闻，便吓得神魂不定起来，还恐怕自己眼花，看错句子，忙重新将那段新闻细细再看。只见题目是"离奇命案"四字，正文载的是：

苏州盘门新桥巷八十八号门牌，向为杨宦所赁，杨宦夫妇去世后，仅遗一女，小字小燕，年已及笄，颇具姿色，久与其表兄赵高士，及幼时同砚之钱春风、孙秋月三人均有暧昧情事，因其支配得法，尚未发生争风问题。

某日，忽有杨之女友魏掌珠其人前来向杨告贷，杨乃令魏女小坐其家，自往赵高士处代其转借，赵素慷慨，一口允诺，即典质二百金，偕杨回家，面交魏收。略谈却去。

赵去未久，钱忽至，未知何事，竟与杨大起冲突，旋即一怒而去。

是夕，杨因彼榻须作双飞之用，未便与魏同卧，遂于后房另设一榻处魏。魏睡至夜半，忽闻杨床上有笑语声。少顷，又闻似有人启门而出之声。呼杨不醒，起视，杨已为人杀害，死于榻上。魏恐惹祸，即于此时，不知何往。

次日，官往验尸，询知赵高士、钱春风、孙秋月三人皆与该案有关，正侦查间。又据孙姓家人报告，其主人孙秋月亦于同夕卧于家中，为人杀死，凶手逸去云云。

吴县方大令即将赵、钱二人拘案，钱当堂即为某巨绅保释。赵高士经数次刑讯，已招出妒奸谋毙杨女及孙秋月二人，案既定，闻赵不久即须抵罪云。

掌珠看毕，一面连称怪事，一面暗忖道："赵高士与小燕素无关系，何至害她？照我想来，凶手必是姓钱的。高士熬刑不过，只得招认，这是一定无疑。他既借钱给我，我总要将他救出，方是道理。"

她想到此处，忙把店主妇请来，对她说道："老板娘娘，我有一件事情，要拜托你替我做一做，我可以谢你二十块钱。"

那个店主妇听了，忙问何事，何以要如此的重酬。

掌珠道："我方才看见报载，说道谋毙那个杨小燕的，就是她的表兄赵高士。赵是我的朋友，我此刻病卧在床，不能前去探监。"说着，便在身边摸出一大卷钞票，数了一百二十块，递给那个店主妇道："这里有一百二十块钱，二十块谢你做脚步钱，还有一百块，请你费心，亲自到吴县监中，代赵高士先生开销一切。"

那个店主妇听了，先把那二十块的谢礼往她的袋里一塞之后，方始答道："这事交给我去办，你放心就是。不过那位姓赵的一定要问我，是谁给他去打点的，我怎样说呢？"

掌珠道："你只说魏掌珠，他自然知道。"

那位店主妇一听见"魏掌珠"三个字，脸上顿时现出了惊怪之色，忙问掌珠道："你这位小姐，莫非就是新桥巷里魏乡绅的小姐吗？这样说来，你这回的事情，真是大受委屈了的。我先送给你一个信息，你幸而在巡环簿上造了假姓名，否则那还了得？你可知你们的老太爷四处在寻你的人，听说一被他寻着，就要把你处死。魏小姐，你快快莫响，躲在我们的楼里，包你不会被你们老太爷寻着。"

掌珠听了道:"这件事情,我已晓得,你只要替我严守秘密,我还要谢你。"

那个店主妇听了,只乐得眉开眼笑地答道:"小姐尽管放一百二十四个心就是,现在老太爷在气头上,将来气一过,自然没事。我此刻就去办那位赵先生的事情,有话停刻再讲。"

掌珠道:"你若见了赵先生,你说我说的,请他暂时忍耐些,一等我的毛病好了,我一定替他去上控。就是告到北京,我也要替他申冤。"

那个店主妇听了道:"我知道,这些话,我会说的。"说完,便向房外而去。刚刚出去,忽又回进来,对掌珠说道:"魏小姐,你现在身上有伤,一切的事情,茶房招呼,万难周到,让我去叫我的女儿来服侍你,搽药粉、洗痛处,统统叫她做便了。"

掌珠听了道:"这样更好了,一切容后重谢,决不白劳你们女儿就是。"

那个店主妇去后,她的女儿果然高高兴兴地进来服侍。掌珠起先一心只与那个店主妇讲赵高士的事情,所以忘了身上之痛,此刻静了下来,便觉她的臀部痛不可忍,忙命茶房再去请那位外科医生。医生来了,诊脉之后,正在问长问短,要开方子的时候,只见店主妇一头大汗,匆匆地走进房来,对这位女客说道:"魏小姐,你委我的事情,都替你办妥了。赵先生叫我替小姐说,他去年无端地遭了一场人命,倾家荡产,方始出狱,现又遭了第二场人命,被官屈打成招,满身刑伤难受,只望早死,不愿做人。他又说,自从进监之后,并无一个朋友前去看他,小姐的好意,只得来世答报。"

掌珠听了,尚未答话,那位外科医生反而先来插嘴问店主妇道:"你所说的,是不是那个赵高士先生?我和他也是朋友,只是爱莫能助。"说着,又来问掌珠道,"小姐如此仗义,真是愧煞一班须眉男子了。"

掌珠起初因为急于要店主妇的回话，就把房里还坐着一位医生的事情忘记得干干净净，及至听见那位医生也来插嘴，再想瞒他，已经都被他听见。此刻又见他来和自己说话，忙答道："我与赵先生也不过是一个泛泛之交，因为确知他受冤枉，凡力所及，岂忍袖手？尚望先生要替我们守秘密，不然，画虎类犬，因此反而害他。"

医生听了，慌忙装出满脸义气地道："小姐放心，我符量新，良心俱在，只因医务发达，无暇去帮朋友之忙，已是抱歉，哪能再败朋友之事？"

掌珠听了，也敷衍了他两句。等得他开好方子，出去之后，始叮嘱店主妇道："我改换姓名的事情，千万不要给这个医生知道。"

店主妇道："晓得，晓得！小姐的事情，只有我们母女知道，我负全责就是。"

掌珠听了，方才放心道："赵先生，他说只望早死，这是因为受不住刑伤。你可知道监里的犯人，能不能请医生进去的？"

店主妇忙摇首道："不能，不能，不要说医生不能进去，连我方才去探监，花了整百块钱，还不能多说话呢。"

掌珠听了，无可如何，只望自己病好，便好救他。谁知这天晚上，她的痛处更加厉害起来，忙又连夜去请那位符医生。医生来后，诊过掌珠的脉道："我有一句话，魏小姐，可能依我？"

掌珠一听医生叫她姓魏，忙说道："我姓杨，客牌上写得，符先生何以替我改起姓来？"

符医生听了，便微笑着答道："魏小姐，你的事情我全知道，你放心，我决不替你张扬出去。我方才要说的话，被小姐打断，我的意思，委实爱慕小姐的才貌品行，若肯下嫁与我，你的伤处，三天之内，包你医好。并且诚心诚意地帮你办赵高士上控案子，否则你的伤上，我已下了毒药，无论何人，医不好的。除非我这原手，方有办法。"

掌珠听了，便将柳眉一竖道："怎的？你竟是姜希尚第二了……"

掌珠未说完，符医生忙又接口道："姜希尚是硬来的，我是软求的。你若不答应我的婚事，我老实对你说一声，永无下床之日尚是小事，那个姓赵的，也只好砍头的了。"

掌珠听了，不禁一吓，便有些踌躇起来了。她想道："我真的不能起床，自然溃烂而死，我自己非但从此遗臭万年，那位赵高士又谁去救他？照这般说来，非嫁这个姓符的不可。但是我已打定主意，不再嫁人，即使万不得已，必须嫁人，此人我也不愿。"想到此处，便爽爽快快地对符医生说道："无论你软求也好，硬来也好，我魏掌珠是誓不嫁人的了。请你快走，让我烂死就是。"说着，便喊茶房进来道，"快领此人出去！"

符医生没法，只得边站起来往外面走，边在嘴里自语道："不要后悔。"说完这句，便扬长地去了。

掌珠一见姓符的出去，顿时一阵心酸，泪如雨下地叫着她过世的母亲道："我的亲娘呀，你老人家怎么生出你这个苦命的女儿来的呀？起先碰着一个姓姜的，害得我败名丧节，连生身之父恨得要来杀我。现在再加上一个姓符的，已经把我的伤处之上下了溃烂的药，他说别的医生无药可救，此言倒是不假，我的亲娘呀，你的女儿马上来找你来了。"她想罢，便想起来自缢。谁知刚刚好容易地硬撑着坐了起来，陡然之间，又觉一阵奇痛，实在支持不住，扑的一声，依旧倒了下去。可怜她正在求生不得、求死不能的当口，只见店主妇同了她的女儿一齐走进房来。

店主妇先对她说道："魏小姐，你莫怪我，我这个人本极老实没用，一被那位符医生用话一骗，就被他把话骗了去了。我是因为他说你自己已经对他说过的了，我所以信以为真。现在悔已无及，这且不讲。你的伤上，被他下了毒药，非原手不可，又怎么好呢？我也是一片好心，劝你还是答应他吧，这是你自己吃苦，于人无干的呢！"

221

掌珠此刻痛得只是叫天老爷救命，别无二话。

店主妇忙在身边摸了一小包药粉出来，又对掌珠说道："魏小姐，符先生现有一包止痛药粉在此，他说敷上之后有一个钟头，可以止痛，快让我来替你敷上。"

掌珠听了，连连地点头，叫她快敷。店主妇便轻轻地将掌珠小衣褪定，洗去毒血之后，方把那包药粉替她敷上。说也奇怪，那个药粉真有颜色，边敷边就止痛。及至敷毕，早已和好人一般。

掌珠边束下衣，边对店主妇哭道："姓符的既有这般本领，我的死在他的手内，也不用说的了。此刻快快让我自尽，若是一迟，又要痛得无法寻死的了。"

店主妇道："小姐怎的讲出痴话？人命大事，不见得我送了药来造成你这个寻死的机会呀！我还有几句话，说出之后，小姐听不听由你。"

掌珠道："你且说说看。"

店主妇道："嫁人的问题，这是一生一世的大事，万一勉强行了，岂不害了终身？我看小姐之意，对于姓符的，必是不甚赞成，若是嫁他，自然不愿。但是他既爱上小姐，倘若一样都不去答应他，你的伤处，他怎肯给你解药，将毒解去？那时小姐既误自己，又误了赵先生申冤之事，于公于私，两家不利。我现在想出一个调和之法，不谈嫁娶，先轧朋友，小姐不要动气，小姐连那个姓姜的杀坯都依从了他，无非是为了蒋公子的性命，这么何妨一不做，二不休地，也与姓符的先轧一个朋友，医好之后，便好去替赵先生申冤。否则赵先生还当小姐骗他的呢！"

掌珠听了大喜道："老板娘娘，姓符的只要不谈那个'娶'字，我和他轧个朋友，有何不可？"

店主妇听了，知道掌珠本是一位大门不出的千金小姐，轧朋友一句话她真的当作轧朋友，所以骤然快活起来，忙又去问掌珠道："魏小姐，你对于轧朋友的事情，你真个不懂呢，还是假痴假呆呀？"

掌珠听了，便一本正经地回答店主妇道："'朋友'二字，我怎么不懂呀？我再老实对你说一声，我的男朋友虽不多，女朋友何尝少呀？"

店主妇听了，方才知她真是不懂，便与她咬着耳朵，说了几句。说完，只见掌珠顿时绯红了脸，忙把她的头乱摇道："这是人干的事情吗？你说我既可以失身于姓姜的，便可以失身于他，那是两样的呀！蒋公子那时尚是我的新郎，几个炸弹挂在他的项上，你想危险不危险？现在是大不了我一个人烂死罢了，至于赵高士那面，等得我自己已经死了，他又何必再来怪我骗他？"

店主妇道："据符先生说，方才那个止痛的药，只能一次有效，二次便不灵的。小姐的伤处，他已下了奇毒之药，若要医好，也须他亲自敷药，方有把握，不然药的分量难得对症。小姐的玉体既已被他抚摸了去，就是依他一次，也无碍事。"

掌珠听了，气得把她们母女二人一齐轰出房去。正想去上吊的时候，谁知那个伤处药力已过，陡然又奇痛起来，非但伤处之上痛得如同刀剐，连胸口也如万箭穿心一般。她没有法子，只得叫进茶房，将店主妇仍旧请来，对她说道："老板娘娘，我委实痛得熬不得了，我只得从你之命。但是还有附带条件。"

店主妇听了，顿时露出笑容道："小姐呀，你只要肯依他，无论什么条件，都可办到。你请快说！"

掌珠道："一、只能一次；二、以后不得再来威逼歪缠；三、不准逢人便说，坏我名誉；四、要将我完全医好之后，由我自定日子；五、现在不能亲自敷药，请你代劳。这几件之中，若有一件不能，我……我……我情愿痛死。"

掌珠说完这几句，又大喊痛起来了。

店主妇道："这个我却不能做主，且让我去问了他来。"说完，便急急地奔出房去。

过了好一阵，方始进来道："符先生说，只有最后的那一件不准

223

亲自敷药的条件，不能答应，并非他不肯答应，因为用药关系，必须细细看过，方有效验。他又说，不要说病人的臀部之上，外科先生的面前毋庸避嫌，就是再比它要紧的地方，医生要看，也只要让他看。试问花柳之症，或是产科，难道好不让医生动手的吗？"

掌珠听了道："这么要你们母女二人都在面前。"

店主妇道："可以，可以。符先生他此刻并没歪念，有何不可的呢？"

掌珠听了道："这么快快叫他来医，我委实熬不得了。"

店主妇听了，忙去将符医生请了进来。

掌珠此时一见姓符的面，可怜她的那张粉脸，早已红得和关老爷一样。

正是：

医生虽有瞒天计，剑侠偏能陡地来。

欲知后事如何，且看下回分解。

第二十九回

天际看飞头钗光剑影
灯前惭合卺屬晕心旌

却说符医生一见掌珠娇羞满面，愁锁双眉，真像个春前之柳，万种风流；雨后之花，千般妩媚，他的心里想："就是使西子当前，焉能并驾？哪怕王嫱再世，也要低头。"

他既把掌珠爱得如此田地，自然大动淫心，便忙对她说道："方才店主妇转谕之言，我当一一如命。现在且让我将小姐于万分难熬之中，稍止痛苦，一俟停刻敷药之后，自能霍然而愈了。"

掌珠听了，羞得无言可答，单对店主妇说道："快叫他先将我止痛，余事缓谈。"

符医生听了，不待店主妇催他，即向身边取出一包药粉，用茶冲后，送到掌珠的口边。

掌珠忙用手接去自吃，吃下之后，果然已止痛苦，便对符医生道："此刻青天白日，先生若是亲与我上药，究不雅观，莫若此时再给我多吃几包药，将痛永远止住。等得晚上，那时夜静更深，先生再与我上药不迟。"

符医生听了，笑道："小姐怎的这般怕羞？医生有割股之心，哪怕皇亲国戚、命妇千金，凡有疾病，要用手术的时候，也只好让医生去用。况且我与小姐已承店主妇做了红娘，我虽没张君瑞之才，小姐却有崔双文之貌，既已心许，何避嫌为？若是挨到夜里，症防

225

有变，那时任是华佗再生，也已不及。小姐呀，我爱护小姐，如同珍宝，岂敢误你性命？"

掌珠听了没法，只得含羞应下。

谁知这位符医生，早与店主妇串通，打算就在上药的时候，便要硬破掌珠的节操。可怜掌珠还以为姓符的中了她的缓兵之计，只待痊愈，她便好逃之夭夭，这是妇女之见，哪里骗得动那个姓符的恶徒呢？况且还有店主妇，不过贪了姓符的几文谢仪，也会昧了良心，助纣为虐起来。此时包围掌珠，任你是三头六臂，早已羊落虎口的了。这样说来，掌珠这人，这时候岂非要被姓符的污辱了去吗？不会的，也是她命中有救，忽然天外来了三位侠女。这三位侠女究竟是谁，暂不发表。

现在先要叙那位昆仑老人了。这位老人自从二十五回起，一直讲至现在，岂有不乏力之理？幸而事已讲完，便要点兵调将了。

那时，老人讲至此地的当口，大众听了，固是个个代那位魏掌珠小姐担心。碧霞子、孤女、含春三人因是同性关系，更加急得忙去问老人道："这位掌珠小姐，真是天下第一位好人，难道真的让她去失节吗？"

老人听了，笑答道："你们怕她失节，要去保全她，此刻正是时候。"

碧霞子听了，第一个先跳了起来，道："我去，我去。"说着，忙去换了衣服，急急地往外便走。

老人见了，边喝住她，边笑问她道："你到哪里去呀？任你义愤填膺地要去救那姓魏的，若非为兄讲了出来，你哪里知道？万一为兄在明年此时方讲，那位魏小姐恐怕早与那个姓符的养出孩子来了，你去救她，岂非多事？"

碧霞子听了，便指着老人责备道："你这位怪东西，人家间不容发之际，你还在此地说死话，有何臭屁，快快请放！"

老人被她骂得只将一双乌溜的眼珠朝她乱转地笑道："你开口放

226

屁，闭口放屁地骂人，哪儿还有一丝一毫闺阁气象？现在也不和你斗口，你且带了孤女、含春二人，去到道前街第一百二十三号门牌，那家客栈里面，只将姓符的与店主妇两个收拾了，她的女儿未与同谋，不可伤她。你们三人办完此事，速把掌珠舁回衙来，我会医她。"

碧霞子等三人奉了老人之命，飞身出衙，来至那家客栈，一齐纵到屋上，因为未知掌珠这人住在哪一号的房里，正在把她们六只眼睛往下四面乱寻的时候，可巧姓符的来关房门，刚刚将他的那个脑袋伸出门外，两面一看，有无闲人前来偷看他们秘密的当口，碧霞子一见了此人的贼相，料定他必是姓符的这个恶徒。说时迟，那时快，只见一道剑光飞向那人头上一绕，已见那人一个斗大的脑袋顿时离了头项，飞向空中，上下左右地盘旋起来。

此时正是下午，客栈之中进进出出的人们正是很多的时候，大家陡见半空中有一个人头在那儿四面地飞舞，又害怕，又称奇地嚷了起来。

那位店主妇那时正在房里等候符医生关门之后，便好帮同行事，忽见姓符的脑袋向外一伸，他的身子就向里面倒进。急去扶他，早见只剩血淋淋的一个颈项，他的尊头已失所在，慌忙也将她的脑袋伸出门外去看。陡见一道白光从空而下，向她眼前一晃，她的灵魂也像《封神榜》上所说的，已往鬼门关上去了。

此时掌珠已经止痛，身子便能行动，忽见扑的扑的没有脑袋的尸身只望房里倒来，不知何故，赶忙跳下床来，正想去看，死的究竟是谁的时候，跟着又见屋上纵下三位女客，奔进房来，对她说道："这个姓符的串通店主妇，要趁上药的时候，强污你身，我们已将他二人处治了。我们是本府衙门里派来救你的，你可跟了我们前去。此地之事，不与你相干。"说着，也不等她答话，唤来一乘衙轿，扶她坐下，抬了就走。

此时客栈老板一见出了人命，凶手就是这三个女的，正想把她们一齐捉住的时候，后来一听是府衙门里派出来的，知是奉公所差，不敢抗违，只得跟了来到府署听官办理。

等得一到衙门，那位吴太尊早已受了老人之教，坐在堂上，等候她们。

吴太尊一见她们到来，先命魏掌珠立于公案之前，谕知她道："你的冤抑，本府早已访查明白，辰州县不问案情，将你用刑，定把这个狗官参办。至于恢复你的名誉，办理你的婚姻，且俟你的伤愈，分别再办。"说完，便令碧霞子等人，"可将她领到老师父那儿，细细与她说明。"

掌珠听了，真是喜出望外，一张樱桃小口已是笑得合不拢来，当堂磕头谢过府尊昭雪之恩，便同那三位女客进去。

这里吴太尊又将客栈老板提上堂来，吩咐他道："这个符量新医生，串通尔妇，借上药之时，行强奸之计。现由本府命人，已将二犯处死。恕尔尚未同谋，具结完案。"

那个老板此时方才明白，自然磕头谢恩，具结回去。

吴太尊又命全班差役，立将钱春风捉到，命他据实招供，免受刑罚。谁知春风本有恶讼之才，虽在公堂，哪里肯招？便冷笑一声，请问吴太尊道："童生向读经书，只知安分守法，况且杀死杨小燕的凶犯乃是赵高士，业已在县里招认口供，定了死罪，现下寄在府监，只候部文一到，便要按例立斩。太公祖何以忽把童生捉来，硬说我是正犯？三木之下，虽然何求不得，不过尚有上司在上，不能徇情冤枉平民。奉劝太公祖，何必凭空翻案，自讨苦吃？"

吴太尊听了道："你好一张利口呀！本府却有活证，若不叫她与你对质，你自然不肯死心。"说完，便命将杨小燕的丫鬟甄剑珍带上堂来。

春风一见这个甄剑珍丫头，心里虽然一吓，但是口说无凭，也不怕她。

只听她供道："大老爷在上，小女子是我们已死小姐的丫头，这天晚上，这位钱少爷先在床上，还与我那小姐有事，后来不知怎的，把我那小姐杀死。那时我睡在房外，忽见钱少爷一身鲜血，手执利刀，飞奔出去。我忙喊着他道：'我已看见，你逃了出去，也是枉然。'他听了我言，方才悄悄地回了进来，一把将我拖到他的家内。他的家中只有一位瞽目的老太太，早已睡熟，自然并未听见。他与我本有私情，他便立誓答应收我做妾，我方没话。现在既已破案，要求大老爷只办他一个人，此事与我无干。"

钱春风一见甄剑珍供出他的秘密，已是哑口无言。谁知他的那位瞽母忽然奔来替他申冤。春风便急喊着他的娘道："我的娘呀，你的儿子可是没命了，这个痴女子，不知何人，我并不认识她，她却来含血喷人，硬替小燕做证。娘呀！你快快替我申辩。"

只见他的娘听了之后，便朝公案前一跪，忽然发出一种娇脆声音，对官说道："大老爷，小女子就是杨小燕的冤魂！"

此言一出，把一堂之上人们个个都吓出一身冷汗，顿时大家交头接耳地，私相议论起来。

有的说："活鬼既是出现，姓钱的还有何辩？"

有的说："活鬼不附别人，偏附姓钱的母亲，更是真有因果。"

不谈大家议论之事，单讲吴太尊一见冤魂出现，便把惊堂一拍道："你既是杨小燕的冤魂，速将受害的情形明白供上，本府代尔申冤就是。"

当下只听得那位瞽妇又说道："小女子的冤枉，已由丫头甄剑珍供明，不必再供。姓钱的凶刀藏于他的衣箱之内，速去取来，别无他供。"说完，忽向地上一滚，那个瞽妇爬了起来，方向堂上力诉她儿子的冤枉。

大家听了，无不发笑。

此时的钱春风，自知既见冤魂出现，就是不受国法，也是难逃阴谴，只得一口招认。凶手既已供认，那个赵高士自然无罪，吴太尊悯他冤枉，便赏他一千银子，以作膏火之费。

赵高士谢过府尊，出了衙门，先到孙秋月的墓前，庆他已得正凶，死可瞑目。祭完，忙去找魏掌珠，以谢代他打点之情。到了客栈，经人告知其事，当然也代掌珠十分欢喜。

再说吴太尊办结此案，又将长、吴两县先行撤任，据实参详，听候上宪按律惩办。

此时的掌珠，已由老人对她说明，她的案子还靠赵高士的福气，因为赵高士从前若不资助那个平亚雄，平亚雄便不会对老人等提及赵高士犯了人命的事情，老人等即不必到苏州来救赵高士。掌珠虽想上控，官官相护，未必能达目的，这样一来，岂非靠了姓赵的之福？

掌珠听了，一面谢了大众，一面暗忖："谁说老天没有眼睛，那个姜希尚固是报在眼前，自己幸而不为私情所累，方有反对希尚、力保蒋氏之子的举动，今日重见天日，父女之情当然如旧。不过那位府尊忽然提到'婚姻'二字，难道我与蒋郎还有破镜重圆之望吗？"她刚刚想至此地，她的伤处忽又痛了起来。

老人忙去画了一道符，命她吞下，居然也是立时止痛。老人又给孤女一包药末，叫她亲替掌珠去敷。孤女听了，便把掌珠请到内房，替她敷过之后，非但立刻生皮长肉，连那板花也会消灭无形。

掌珠这一喜，真正非同小可，忙对孤女道："恩人姊姊，我魏掌珠蒙诸位相救，可怜自从含冤以来，今日才算头一天的高兴呢！"

孤女听了，微笑着道："这几日内还有大喜的事情。"

掌珠忙问何事。

孤女道："明天此时，自会知道。"

掌珠听了，不敢再问这事，便又问另外一事道："姊姊，方才这位老神仙对我说，他说我这回的事情，靠着高士先生之福，这个自然。不过高士先生头一场的人命，破产打点，出狱的日子，是在中秋节前。那位平状元在北京与老神仙提及此事，乃是指的第一桩人命，这么老神仙何以预知赵先生还有第二场官司，巴巴结结地赶来救他呢?"

孤女道:"平状元当然只知道赵先生头一场的官司,那时平状元自己方被我们师父相救,不便请我们师父老远地来救赵先生。不过因为感激赵先生平日维持他的好处,兼带提及此事。不料我们师父已经知道,赵先生头一场官司尚可破产保全性命,第二场人命便无产可破的了。赵先生既是平状元的恩人,岂有不来救他之理?所以这位吴太尊此番由溧水动身的时候,我们师父已经拜托他的了。其实计算起日子来,那时杨小燕尚未被人谋害死呢。我们师父是既有起死回生之术,又知过去未来之事,实不相瞒,他是一位剑仙之中的班头,预知这些小事,本来不算什么。"

掌珠听毕,只吓得伸出舌头,缩不回去。

谁知第二天一早,她的那位父亲笑容可掬地,由三位女侠领了进来,对她说道:"你的事情,承蒙府尊大人昭雪不算外,还要亲自去拜我那蒋亲家,命他重打花轿,前来迎你。新郎呢,本来在那儿要你回去,蒋氏门中因惧旁人议论,尚在踌躇,一见府尊大人亲去说明此事,蒋亲家顿时脸上飞金。现已大排宴席,遍请阖城官绅,听说连三大宪都认为异事,说今天晚上,要去闹房。重拜天地的时辰,已定下午申刻,你可快快打扮起来,免得临时匆忙。"

掌珠边听,边在心花怒放,及至听完,反而将脸羞得红了起来。等得她的父亲出去,自有三位女侠替她梳洗打扮。刚刚收拾完毕,花轿已经到门,抬到蒋府,重谐花烛,再入洞房。

蒋氏两老,因为这天晚上乃是正式合卺的日子,特地花上一二万银子的重礼,托人送与抚、藩、臬三位大宪,要他们去到新房里,吃一席闹房酒宴,捧捧场面。所以未到酉刻,三大宪已经在新房之中吃了起来。

此时的这位新娘,想起前情,刚要流泪的当口,一见房中几位大宪,也算扬眉吐气的了,不禁转悲为喜。

及至席散,新郎独自进房,当然毋庸客气,走至新娘面前,深深地一揖道："姊姊，我的性命不是姊姊舍身相救，哪有今天的光荣？从今以后，我们二人自然要好好地孝顺我们那七对双亲。"

掌珠听了，不禁悲喜交集，绯红了脸，默默无言。新郎见她还在害臊，笑着逼她开口。谁知她一肚皮的心旌摇摇，真是感到十二万分、愧到十二万分。

正是：

冤抑今朝虽大白，忧愁明日没真红。

欲知后事如何，且看下回分解。

第三十回

鸳帐作蒲团劝郎学道
龙门修草稿赖鬼成名

　　却说掌珠正在问心自愧的当口，只见新郎已将房门关上，忽又边带笑地俯身往床下一看，边在嘴里自言自语地说道："今儿晚上，这床下不要再钻出来一个东西出来，那就不得了了。"

　　掌珠一听此言，更是羞上加羞起来，忍不住了，只得轻轻地微笑着，央求新郎道："蒋郎呀，求你不必再提前事了。我魏掌珠从前在家的时候，若是一定看中那个杀坯，我又何必嫁到你这里来呢？"

　　新郎听了，慌忙走上去捏着掌珠的那只玉手道："好姊姊，仍然不要误会，我实在是惊弓之鸟，一时不检，触动了姊姊的伤心。以前的事情，我们二人都不许再提，哪个再提，就打谁的屁股。"新郎一说到"屁股"二字，又知犯了新娘的忌讳，赶忙要想缩口，已经不及。却把他的那一张羊脂白玉的嫩脸顿时大烫起来。

　　掌珠与新郎虽然没有相处多日，但在那天晚上起，至第二天的傍晚止，整整的一天一夜之中，早已看出新郎这一个人真是一位多情多义的忠厚人物。今天的能够破镜重圆，也是他的好意，既是不嫌一位失节之人，愿做夫妇，断不至于有心前来刻薄人的。想至此地，忙安慰新郎道："蒋郎不必如此，妾早看透郎的性情，无论何事，决不会多心的。否则既是夫妻，自然无话不谈，偶然带起句前事，我决定不怪你就是。"

新郎听了，方始现出满意的笑容道："姊姊，你这几句话真是如见其肺肝然，话既说明，总而言之一句，我爱姊姊这人，出于至诚，毫无二话可说的了。我还要请姊姊不可害臊，我是你的小弟弟，样样事情，要你照管我才好呢！"

掌珠听了，一时忍不住起来了，不禁扑哧地一笑道："我又不是你的奶娘，这话幸亏在房里说，若被旁人听去，真要笑掉人家的牙齿了。"

新郎听了，索性坐到她的大腿上去，用手扳着她的颈项道："姊姊，我们睡到床上去讲吧，我还有不少的话要问你呢！"

掌珠听了，又将脸微红了起来道："这么你先去睡，我去洗了脸，也来睡了。我也有劳动你的事情呢！"

新郎听了，不许她去洗脸，硬把她的外衣脱卸，逼着一同上床睡下之后，新郎先说道："姊姊，我听见我娘说，你在一家栈房里养病，险些又被那个姓符的医生糟蹋了去。"说着，忙去香了她一个面孔道，"谁叫姊姊长得这般怪俊的呢？"

掌珠见了，虽觉有些害臊，但是合卺喜期，不便拒绝，只得一面任新郎去香面孔，一面说道："你不许闹我，我好将这些事情讲与你听。"

新郎听了道："这么姊姊一面用手臂枕着我的头，一面讲与我听，我方不吵。"

掌珠没法，只得依他，用臂做了他的枕头，方将前后之事，一句不瞒地讲与新郎听了。

新郎听毕，忙问她道："姊姊，这样说来，这几位人物，岂止是剑仙，简直是神仙了！"

掌珠道："剑仙本与神仙无异，何必分他？我现在先要问你拿二百块钱，就去还那位姓赵的。我虽然拿了一百块代他去打点监里，究竟全靠他的这一笔钱，不然，真没存身之处。"

新郎听了，笑答道："姊姊，你也不必问我要钱，我知道你明儿的见面钱，少说些也有一二千两银子，你尽管用就是了。况且姓赵的那面，也不能借他二百就还他二百，至少也要谢他一两千块才好。"

掌珠听了道："只是那几位剑仙，更是我的救命恩人，他们那里不是拿钱可以报答了事的，这倒是件大难事。要么我们二人跟了他们做徒弟去，焚香扫地，做个小童，真的学会了剑术，我说这些富贵荣华，便是浮云了。"

新郎道："怎样地报答他们，明天禀明堂上，让他们老的去办。至于学道一层，我也极端赞成。不过我是七房只有我这一子，你呢，当然和我一样，我知道是不孝有三，无后为大，丢了这一班年迈苍苍的父母伯叔，就去学道，于心既是不忍，恐怕神仙也未必肯收不孝的徒弟呢。最好是且缓几年，等得堂上百年之后，我们二人养下一男半女，那时再入山修炼，你说怎样？"

掌珠听了，笑道："你这两句话倒说得极有道理，不像孩子口气。我们准定这个主意，我是已经吃过苦头的人，若不趁早修行，十八层地狱便是特地为世人设的呢！"

新郎听了，也笑道："这么我与你二人，快快养一儿子如何？早有一天儿子，便使他早长成一天，接续我们蒋氏门中的香烟。"说着，顿时动手动脚起来。

掌珠见了，一面吓得急把身子缩作一团，一面半真半假地发怒道："你这个人，怎的不受抬举？我刚刚只称赞了你一声不像孩子话，谁知马上就现原形起来！"

新郎听了，且不答话，忽地猛然问掌珠道："姊姊，你说那位老剑仙只给了你一包药末，一敷之后，非但立刻长皮生肉，而且连疤斑全无，此话可是当真的吗？"

掌珠听了，不知是计，便答道："这件事情，岂能骗人的？"

新郎道："我不信，我们家里起先有一个用人，他去赌钱，被官捉着，一顿板子，打得双腿溃烂了半年多，等得医好，仍有斑斑点

235

点的板花。你所说的那包药末，立时止痛生肉，尚近情理。你说连痕迹全无，我想万无是理，你要让我看过，我方相信。"

掌珠听了，又扑哧地笑了起来道："你痴了不成？这是什么地方，有什么看头？"

新郎道："你不肯给我看，便是假的，我连那几位剑仙也不相信他们有道法了。"

掌珠一听新郎连剑仙都不相信起来，一想这还了得，一时负起气来，当真给他去看。这一看，蒋氏香烟便得跨灶之种，魏门骨血，也从坦腹而延。

一宵无话，第二天一早，那位乳媪又送参汤进来，他们夫妇二人吃了之后，便不再睡，梳洗停当，双双地来到七房上人那里，挨次请了早安。新郎又将掌珠提出报答那班剑仙的问题请示各位老人，各人听了，倒也一时想不出什么办法。仍是掌珠想出了一个法子，对她公婆说道："大凡剑仙的宗旨，第一样是奖善罚恶，拯救贫穷。媳妇的意思，今年是个荒年，何不多设几处粥厂，向县里立案的时候，算是这几位剑仙做的好事就是。"

众位老人听了，连说："这个主意真好！"立命各人账房照办。

后来等得老人等知道，事已实行。好在同是善举，也不必分出彼此了。

没有几天，已届县考之期，蒋氏父母便令他的儿子前去下场，又因为这个新媳妇的那件事情，却也来得稀奇，就把儿子的考名取作"自奇"二字，要使儿子知道善恶真有报应，将来做人不致走入邪路。

掌珠因见丈夫要去县考，连日替他置办场中应用之物，以及点心小菜，办得齐齐备备。众位老人见了，知她贤惠，更是欢喜。只望儿子考到前几名，来年道考就有希望，虽知这位自奇公子相貌也好、性情也好、事上也好、御下也好，只有学问不好，为什么缘故呢？因为他七房只合一子的宝贝，虽然请了一位教读先生专事教他一个，可是一个月之中，倒有二十几天不进书房门的，每日却叫乳媪带着，只在各位老人面前献宝似的哪准离开一刻半刻，如此一来，哪里还有闲空时光去读那书？幸而他尚聪明，虽非一目十行，所念之书，倒还不致忘记。他们各位老人偶然高兴起来，命他做篇文章，居然能够满篇。再加那位先生揄扬揄扬，已经把他们各位老人喜得无可不可，至于他的文字能否和那班童生相抗夺个前十名到手，那是不管了。

再说自奇那天进场之后，所坐地方，却在门角背后，因为这个门角背后，既不怕风，又是清净，凡是一班考过小考的，便知那儿的好处。这个所在，非花上几十两银子，不能挨到的，蒋盐商家中有的是钱，既然是位富翁，这个贵字，岂肯不爱的呢？所以对于这个考事，只要他的儿子能够坐得舒服、能够作文便当，花费些银钱，不算甚事。自奇坐定未久，题目已经下来，他把题目看了一遍，提笔就做，等得做完，刚要誊正的时候，看看太阳尚未到放牌的时候，他且不去誊它，只将带去的点心、水果吃个不停。吃了一阵，忽然觉得疲倦起来，他便伏在案上，打他一个瞌睡。刚刚闭上眼睛，陡听得有人叫他，忙睁眼一看，见是一位美貌的女子，不禁吓了一跳，又一个人暗忖道："这是考场之中，如何会有女子？我曾经听见人说过，考场里头每有鬼魂进来，不是报冤，就是报恩，难道此人真的是鬼吗？"他正在一个人痴痴呆呆转念头的时候，只见那位少女朝他微微地一笑道："蒋公子，你可不要害怕，我是你那位新夫人的要好姊妹，名叫杨小燕的便是。只因有事奉求你那夫人，一则你府上的门神不准我进去，反是这个考场，凡是鬼魂，倒可随便出入；二则既有事情求你夫人搭救，不能不在你公子面上，多少献些功劳。你的笔路虽然清通，文气稍嫌薄弱，我呢，在生之时，一无所长，误于痴情，以致死于非命。独有文字这门，先严亲自教授。"说着，又微笑了一笑道："恐怕这一班考相公，也未必胜过我吧！我想将公子的草稿修改一二，倘能幸列前茅，方才有脸见我那位掌珠妹子。"

自奇公子起先自然非常害怕，及至听她有事求他的夫人，胆子已经大了起来。一直听毕之后，不禁大喜地答道："小燕姊姊，你的事情我已听掌珠姊姊说过，我很替你可怜，你若有事找她，她无有不答应你的。至于你肯替我修改文字，这是最好没有，你的文名，我早就五体投地的了。不过你此刻站在我的面前，和我叽里咕噜这般地长谈，别位考相公可会听见的吗？"

　　小燕道："你放心，不会的，阴阳本有界限，我因专来找你，你方能看见。"

　　自奇公子听了，便要站起，让她坐下，好改文章。

　　只见小燕拦住他道："公子不必起来，你若离开座位，此地左右虽没同坐的考相公，万一被监场的官儿走过看见，说你犯了场规，便要扣考。还是让我坐在你的膝上，也可以动笔的。"

　　自奇公子听了，忙大惊地答道："这不对，这不对，我是被我们的几位上人惯得连风吹一吹，就要倒下来的，这双膝上，怎么压得起你这般大的一个大人呢？"

　　小燕听了，又朝他瞧了一眼道："你真正是公子哥儿，听你所说，便知你平时的娇惯。我那个掌珠妹妹，得能与你重配鸾凤，虽然是她平日存心纯正，方有这个结果。但是令我眼见你们这对儿美满姻缘，怎叫人不怨自己的命苦呢？"说着，眼圈儿红了起来。

　　自奇公子见了道："小燕姊姊，且莫伤感，你那位妹妹现在认得几位剑仙，让她去求求他们，只要他们答应，姊姊便有回生之望。"

　　小燕听了，果然转悲为喜地道："此事且慢提他，现在先让我来改了文字再讲。我现在是我的魂魄，魂魄哪有重量？"说着，真的便向自奇公子的膝上一坐。

　　自奇公子见她果是身轻似叶，分量如烟，便不再和她去多讲，恐怕扰乱她的文思。谁知小燕未到半刻，早已改毕。

　　公子赶忙拿来一看，果见锦心绣口，吐出咏絮之才，铁画银钩，写成如花之字，只欢喜得抱定小燕的身子笑道："我的好姊姊呀，我蒋自奇的歪文，得姊姊如此一改，还怕那位县尊不摆在头一名吗？"

只见小燕听了，也露出十分得意之色道："公子放手，我且下去，让你誊清。等你誊好交卷之后，我再躲入你的怀内，跟你回府。"

自奇公子听了，慌忙连连地答道："一准这样，一准这样。"

等她下去之后，便去提笔誊正，不料捏笔捏得太猛，陡然把他惊醒，原来是南柯一梦。急向四面地去寻小燕，何尝有小燕的魂灵？真会见了活鬼的那一句俗语罢了。再向案上一看，倒见他的草稿上面，方才小燕替他改的文字，依然写在那儿。他真弄得惊疑不定，大叫怪事起来，幸而他所坐的案桌左右并无座位，不然若有和他同案的见了他那种大惊小怪的样儿，便要当他遇见讨替的冤魂了。

当下他惊怪了一阵之后，忽然想起小燕和他说过，要躲到他的怀内，又忙将他的手在自己怀中四处地乱摸乱寻，摸了半天，仍没小燕的影子，没有法子，只得把所改的文字用心誊毕，交卷出场。

回到家里，见过各位尊长。他的先生忙来要看他的草稿，此时倒把这位自奇公子窘了起来，若是拿出原稿来呢，上面有小燕之魂代改的文字，究竟不雅；若是不拿出来呢，那位先生也是好意，岂能辜负人家？他踌躇了半天，竟被他想出一个两全其美的法子。他自仗他的记性尚好，便把所改之稿全篇朗朗地背了出来。

那位先生听一句，赞一句，及至听毕，顿时喜形于色地忙去朝他各位东家道喜道："各位东翁，现在就好替你们文郎快快预备蓝衫雀顶，明年春天，一定要吃你们文郎的采芹喜酒呢。"

各位东家听见先生既是如此称赞学生，这一喜，还当了得？顿时各人一面各取一只元宝送与先生，以作定钱，来年果能进学，还要重谢，一面忙抢着把自奇公子搂到怀内，拍着他的背心，心肝宝贝地乱叫起来。

谁知自奇公子虽然满口答应得应天的响，可是他的双手紧抱着他的胸前，只恐怕拍掉了他那位杨小燕姊姊躲在他怀内的魂灵。

　　正是：

　　　　　房中已傍绿珠女，怀里还藏飞燕魂。

　　欲知后事如何，且看下回分解。

第三十一回

一生一死乃见交情
半喜半忧须查夙孽

　　却说自奇公子双手抱着胸前，只想下地，急于要回房去。还是他的亲娘知道他的意思，便笑对抱他的那位婶母道："快让他回房去见他的新娘子吧！从前是一步不肯离开乳媪的，如今是恨不得要新娘子给他奶吃呢！"

　　那位婶母听了，也一面笑着答道："一对儿小夫妻，能够说得来，我们几个做上人的看了，自然欢喜。伯母倒不要这样说他。"一面放公子下地，又对他笑道，"我的乖肉，这么快回房里去吧，那位新娘子在等你吃她奶奶呢！"

　　自奇公子一下地来，哪里还顾得听她们肉痛他的话？闷声不响，急往他的房里飞奔而去。将近他的卧房，就见掌珠一手打起帘子，果在那儿含笑地等他。

　　他一进房去，忙用他的嘴往怀里指着，笑对掌珠道："姊姊快来招呼你那位杨小燕姊姊！"

　　掌珠听了，顿时吓得毛发悚然地，怪他道："你一回家来就这般地吓人，还是让我看看你的文章，可能骗一个前十名到手。"

　　自奇公子听了，依然紧抱前胸，不肯放手地答道："谁来吓你呀？真的小燕姊姊躲在我这怀内。"

　　掌珠听了，以为他惹了什么龌龊，便想去把他抱到床上去躺下。

她的一双手尚未伸近自奇的身边，只见自奇已知她去抱他，一面急忙地将身子一让，一面发急地对她说道："你莫乱抱，不要把小燕姊姊碰得掉下地去，不是玩的。"

掌珠一见自奇这个样儿，不禁又是气，又是笑地问他道："你难道真的遇见了活鬼不成？"

自奇道："岂敢！我确确实实地见了小燕姊姊这位活鬼。"

掌珠一听，见自奇说出"活鬼"二字，又吓得把毫毛五百根、五百根地竖了起来，道："我们二人并无对不起小燕姊姊之处，何以她会寻起你来？"说着，急忙扑的一声跪在地上，向空边拜边说道："小燕姊姊，你此番的能够捉到正凶，我也略有微功……"

还要再说，自奇见了，只急得跺脚道："姊姊，你快起来，她是好心，还帮我修改文章呢！你若怪她，她岂不要动气的？"

掌珠听了，又赶忙从地上爬了起来，一把将自奇拖至一张杨妃榻上，一并排地坐下道："我真被你闹昏了头，你快快地从头至尾地讲与为妻听吧，免得把我急煞。"

自奇听了，仍旧手辫怀内，始一五一十地讲与掌珠听完。掌珠闷声不响，先去把自奇辫着胸前的那一双尊手扑地扳了下来，又带笑带恨指着自奇的鼻子说道："你这个人呀，怎么被你们的爷娘惯得变成傻子了？你可知道魂魄的东西，是虚无缥缈的，小燕姊姊既来保佑你，你只要圆了她的心愿，就算对得起她。她又不是孩子，要生生地辫在怀内不放，真叫人又要气又要笑呢！"

自奇听了，还把一双乌溜溜的眼珠盯了掌珠的脸，只是出神。掌珠恐怕他惹了别的野鬼，那就不妙，正想去告知她的公婆，又见自奇自言自语道："这么小燕姊姊，她明明对我说躲在我的怀内，同我回来的呀！"

掌珠道："她说躲在你的怀内，无非要避过门神。现在你既进来了，她还躲在你的身上干什么？我再对你说一声，此刻白天，她怕阳气，绝不会出来见我的。今天晚上，你我二人必有一个好好

242

的梦。"

自奇听完，方才明白此理，急吩咐用人："早点儿开饭，今儿要睡早觉。"

掌珠听了，也不睬他，忙去请过上人的晚安，回到房内，和自奇吃了晚饭，又去点上三支香，向空祝道："小燕姊姊，你要找我何事？今天晚上，快来入梦。我只要做得到的，断不推却。"

祝完之后，他们夫妻两个双双上床，真的早睡。谁知睡得太早，你看看我，我看看你，两个人一点儿也睡不着。掌珠倒还罢了，只有这位自奇公子，非但那个睡魔不肯惠然而来，偏偏来了一位爱神，只把自奇公子吵得尽看掌珠，一时越看越爱，便扑哧一声自己好笑起来。

掌珠本是把她的眼睛闭着，专等睡神，此时忽见自奇一个人笑了起来，以为小燕姊姊已经来了，所以自奇在那儿笑的。慌忙睁眼向里外一看，床上床下，并没小燕其人，方去问自奇道："你一个人在笑些什么？"

自奇被问，似乎现出一种尴尬态度来。掌珠见他油腔滑调的一副神气，大有不老成之相，恐怕引动他的歪念，便不再问。

自奇见掌珠问问反不问了，便去拉了掌珠的手道："姊姊，我想……"

掌珠不待他说下去，就接口道："你想什么？今晚上，大家要诚诚心心地，不要亵渎小燕姊姊才好。"

自奇听了，不敢再说什么。又停了一刻，自奇依然睡不着，便有要紧没要紧地对掌珠道："姊姊，你说小燕姊姊的事情，只要你做得到的，无有不允，难道叫你代她去死，你也肯吗？"

掌珠道："她与我无冤无仇，何必要叫我代她死呢？我除了她要嫁你之外，我都可以应允她的。"

自奇听了，笑道："你总有一件事情不答应她，还不能算十分的交情。"

掌珠听了，也笑道："照你说来，你难道想娶她吗？"

自奇听了，连连地立誓道："我有此意，我便不得好……"

一个"死"字尚没出口，掌珠慌忙用手按住他的嘴道："说着玩的，不许赌这恶咒。"

自奇一见掌珠这般爱怜他，顿时心里一阵舒服，便安安稳稳沉沉地睡去了。

掌珠一看自奇反比自己先睡着了，生怕小燕先到他的梦中，自己无从梦见小燕还是小事，倘若小燕因此怪她不诚心接待，那就对鬼不起。她想至此地，居然也硬睡着了。刚刚睡着，即见小燕已在和自奇说话，一见了她，抱头便哭。掌珠忙一面劝住小燕，一面问她究竟要托自己何事。

只见小燕便愁苦万分地对她说道："好妹妹呀，我因为误了一个情字，被那个姓钱的杀死，谁知到了阴曹，阎王怪我犯淫，要把我打入寒冰地狱里去受罪。妹妹呀，你可知道那座寒冰地狱是什么样子？我已看见过了，却是赤身裸体地在那儿受冻。我是托人保了出来，说明来求人的，我要求妹妹转求那位昆仑老人。这位老人，非但有起死回生之术，而且有遣神役鬼之能，妹妹呀，你千万救一救我才好。"

掌珠听了，忙答道："姊姊，我一定替你去求那位老神仙。我虽不敢答应包成，我和他的一位师妹两位女徒尚算有点儿知己，此事在我看来，或有希望。"

小燕尚未答话，自奇插口道："这么那位孙秋月先生，小燕姊姊可曾见他？若是小燕姊姊一个人，活了转来，犹非如心如意之事。最好连孙先生也一齐还阳配为佳偶，那才完全。"

小燕听了，忙摇首道："莫要提起秋月，他是阎王恨他污人名节，早已裸着体地打入寒冰地狱，连保出来求人都难办到。蒋公子你哪里知道，那座寒冰地狱之中，既是受罪，还要臊人，真把人当作畜生看待。我的假期只有三天，三天若没人去救我……"

小燕说至此地，扑的一声跪在掌珠面前道："妹妹、蒋公子，三天之后，就真的打入那座地狱去了。"

掌珠慌忙把小燕扶了起来，道："姊姊，我明儿一早，自然替你就去。你最好白天现形，就在我们房内，有你妹夫陪你谈谈，我一回来，或好或歹，便能给你信息。"

小燕道："我怕你们二人的阳气逼人，不敢近身。要么此刻请妹夫咬破食指，滴三点鲜血，滴入我肚脐眼内，还可勉强和生人接近。"

自奇听了，马上咬出血来。掌珠用小茶匙盛了自奇的指血，又叫自奇背过脸去，始将那血滴入小燕脐眼之内。复谈一阵，天已黎明，掌珠、自奇两个一同醒转，果见小燕一个人已如生人一般，不过满面愁容地坐在背亮的一把椅上。

掌珠赶忙梳洗之后，也不及去禀知几位上人，坐了轿子，直到府署，尚未下轿，已见碧霞子、孤女、含春三位早已候在二堂之上。掌珠下了轿子，一同来至碧霞子的房里。

掌珠尚未开口，只见碧霞子先向她笑道："蒋少奶奶，你们少爷此次必列前茅，我们要吃你的喜酒。"

掌珠一听，就知她们果有先见之明，忙也含笑答道："拙夫的文理，本是欠通，全亏那个杨小燕的冤魂替他修改。即使侥幸，已属一个须眉反仗巾帼，今承诸位提及，真是有愧多矣。"

孤女、含春两个接口道："蒋少奶奶今天光降，我们师父昨已知道。他老人家说杨小燕在生不顾自己名节，只贪风流，致罹杀身之祸，此等人物，就是救她也没益处。"

掌珠道："杨小燕这人，我晓得她的心术不能算坏，只因女流之见，情、淫二字的界限，分不清楚。现既死于非命，似已刑罪相抵，我想求求三位剑仙姊姊，转恳老神仙，鉴其悔过之诚，唯开自新之路。也可以给世人看看，一个人只要痛改前非，力行向善，已枯之骨，犹可重生，这一来，世人便知这个恶事，万万不可做的了。"

碧霞子笑道："蒋少奶奶，我看你为人，不徒心术纯良，就是一切吐属，对于事理也极明白。今天你专程为了此事而来，让我再去和我们那位师兄说说看。"说着，便命孤女、含春二人陪她，自己就到老人那儿去了。

等她走后，掌珠又对孤女、含春二人说道："二位剑仙姊姊年齿比我大着有限，现在已经到了剑仙的地位，将来白日飞升，自在意中，真叫人羡慕煞也。"

含春道："我们孤女姊姊，她是本有仙骨，又经我们这位师伯十几年的耳提面命，虽非剑仙，却是剑侠之中的佼佼者。我是修炼未久，目下仅识皮毛而已。我听我们师伯说起，你们贤伉俪也有修炼之志，蒋少爷所说不孝有三，无后为大的那句说话，颇为我们师伯所取，只要有心，并不嫌迟。就是你们府上施粥之举，硬以我们这边出名，我们虽然是慷他人之慨，但于贫民有实惠，总是好事。"

掌珠正要答言，碧霞子已经去而复来，笑对掌珠道："我们师兄说的，尊意一定要救那位杨小燕，未始不可，不过须到阴曹亲自查过，前世有无恶事，方才能定可救与否。"

碧霞子说至此地，又笑对孤女、含春二人道："人世刑罚，我已略见一二，未知地府的那班罪犯，究竟生前做了何等恶事，死至阴间，须受何罪，我想见识见识……"

碧霞子尚没说毕，孤女忙接口问道："这么师父可曾应允大家同去游游地府呢？"

碧霞子听了笑道："你倒更比我着急，你们师父说，那地狱里的设施不比人世监狱，那里是用那面孽镜照过的，什么罪恶便入什么地狱。有些地狱之中，不分男女，个个赤体受罪，其形恶劣，有何好看？经我再三和他歪缠，方始应允。"

掌珠听了，又插嘴问碧霞子道："譬如我们夫妇二人，并未学过剑术，要想跟去看看，未知可能办到？我那拙夫是位富贵子弟，我深怕他渐被邪魔缠绕，蔽了天真。若使他亲眼看过，善有善报，恶有恶报，早能彻悟，也是各位的成全。"

碧霞子听了，又笑道："到地府去，全赖我那师兄的道力，本与剑术无关。蒋少奶奶，你方才的意思，我极赞成，我们可去，你们贤伉俪自然也可同去。"

掌珠听见碧霞子一口答应，准他们夫妇二人同游地府，不禁大喜，便又对碧霞子笑道："那个同与杨小燕死于非命的孙秋月，此人听说已入寒冰地狱，能否求求这位老神仙，将他一同救活？"

碧霞子道："我们既然同到阴曹，看事行事就是。"

掌珠道："这么如何去法呢？我们夫妇何时来此等候？"

碧霞子道："你们贤伉俪在府相候，我们去的时候，自会奉约。"

掌珠听了，便辞了众人回家。来到房内，忙将在府署所谈之话统统告知小燕之后，又说道："我虽没替你办到，请那位老神仙亲自到地府调查，此事只算办到一半。我所喜的是，他们既允搭救于你，岂有不尽心竭力之理？我所忧的是，未知你前世究竟有无恶事，若是罪孽深重，阴间是铁面无私的，虽是神仙，也不敢逆天行事。"

小燕道："我前世里的事情，连我自己也不知道，现在既是你们一同前往，我自然要跟去的。千句话，并作一句讲，凡有一线之机，你们总要替我设法才好。"

掌珠道："这个自然，何消说得？"说着，又对自奇道："我们二人去游地府的事情，千万不能给我们那几位上人知道。他们几位老的若是知道，就是去成仙，他们也不准我们去的呢。"

自奇道："我知道。地府里如何去法，我虽然不晓得，我却看过演戏，那一出包龙图探阴山，是夜间去的，果然是夜间去的，我们仿佛做了一个有趣的梦，我们那几位上人怎会知道？"

小燕道："我知道大凡活人到冥府里去，必是夜间，妹夫说仿佛做梦，我说连仿佛都不是，简直做梦就是。"

掌珠道："如果梦里去游地府，恐怕不甚清楚，必是糊里糊涂的，无论何事，小燕姊姊，你是切身之事，须要事事关照我才好。"

小燕道："我准定跟在你们二位后头，我现在还是一个罪犯，不要被那班鬼卒捉去，那就不妙。"

掌珠道："有那位老神仙在一起，你放心。"

小燕听了，半忧半喜，只巴望前世没有作恶，方不致受那个寒冰之罪。

这天晚上，掌珠、自奇两个刚刚睡着，便已入梦。正在蒙眬之际，忽听有人叫她。慌忙睁开眼睛一看，叫她那人，便是碧霞子。她忙下了床来，将小燕、自奇二人介绍与碧霞子。

碧霞子道："众人已在门外相候，快快跟随我去。"

正是：

阴间可使常人去，世上谁将恶事行。

欲知后事如何，且看下回分解。

第三十二回

游地府羞煞众婵娟
进冰山放逃诸鬼犯

却说掌珠、自奇、小燕三人，跟了碧霞子，出了蒋宅大门，果见那位老神仙，率领了他的朋友带发和尚、汤杰三位，师侄吴人龙、柳含春两个，徒弟秦佳果、赵孤女两个，大家已经候在那儿。碧霞子便将自奇、小燕二人引至老人面前，叩见之后，又介绍与大众见了。无暇多谈，都随了老人向前行去，出了阊门。

原来苏州一共六门，只有阊门关得最迟，那时已是半夜子时了，进城的人们极是拥挤，老人等在人丛之中挤了出来，又往前走。

走了许久，掌珠朝前望去，只见黄沙扑面，阴风逼人，已经不像人世地方了，忙悄悄地问碧霞子道："此刻所走之路，不像人世，难道已入冥间了吗？"

碧霞子仅点头答应，并不讲话。

掌珠知已到了阴曹，急将自奇的手紧紧拉着，叫他不可离开自己。又关照小燕，请她随时照顾自奇，小燕自然一力承担。

这样地又走了一阵，忽见前面现出一座城池，进城之后，路上并无行人。又见前面有一所地方，仿佛像个关口的模样。走近一看，那座关口上写"鬼门关"三个巨字，关前满站着面目狰狞的恶鬼。

掌珠因为知道这位老神仙的道力深高，毫不害怕，只是愁着自奇吓坏，忙关照他道："蒋郎，你把胆子放大，老神仙乃是奉了玉帝

249

的敕旨，专管人间善恶之事。这里虽是阴曹，也要遵他老人家的法旨。这些鬼卒，不过是人世里差役一般，各有责守，你不必害怕。"

自奇听了，虽然点头答应，可是他的身体却在那儿发抖。此时小燕已知自奇在那儿胆怯，忙也来将他的手挽住。自奇独个夹在掌珠、小燕二人的中间，稍觉他的胆子壮了一些。

就在此时，已见有几个鬼卒将众人拦住，问从何处来的，来此何事。又见老人已在身边取出一面小旗，只朝那班鬼卒一扬。

那班鬼卒一见这旗，顿时吓得向老人叩头如捣蒜地道："不知上仙驾到，暂请法驾稍候，容小鬼等通报阎罗大王，即来迎接。"

老人听了，挥手命他们起来道："无用惊动，我只在各处地狱查看一周之后，自会去见你们阎王。"

那班鬼卒诺诺连声地答应道："是是是，上仙请行，最好将此旗拿在手内，免得各处的鬼卒多来询问。"

老人听了，果将那旗捏在手中，直进关去。众人进关之后，只见两边都是地狱。

守门鬼卒一见那旗，个个垂手肃立。就有几个形似头目的过来请示老人道："可要鬼卒伺候进狱，或是上仙等自己进去？"

老人道："诸位尽管各司其责，我们自会进去。"说着，便问掌珠道，"既已来此，可要各座地狱一一进去参观？"

掌珠忙答道："只要可以进去，各处看看，倒也难得。"

老人便带了众人，先向一座地狱进去。

掌珠一看进去的这座地狱，乃是油锅地狱，便急急地一面将她的身子紧护着自奇，一面又悄悄地向小燕道："你可知道这座地狱，作了何孽，就受此罪？"

小燕答道："世人贪财作恶，便落此狱。因为这个油锅之中的油，并非真油，乃是铜汁，这些铜汁，就是世上人们所用的铜钱熔化的。因为他们既是铜气攻心，便叫他们大吃铜汁，偿他们心愿。谁知他们活在世上，只愁这样东西不多，因此做出伤天害理之事出来。此时呢，这些滚烫的铜汁，吃在肚内，那还了得？自然嫌它多了。"

掌珠边听边跟了老人来至里面，只见一个个的男女罪犯，都是把各人的身上洗剥得寸缕无存。那班男犯，其形恶劣，固是非常难看；一班女犯，个个如同裸虫一般，也有老的，也有少的，也有肥的，也有瘦的，也有黄黑干瘪的，也有雪白粉嫩的，仿佛煎馄饨的一样，由鬼卒用一把钢叉戳在她们身上，只往各座油锅之中扑通扑通地丢了下去。一种悲啼惨号的声音，任是铁打的心肠，也要害怕。同去的一班男子看了倒还罢了，只把她们这班女将军，却羞得人人满面绯红，个个低头缩颈。

碧霞子的道力总算高人一等，便对孤女、含春、掌珠一班人说道："你们诸位害什么臊呀？这是在看她们受罪，回去之后，便好将亲眼所见的刑罚劝化世人，也是好事。"

她们几个听了这话，方将各人的芳心镇定，便也收起羞态，恢复原状。

看过这座地狱，便又一同再游铁磨地狱。这座地狱，又与起先的不同，里面尽是丈把大的铁磨，由鬼卒们将那班男女罪人仍是赤身裸体倒栽葱地放入磨眼里头磨了起来。四面流出来的鲜血都有恶狗等在磨旁去舔，不过罪人的脑袋既入磨中，自然听不见他们的号叫之声，光是各人的双脚在那儿朝天乱颠罢了。

此时掌珠又问小燕道："这么这班罪人，又是做的什么恶事呢？"

小燕道："这些人在世上的时候，只知损人利己，哪怕便宜着人家的半根毫毛，也是好的。他们自己的东西，不但是不得给人一丝一毫，连一个屁也不肯放在别人的家里，所以死到阴曹，叫他们受这种粉骨碎身之罪。他们的血，赏给恶狗来吃，也是嫌他们龌龊的意思……"

小燕还想往下再说，陡听得狱门外面。鬼声嘈杂，顿时拥进一大群冥官来。只见为首的那位，黑面皂服，神气十足的官儿，知他就是阎王。当下见他慌忙趋近老人的身边，恭恭敬敬地打上一拱道："敝王不知上仙驾到，没有出来远迎，很是抱歉。现在殿上已设薄酌，务请上仙同了诸位，屈坐一刻，使敝王略伸地主之谊。"

老人听了，含笑道谢。

那位阎王哪里肯听，一定要拉老人同走。老人没法，只得恭敬不如从命，率领众人，来至殿上。

此时的小燕，却悄悄地对掌珠说道："这位阎王，方才只顾招接老神仙，没有理会到我。若是坐那儿的时候，一点人头，我本是一个阶下囚，哪好做座上客起来？不要害我罪上加罪？我想一个人躲在外面呢，又怕离开了老神仙，便要被鬼卒捉去。好妹子，你须替我想出一个法子才好。"

掌珠听了，倒也一时没有办法，忙快走两步，悄悄地拉了碧霞子的衣袖一把。碧霞子回头一看，见是掌珠拉她，忙问有何话。掌珠告知其事，谁知已被老人听了，便把他的那面小旗递给小燕，命她执住，随着身边，毋庸担心。小燕见了，明知老人惠顾自己，特命她执着那旗，暂作随从看待。慌忙走近一步，接了那旗，眼观鼻，鼻观心，一声不敢透气地跟在老人的后面。那时阎王只在招呼众人，指挥鬼卒，匆忙之间，仍未留心到小燕身上。等得到了席前，阎王先筛了一杯酒，也和人世安席的仪注一般，请老人坐了首席，挨次安过。

轮到小燕，陡然把他的那双铜铃般的眼珠突了出来，朝着她大声喝着道："你这女犯，胆子真大，怎敢混入进来？"说着，就将他的手向牛头马面一挥道，"可将此犯速行打入十八层地狱，永不超生……"

这位阎王话犹未完，忽见小燕手中一物，便注意一看。见她所执之旗，上面有玉帝的敕旨，慌忙止住了牛头马面，又问老人道："上仙，此鬼乃一淫妇，何以手执敕旗，乞道其详。"

老人道："我们此来，原为调查她的善恶而来，贵阎王请即查明，果无大恶，我要保她还阳，以劝世人。"

那位阎王听了，忙命判官查报。

当下便有判官禀道："该女犯前世尚无大恶，只要有人保她还阳，力行善事，依照冥例，可以赦罪。"

老人听了，不待阎王开口，忙命小燕谢过阎王。

此时小燕既已出罪，便有座位。吃了一阵，她见老人和那位阎王正谈得起劲，她又想出一个主意来了，便悄悄地对掌珠说道："妹妹，这酒没甚吃头，我和你何不出去各处走走？"

掌珠听了道："这么你将这旗带了出去，省得鬼卒阻拦。"说完，忙将此意告知老人。

老人许可道："就在近段游玩，不可走远。"

掌珠又与自奇说明，叫他不必跟去。自奇应允。

掌珠便同了小燕，出了殿门，来至外面，问小燕道："我们何处去玩？"

小燕道："你陪我去找孙秋月去。"

掌珠听了一吓道："没有这位老神仙同去，走得进去吗？"

小燕听了，就把她手中的那面小旗朝掌珠脸上一扬道："有这宝贝，还怕何人？"

掌珠听了，果同小燕二人，忙向那座寒冰地狱走来。到了门口，小燕不待那班鬼卒来问，先把这旗给他们看了。那班鬼卒果然毫不阻拦，让她二人进去。

小燕一进狱门，又对掌珠说道："孙秋月就在这座山顶之上，此地的规矩，越在下面，罪孽越重。秋月之罪，若在阳世，只犯和奸的罪名，笞枷便可了事的。阴律较严，所以在这山尖之上。我和你快上山去找他。"

掌珠听了，便跟了小燕上山。等得走到，果见有无数男女罪犯，都是赤身裸体地在那儿号叫。小燕眼快，早已看见秋月一个人缩在那边峰上，她一见了情人，也来不及再与掌珠说话，赶忙拉了掌珠，飞奔地向那面边叫着，边跑了过去。

其时秋月正在冻得万分难受之际，把他双手交叉在肩上，低了头在那儿懊悔阳间不应犯淫，此罪不知何时才能够受满。陡然之间，听得小燕叫他，赶忙抬头一看，却见小燕衣冠楚楚地同着那位魏家的小姐一同跑来。他因为自己身无寸丝，怎好去见和他十分客气的女客？然而又没东西可以遮盖身体，一个转念，小燕、掌珠两个早已走近他的前面。他一时无法，只得尴尬其面、局促其形地略与掌珠招呼之后，忙问小燕道："你到底办了什么罪名？这位魏小姐，何以来此？"

看他之意，似乎也疑心小燕与掌珠二人都来此山受罪的样儿。小燕忙将一切之事简单地与秋月说明。

秋月一听掌珠认得这般的老神仙，便扑的一声跪在掌珠的面前道："魏小姐，我要求你看在小燕分儿上，快快搭救我还阳。我若能真的还阳，一定誓做善人的了。"

掌珠听了，一面请他起来，一面也将自己的事情大略告知了他。又说："你且放心，我已与那位老神仙的师妹提过，你的还阳，似有希望。"

秋月听了，只是连叫救命恩人，谁知他们三人之言已被旁边的那班男女罪犯窃听了去，一刻之间，纷纷地都来跪在掌珠的面前，要求这位女菩萨搭救。

掌珠为人，本来心肠甚软，但恐老人不肯答应，便没办法。正在踌躇之际，忽见几个鬼卒奔上山来，怒目而视地，一面将众鬼犯驱散，一面就用手中所执的铁锤，把秋月毒打起来。小燕在旁，一见她的情人被打，一时也顾不得什么冥法厉害，忙去卫护秋月。那班鬼卒知她本是一个罪犯，现在虽然救罪，也要奉公守法，哪好硬帮这个男犯？内中又有一个鬼卒，本是一个冒失鬼，不知怎的充了此差。

这个冒失鬼，一见小燕用身子障着这个男犯，便破口大骂起来，道："你这个不要脸的女鬼，一个赤裸裸的男犯，你也会去黏着他的身上。"

边骂着，边用铜锤便向小燕的身上打来。

小燕急忙将头一偏，让了过去道："我现在已非罪犯，你这小鬼，何得动手就打？"

掌珠见了，恐怕小燕吃亏，也去责备那个冒失鬼起来。此鬼被她二人骂得火起，并且不知掌珠背后有那位老神仙帮她，只用铜锤劈头劈脑地要向掌珠的头上打来。掌珠手无寸铁，脚底下踏着冰山，又是极滑，一个惊惶，早已跌倒在地。

小燕一见掌珠跌倒，疑心她已经身受重伤，一时性起，忙用手中那面小旗，对准那个冒失鬼打去。说时迟，那时快，只见那旗顿时发出万道红光，宛如一座火山似的，向那个冒失鬼的头上压来。

那班鬼卒一见这旗厉害，丢下她们，拔脚便逃，逃到狱门，忙对守门的那班鬼卒说道："不好了，天上的法宝来了，快逃快逃，不要丢了鬼命！"

那班鬼卒一听他们之言，又见山上真的火光烛天，犹同山崩地裂的一片响声往外飞来。大家一声吆喝，早已逃个干净。

此时里面的一群男女鬼犯陡见天摇地动起来，不知何故，一看狱门没鬼把守，顿时趁此机会，统统逃出这座寒冰地狱，往人世里投生去了。连那打入这座地狱十八层之中的钱春风、符量新、店主妇等鬼，也被他们便宜，趁火打劫地逃出，各去投生。这一来，人世里，凭空地多了无数的恶人，造成做书的又好在下部书中，大做特做，此刻不必提他。

单讲那时掌珠、小燕，以及秋月，一见十八层的罪犯统统逃走，知道闯下空前绝后这样一场的滔天大祸，他们三个只急得连叫："怎么得了，怎么得了！"还是秋月到底是位念书之人，想出一个主意，叫掌珠、小燕二人，除了去求那位老神仙之外，别无他法。

此时掌珠更是惊惶，哪里还能走路？亏得小燕、秋月两个扶着

255

她走。等得来到殿上，只见那班逃散的鬼卒已在报告阎王。阎王听了，也吓出一身冷汗，急问老人："这场乱子，全要上仙个人负责。"

老人一听掌珠、小燕二人擅用神旗，放逃全狱鬼犯，真也急了起来，此时也顾不得去责备掌珠、小燕，急答阎王道："这场乱子，我也意料不及，只有我与贵阎王两个同至天庭，奏知玉帝，听候处分。"

阎王听了，一面吩咐牛头马面："先将这行人犯，统统看住！"一面自己同了老人，急急地上天去了。

正是：

阴间既少逃刑鬼，阳世又多作恶人。

欲知后事如何，且待《昆仑剑侠》二集《峨眉飞侠传》书中说明。

图书在版编目(CIP)数据

昆仑剑侠 / 徐哲身著. -- 北京 ：中国文史出版社，
2023.3

（徐哲身武侠小说）

ISBN 978-7-5205-3810-7

Ⅰ. ①昆… Ⅱ. ①徐… Ⅲ. ①侠义小说-中国-现代
Ⅳ. ①I246.5

中国版本图书馆 CIP 数据核字（2022）第 185883 号

责任编辑：卢祥秋

出版发行：**中国文史出版社**

社　　址：北京市海淀区西八里庄路 69 号院　　邮编：100142

电　　话：010-81136606　81136602　81136603（发行部）

传　　真：010-81136655

印　　装：北京新华印刷有限公司

经　　销：全国新华书店

开　　本：720×1020　1/16

印　　张：16.75　　字数：211 千字

版　　次：2023 年 3 月第 1 版

印　　次：2023 年 3 月第 1 次印刷

定　　价：59.80 元